Gabriel Bergmoser

Gabriel Bergmoser est un auteur et dramaturge australien qui vit à Melbourne. Après un master en écriture de scénarios au Victorian College of the Arts, il a cofondé la société de production indépendante Bitten By Productions. Il s'est également fait connaître par la scène artistique de Melbourne avec une série de pièces de théâtre, dont les très remarquées *Heroes* et *The Trial of Dorian Gray*. Lauréat du prix Sir-Peter-Ustinov, il est également l'auteur de la trilogie *Boone Shepard*. Mais c'est avec *La Chasse*, son premier roman publié en France, qu'il s'impose définitivement dans le milieu littéraire australien.

Salué par la critique, *La Chasse* est en cours d'adaptation au cinéma, et c'est évidemment Gabriel Bergmoser lui-même qui écrit le scénario, tout en travaillant à son prochain roman.

LA CHASSE

GABRIEL BERGMOSER

LA CHASSE

Traduit de l'anglais (Australie)
par Charles Recoursé

SONATINE ÉDITIONS

Titre original :
THE HUNTED
Éditeur original : HarperCollins Publishers Australia.

ISBN : 978-2-266-32375-8
Dépôt légal : mars 2023

Prologue

Sur la route écrasée de soleil filait une voiture solitaire.

Au volant, la fille gardait les yeux braqués devant elle. Le ciel bleu transparent, le soleil brûlant, l'horizon au loin. Elle ne regardait pas en arrière.

Elle conduisait vite, frôlait la vitesse limite. Le paysage, sec, aride et immense, défilait des deux côtés. Elle le voyait du coin de l'œil mais elle n'y prêtait pas attention, pas plus qu'elle ne prêtait attention à la douleur dans sa jambe et aux battements furieux de son cœur. Elle roula sans s'arrêter, le temps que le soleil se lève puis se couche et que le bleu du ciel devienne à nouveau sanguin et que la terre alentour paraisse prendre feu.

C'est seulement alors qu'elle jeta un coup d'œil dans le rétroviseur.

1

Maintenant

Réveillé par des coups de feu, Frank était déjà en train de courir vers la porte quand il se rendit compte que ce n'était qu'un rêve. Il ferma les yeux, déglutit et regagna son lit dans l'obscurité. Il s'assit et maîtrisa sa respiration pour faire cesser les tremblements.

Le même rêve. Tellement réaliste et précis, parce que ce n'était pas tout à fait un rêve. Un souvenir d'arbres et d'yeux morts dans la nuit, de rires et de détonations qui résonnaient encore dans ses oreilles, le goût cuivré du sang.

Il passa une main dans ses cheveux de plus en plus clairsemés, se leva et sortit dans le couloir. Il colla son oreille à la porte d'Allie, mais n'entendit rien. Il n'avait donc pas crié. Il se sentait un petit peu mieux quand il entra dans la salle de bains et alluma la lumière.

Il n'avait plus rien à voir avec l'homme qu'il était dans ce rêve, mais il ne savait pas trop si cela le rassurait. Planté en caleçon devant le miroir fêlé, il n'impressionnait plus vraiment. Sa petite bedaine de quinqua était de moins en moins petite, et avec son visage hagard, ses yeux caves et ses cheveux gris on lui aurait facilement donné dix ans de plus.

Il se brossa rapidement les dents puis retourna à sa chambre et s'habilla dans le noir. Pas besoin de gâcher de l'électricité pour chercher des choses qui étaient toujours à la même place. Il rentra la chemise en flanelle dans son jean et laça ses bottes. Il ressortit dans le couloir, espérant que les souvenirs du rêve ne monopolisent pas trop longtemps ses pensées.

Dans la cuisine, il ouvrit le placard et y prit les céréales qu'il avait rapportées de la station-service pour Allie. Il les posa sur le plan de travail, puis attrapa un bol et une cuillère. Il les disposa devant la chaise sur laquelle elle s'asseyait, puis, craignant de donner une impression trop stricte, il les dérangea légèrement. Il se tourna vers le frigo. Il ne savait jamais s'il devait sortir le lait ou pas. Il ignorait jusqu'à quelle heure Allie allait dormir, or il faisait chaud à cette période de l'année. Tout aurait été différent s'il avait osé lui demander, mais Allie avait une manière de se fermer suggérant qu'elle appréciait peu les intrusions. Aussi peu que lui, songea-t-il avec un sourire narquois. Pas étonnant que Nick ait du mal avec elle. Son fils avait toujours détesté les non-dits.

Nick l'avait appelé un peu plus d'une semaine auparavant. Assis devant la télé, Frank hésitait à se lever pour régler l'antenne afin de stabiliser l'image quand le téléphone avait sonné. Il lui avait fallu une seconde pour s'assurer que ses oreilles ne le trompaient pas. Même les démarcheurs ne connaissaient pas ce numéro.

Il avait décroché avec un soupçon d'appréhension ancienne et oubliée. Ça ne s'était pas arrangé lorsqu'il avait entendu la voix à l'autre bout de la ligne, sérieuse et mûre. Une voix qui dégageait quelque chose d'officiel. Il comprit à qui il avait affaire seulement quand la voix buta sur son nom.

« Nick », avait dit Frank.

Son fils se racla la gorge. « Oui. Hmm, bon, comment ça va ? »

Frank embrassa la cuisine du regard. Même si son fils ne pouvait pas la voir, Frank regrettait de ne pas avoir fait le ménage, ou au moins accroché un cadre. « Ça va bien. »

Silence.

« Et toi ?

— Débordé, avec les rapports de fin d'année et tout. C'est pareil pour Emily, mais elle va bien. »

Frank ne demanda pas de nouvelles de sa belle-fille, mais pour être honnête il se doutait qu'elle non plus n'en demanderait pas de son beau-père.

Nouveau silence. Frank fut surpris d'avoir à ce point envie de trouver quelque chose à dire. Un effet secondaire de la solitude : à force, on oublie comment faire la conversation.

« Écoute. » La voix de Nick était un peu plus grave, comme toujours quand il voulait paraître sûr de lui. « En fait, je t'appelle pour te demander un service. Comme tu t'en doutes, c'est un peu la course en ce moment et Allie... ben, elle a quatorze ans. L'âge ingrat, ou je sais pas quoi. »

Frank n'en savait pas plus que lui.

« Je crois que… enfin, peut-être qu'elle fait juste sa crise d'adolescence, mais elle a des problèmes à l'école. Elle s'est bagarrée et… et on est un peu sous l'eau, Emily et moi. Mais même si on n'avait rien d'autre à faire, j'ai l'impression que ça changerait rien. Tu sais comment c'est à cet âge : les parents, c'est l'ennemi public numéro un. » La voix de Nick devenait de plus en plus rapide et aiguë. Manifestement, la faveur qu'il avait à solliciter lui faisait peur. « Donc, bon, on s'est creusé la cervelle et on se demande si, ben, le mieux pour elle, ce serait pas un changement de décor. Histoire qu'elle mette de la distance avec tout ça et peut-être que, comment dire, qu'elle prenne un peu de recul. »

Frank serra le combiné dans sa main. Une nouvelle inquiétude, insidieuse celle-là, s'immisçait dans son ventre, une chose face à laquelle il était démuni.

« En plus, les parents d'Emily sont à l'étranger et… et toi t'es tout seul et tu connais pas Allie, donc, euh, peut-être que ça te ferait du bien ?

— Quoi donc ?

— Qu'elle… qu'elle vienne passer un moment chez toi. »

Frank s'appuya à la paillasse de la cuisine. Son esprit tournait à plein régime, passait en revue tous les prétextes possibles pour décliner. Qu'est-ce qu'il allait pouvoir foutre d'une préado qui tirerait la tronche sans arrêt ? Déjà qu'il avait du mal à s'occuper de lui-même, il allait être mal barré pour réussir à lui parler, sans compter que sa maison… Soudain, la cuisine lui apparut bien pire que sommaire. La moisissure qui gagnait du terrain derrière l'évier, les toiles d'araignée dans les coins, le frigo légèrement de travers : des choses qui paraissaient aussi criantes qu'insurmontables, la partie émergée de l'iceberg de trucs qui clochaient dans sa vie et qu'il n'avait pas du tout envie que son fils apprenne.

« Nick, franchement je…

— Tu nous rendrais service, papa. Un grand service. »

Il voyait clair dans le jeu de Nick, entendait la supplication dissimulée sous la nonchalance. La dernière fois que son fils lui avait parlé de cette façon, ils vivaient encore sous le même toit et Frank était tellement soûl qu'il ne pouvait que se traîner jusqu'à son lit et faire comme si rien n'était arrivé.

« D'accord, dit-il. D'accord. Et tu voudrais faire ça quand ? »

Après, tout était allé très vite, une vitesse à laquelle Frank n'était pas habitué ni préparé. Et voilà pourquoi ils en étaient là.

Comme tous les matins, il fit une pause sous le porche. Sa maison, en bois, était petite et plus que modeste. Il faut bien dire qu'il n'essayait d'impressionner personne et, en plus, ce n'était pas pour la maison qu'il avait acheté ce terrain. Devant lui, derrière la courbe d'un chemin en terre que la pénombre cachait à la perfection, il n'y avait à perte de vue que les hautes herbes brunes menant, au loin, à la forme obscure de la station-service découpée sur un ciel immense et étoilé que l'aube commençait lentement à éclairer. Il inspira profondément. L'air était déjà chaud. Frank huma son odeur de terre. Elle était différente après la pluie ou quand il y avait un feu de broussailles dans les environs. Parfois l'air sentait la vie et le frais, et d'autres fois il était chargé d'une fumée invitant à la méfiance. Mais le plus souvent, il sentait seulement la terre. À l'horizon, les premiers signes d'une aurore rouge commençaient à poindre. Il n'était pas en avance. Pourtant il ne sauta pas sur son quad ni dans sa voiture. Il tenait à sa marche matinale. Et si un client s'arrêtait avant midi, ce serait déjà une grosse journée.

Il y avait un tout petit peu moins d'un kilomètre entre la maison et la station, un kilomètre d'herbe sèche et de terre dure qui montait et descendait en monticules irréguliers et en creux surprises. Frank commençait à bien les connaître ; l'étendue d'herbe dissimulait le relief imprévisible du sol, mais il avait éradiqué l'imprévisible en une année de marches quotidiennes. Lorsqu'il avait acheté, presque dix ans plus tôt, l'agent immobilier lui avait expliqué que cette maison était le début d'un projet de ferme mais que la terre s'était révélée trop têtue, impossible à apprivoiser. Une anecdote qui n'avait rien d'un argument de vente, mais qui avait séduit Frank. L'herbe poussait vite et le sol refusait de se laisser aplanir ou d'adopter une forme différente de celle qu'il avait déjà. Bonne chance pour planter autre chose que ce qui y poussait au naturel. La station et la maison se fondaient dans leur environnement, la configuration du terrain les dissimulant aux regards non avertis. Surtout à cette heure matinale où l'herbe donnait l'impression de s'étendre à l'infini dans toutes les directions, un infini qui était notamment le paradis des serpents. Une des rares fois où Allie lui avait posé une question, c'était pour savoir s'il avait déjà été mordu, mais Frank avait depuis longtemps appris à éviter les reptiles.

Allie s'assit sur son lit étroit, le dos contre le mur. Elle entendait les pas lourds de Frank qui se déplaçait dans la maison. Il s'arrêtait ici et là, mais elle ne bougeait pas. Elle attendit que la porte de la maison se referme pour sortir de son lit, puis laissa s'écouler encore quelques instants avant d'aller dans le couloir.

Elle n'aimait pas sa chambre. Frank avait eu beau faire des efforts pour la nettoyer et la rendre présentable en y mettant des fleurs à moitié mortes dans un vase et quelques livres cornés, il n'avait pas pu vaincre l'odeur d'abandon qui imprégnait la maison tout entière. Cette baraque était perdue au milieu de nulle part, et le fait que ses parents aient pu s'imaginer que ça lui ferait du bien montrait à quel point ils étaient à côté de la plaque.

Elle s'en voulait de penser de cette façon. En arrivant, elle avait sincèrement eu envie d'être gentille avec Frank, d'essayer de s'entendre avec lui – même si l'objectif principal était d'embêter sa mère. Mais il ne lui facilitait pas la tâche : il prononçait rarement plus de deux mots d'affilée, passait toutes ses journées à la station, et quand il rentrait c'était pour s'écrouler devant la télé neigeuse et regarder un vieux feuilleton qu'il n'aimait sûrement même pas.

« Si vraiment ça se passe mal, tu peux nous appeler, avait dit sa mère, avec le sourire artificiel qu'elle dégainait quand elle voulait insister sur le bonheur qui régnait dans son couple. Mais j'aimerais bien que tu te comportes en adulte, d'accord ? C'est une bonne leçon à retenir : on a tous besoin de sortir de notre zone de confort à un moment ou à un autre. »

Détail amusant, sa mère n'avait pas l'air du même avis quelques jours plus tôt, quand Allie avait entendu ses parents se disputer bruyamment au sujet de sa venue ici. Mais c'était sa mère tout craché : capable de transformer n'importe quoi en expérience instructive à la con.

Allie gagna la petite cuisine qui se limitait à une paillasse, un évier, un vieux four, un frigo fatigué trop grand pour la pièce, une table et deux chaises. Frank ne possédait qu'une poignée d'assiettes et de tasses, et quelques couverts dépareillés. Elle dévisagea les céréales et le bol, le couvert mis, comme tous les matins. En général, elle rangeait tout sans y toucher. Elle n'aimait pas les céréales, mais elle aurait trouvé ingrat de le dire à Frank. Elle tira la chaise et s'assit. Encore cette sensation horrible, ce vide au creux de l'estomac. Inévitable quand on reste enfermée seule pendant des heures entre des murs qui pourraient aussi bien être ceux d'une prison. L'impression rampante que, quoi qu'elle fasse, elle n'aurait pas la main sur le résultat. Elle avait essayé de tenir tête à Hannah Bond, et elle avait été exclue. Elle avait essayé de faire profil bas, et elle avait été envoyée ici, avec Frank, ses céréales et ses silences.

Même si ça lui avait fait peur au départ, finalement Allie se moquait d'être réveillée presque tous les jours par un cri provenant de sa chambre. Au moins, ça montrait qu'il n'était pas tout à fait mort.

Tenir une station-service ne figurait pas au sommet de la liste des ambitions de Frank quand il était jeune. Cela dit, à cette époque, il n'y avait pas grand-chose sur cette liste, et à mesure que les années passaient et que les choix se restreignaient, il s'était surpris à entretenir des rêves foireux de solitude et de train-train. Il avait acheté la station pour une bouchée de pain avec la maison en prime, l'ensemble de la catastrophe couvrant quelques hectares. Il s'était coulé dans ce calme en espérant que, avec le temps, il déteindrait sur lui.

La station était située au bord d'un long tronçon de nationale, les pompes à une centaine de mètres du bitume. Les villes les plus proches étaient à plusieurs heures de route ; si Frank s'en sortait, c'est uniquement parce qu'il tenait le seul endroit où l'on pouvait trouver des vivres ou de l'essence dans un des coins les plus paumés de ce qui s'appelait l'Australie civilisée. Trop vert pour être un désert, trop laid pour intéresser les touristes, trop sec pour être cultivable. Sur plusieurs kilomètres dans chaque direction, les attractions les plus fascinantes se limitaient à de vieilles granges, une éventuelle éolienne rouillée qui tournait à contrecœur, peut-être quelques vestiges d'équipement agricole abandonnés avec la certitude que personne ne les verrait ou ne s'en offusquerait trop. À moins d'avoir une sacrément bonne raison, personne ne venait par ici. Les visiteurs passaient et oubliaient ce bout de terre avec son ours mal léché dès qu'ils repartaient en direction d'un endroit qui en valait la peine.

Le soleil était un peu plus haut dans le ciel quand Frank posa le pied sur la dalle de béton à l'arrière de la station. Il ouvrit la porte et pénétra dans la réserve, poussiéreuse mais en ordre. Il ne prit pas la peine de s'éclairer pour traverser l'étroit couloir attenant qui menait à la cuisine. Là, il alluma le plafonnier et la friteuse. La cuisine sentait un peu la graisse, ce n'était pas très agréable mais, d'un autre côté, ça ne semblait pas déranger les gens assez affamés pour manger ici. Il la maintenait dans un état de propreté acceptable et ne faisait guère que des plats surgelés. Il fallait vraiment y mettre du sien pour les rater.

Collé à la cuisine, un coin salle à manger exigu: trois tables, du carrelage au sol, des baies vitrées offrant une vue époustouflante sur les deux pompes, la route et la pampa. Côté droit, un mur en Placoplâtre percé d'une grande porte coulissante qui donnait sur la boutique et que Frank laissait habituellement ouverte. La boutique, quant à elle, n'était qu'une grande pièce dans laquelle trois rayonnages proposaient des en-cas industriels, des accessoires automobiles et des magazines périmés, avec une porte branlante qui donnait sur les pompes. Au fond, un comptoir et la caisse, d'où Frank pouvait garder un œil sur son commerce et retourner dans la réserve ou le couloir de la cuisine par une porte située dans son dos. Il avait toujours veillé à ce que la taule soit plus ou moins présentable, mais il ne se faisait pas d'illusions: personne ne s'attendait à être époustouflé par une station-service au milieu de nulle part. Une station-service était là pour fournir des services, et celle-ci s'acquittait de sa mission.

Il s'était fait cette réflexion sur un ton presque agressif lorsque Nick s'était arrêté sur le parking. Frank était en train de bâcler son inventaire. Il n'avait pas reconnu la voiture, mais ça n'avait pas empêché que son estomac se torde.

Il avait posé son cahier et tâché d'accueillir convenablement sa petite-fille et son fils, dont l'expression reflétait probablement la sienne. Allie traînait la patte, petite chose maigrichonne en sweat à capuche bien trop grand et jean malgré le mercure qui dépassait déjà les trente degrés. Elle n'avait pas daigné regarder Frank, ses yeux parcourant toute la station, assimilant les détails avec un air de désespoir grandissant. Il n'en avait pas fallu davantage pour que Frank commence à chercher une excuse pour filer s'enfermer dans la réserve jusqu'à ce que Nick décrète que finalement c'était une erreur et qu'il valait peut-être mieux ramener sa fille à la maison.

Puis Frank s'était ressaisi et avait serré la main d'Allie, qui refusait toujours de le regarder et marmonna une phrase que Nick avait dû lui souffler, avant de sortir son téléphone et d'aller s'asseoir dans le coin salle à manger, pour n'en décoller qu'au moment où Nick était parti et où Frank lui avait proposé de lui montrer la maison. En voyant la tête qu'elle avait tirée en passant la porte, Frank avait eu envie d'appeler Nick pour lui demander de revenir. Mais il s'était retenu. Il avait serré les dents et ainsi avait débuté leur cohabitation, majoritairement muette. Nick avait dit deux semaines. Du point de vue de Frank, ça ressemblait assez à une décennie.

Le temps que le soleil finisse de se lever, la station-service était opérationnelle. Frank fit le réassort, vérifia les pompes et s'installa ensuite derrière la caisse avec un livre. Il levait le nez de temps à autre quand il saisissait un mouvement du coin de l'œil, mais les quelques véhicules qui passaient ne s'arrêtaient pas. Ils avaient dû faire le plein à Coogan. Frank se replongea dans sa lecture.

Il fut presque surpris lorsque, vers la fin de l'après-midi, il entendit la camionnette. Quelques secondes plus tard, un jeune couple poussa la porte. Le garçon était mince, dégingandé, avec une tignasse blonde et de grands yeux agités. Il était vêtu d'un tee-shirt noir et d'un jean délavé. La fille, petite, svelte et jolie, cheveux blonds et l'air décontracté, portait une ample chemise en chanvre, un pantalon de pêcheur thaïlandais et des sandales. Frank regarda un peu plus attentivement leur véhicule. Pas de volutes arc-en-ciel peintes sur la carrosserie, mais ils y remédieraient sans doute à la prochaine ville.

« Ça marche pas », dit la fille. Elle avait un accent anglais.

Frank posa son livre. Il ne répondit rien.

« La pompe, dit la fille. Vous voulez bien aller voir ? »

Le garçon étudiait les rayonnages. La fille attendait, mains sur les hanches, un demi-sourire impatient aux lèvres.

Frank se leva. Les mains dans les poches, sans se presser, il se dirigea vers la porte. Le garçon ne lui adressa pas un regard. La fille le suivit des yeux. Il ouvrit la porte et sortit dans la fournaise. Le soleil était haut et le bleu du ciel aurait pu être joli sans cette chaleur qui vous donnait l'impression d'être piégé dans un sauna.

Comme il le suspectait, la poignée de la pompe était un peu dure. Frank appuya un bon coup. L'essence gicla.

Se retournant vers la boutique, il vit que les hippies s'étaient un peu rapprochés de la caisse. Il remit le bec dans son logement et risqua un regard dans l'habitacle. Une bouteille de vin à moitié vide sur le siège passager. Il rentra en ignorant le serrement dans sa poitrine.

« Ça fonctionne », dit-il en poussant la porte.

Le garçon sursauta. Il devait être à un mètre de la caisse.

« Vous êtes sûr ? » demanda la fille. Il avait du mal à déterminer si sa confusion était surjouée ou non.

« Elle est un peu dure, c'est tout, dit Frank en retrouvant sa place derrière le comptoir. Je peux faire autre chose pour vous ? » Il se retint de regarder trop ostensiblement sa caisse. Pas la peine de chercher les ennuis.

La fille considéra son partenaire avec un air plein de mépris. « T'attends quoi, mon chat ? Va faire travailler tes muscles. »

Le garçon ressortit en secouant la tête. Frank ne quitta pas la fille des yeux.

« Je peux faire autre chose pour vous ? » répéta-t-il.

Elle se mordit la lèvre, baissa légèrement la voix. « Est-ce que vous avez des cigarettes ? Des menthols, les moins chères. »

Frank se retourna et ouvrit la porte coulissante du placard derrière lui. Il fit glisser ses doigts sur les paquets neutres, survolant les prix écrits à la main.

« Excusez-moi, mais… » Une touche d'urgence dans la voix de la fille. « Est-ce que vous pourriez vous dépêcher un peu ? »

Frank fit mine de n'avoir rien entendu. Il trouva ce qui était visiblement la marque la moins chère, préleva un paquet et le posa sur le comptoir à l'instant où le petit copain revenait.

« Et voilà, dit Frank.

— Je croyais que t'avais arrêté. » Une pointe d'accusation dans la voix du garçon.

« Ouais, ben j'ai menti, marmonna la fille en payant Frank. Désolée, Charlie, je suis vraiment nulle, tout ça tout ça. »

Charlie ne parut pas trouver la plaisanterie amusante. « C'est mauvais pour ta santé.

— Je sais, mon chat, mais je ralentis. C'est mon dernier paquet, promis. » Elle se tourna vers Frank. « Vous fumez, vous, non ?

— Non, répondit Frank. C'est mauvais pour la santé. Autre chose ?

— Je mangerais bien un truc, dit Charlie. Del ? »

Ensemble, ils passèrent au coin salle à manger. Croisant les doigts pour qu'ils ne soient pas trop exigeants – qu'ils se satisfassent d'un plat sorti du congélateur –, Frank poussa la porte derrière la caisse et traversa le couloir pour gagner la cuisine.

« Est-ce que vous avez quelque chose de végétarien ? cria la fille – Del, s'il avait bien compris.

— Vous pouvez essayer la tarte végétarienne, mais je garantis rien. »

La bouche de la fille se tordit en une grimace qui, hors contexte, aurait pu se transformer en rire. « Je prends le risque. »

Comme demandé, Frank passa au micro-ondes une tarte végétarienne et une autre au bœuf. « Vous êtes en

Australie depuis longtemps ? demanda-t-il en servant le couple.

— Six mois, répondit Charlie.

— Deux ans, ajouta la fille. À ce stade, je suis presque australienne. » Charlie leva les yeux au ciel. « Au fait, je m'appelle Delilah, et lui c'est Charlie. Et vous ?

— Frank, répondit-il en s'asseyant à la table voisine. Qu'est-ce qui vous amène par ici ? Y a pas grand-chose à voir.

— J'aimerais bien pouvoir vous donner une raison profonde et pleine de sens, fit Delilah, mais Charlie s'est trompé de route. Enfin, c'est cool d'explorer un peu. De voir les coins où personne ne va jamais.

— Y a mieux à voir, dit Frank. Vous pouvez me croire, je vis dans un coin où personne ne va jamais.

— On a tout vu, dit Charlie. Le Harbour Bridge, l'Opéra, la gare de Flinders Street, la Grande Barrière de corail…

— Le parc national de Daintree, la plaine de Nullarbor, l'Uluru, dit Delilah. On a coché toutes les cases à touristes.

— Eh ben, vous avez vu plus de choses intéressantes que moi, dit Frank. Je comprends pas pourquoi vous êtes encore là. »

Un grincement derrière lui. Il se retourna et découvrit Allie derrière la caisse, dans l'encadrement de la porte. Ses cheveux noirs encadraient son visage délicat et bronzé. Les yeux plissés, elle considéra Frank et le couple.

C'était absurde, mais Frank fut saisi d'un mélange de panique et de gêne. La dernière chose qu'il désirait était que des inconnus le voient essayer de jouer au grand-père avec une personne qui s'en désintéressait éperdument. Il avait beau se foutre de ce que pouvaient penser Charlie et Delilah, il préférait quand même qu'ils ne soient pas témoins de cet inévitable moment de gêne.

« Ma petite-fille, dit-il sur un ton qu'il espérait suffisamment chaleureux. Allie. Tu es venue chercher quelque chose à manger, ma chérie ? »

Allie ne répondit rien. Difficile de déterminer si ces silences signifiaient oui ou non, mais puisqu'elle était venue jusqu'ici, Frank était tenté de prendre celui-ci pour un oui. Il s'excusa et alla dans la cuisine. Allie le rejoignit, posant un regard manifestement dégoûté sur ce qui l'entourait.

« Tu veux que je te prépare quelque chose ? demanda Frank.

— Tu lis quoi ? »

Frank fut pris de court.

« Le livre, dit Allie. Près de la caisse.

— Oh. C'est *Les Dents de la mer*. Le film est mieux, mais vu que j'ai pas de lecteur DVD… » Il aurait aimé que ça sonne comme une blague, mais sans succès.

Allie tira sur la manche de son sweat. « Je savais pas que tu aimais lire. Je voulais t'apporter un livre, mais maman… Bref, c'est pour ça que je t'ai donné les jumelles. »

Frank cligna des yeux, surpris. Pas par la réponse de la mère d'Allie – il imaginait bien son rire et son air hautain à l'idée qu'il puisse lire –, mais parce que Allie avait eu l'idée de lui offrir un cadeau. Il avait cru que c'était Nick qui l'avait forcée.

« Eh ben, ce sera pour la prochaine fois, dit Frank. Mais tu n'es pas obligée de m'offrir quoi que ce soit. » Il faillit ajouter que sa présence lui suffisait, mais il se retint, craignant que cela paraisse forcé ou poussif.

« Je veux bien un burger, dit Allie. Sans cornichons. »

Quelques instants plus tard, Frank avait cuit un steak surgelé et grillé un petit pain. Il ajouta une feuille de laitue molle, une tranche de tomate gorgée d'eau et un pâté de sauce barbecue. Il disposa le tout dans une assiette qu'Allie emporta au coin salle à manger, où elle s'assit le plus loin possible de Charlie et Delilah. Elle mangea sans lever les yeux. Frank ne vérifia pas si les routards anglais les avaient observés. Il ne voulait pas savoir.

Il venait de retourner dans la cuisine pour se préparer quelque chose à son tour quand il l'entendit. Un crissement de pneus à l'avant. Il vit un vieux break arrêté près des pompes selon un angle curieux. Le capot avait frôlé le réservoir et faisait face à la boutique.

Frank attendit que la voiture se gare mieux. En vain.

Il traversa le coin salle à manger, dépassant Delilah et Charlie qui n'en perdaient pas une miette. Il ouvrit la porte, sortit et posa les mains sur ses hanches.

Maintenant qu'il voyait mieux la voiture, il sentit une pointe de malaise. Le break n'était pas simplement vieux ; il était à bout de souffle. Et…

La portière conducteur s'ouvrit. Quelqu'un en sortit en titubant.

Elle avait l'air jeune, pas beaucoup plus âgée qu'Allie. Mais difficile d'être sûr. Sur la toile du ciel de cet après-midi, elle ne paraissait même pas humaine. Elle était recouverte de ce que Frank identifia comme étant de la boue et du sang. Elle s'écarta de la voiture en chancelant. Se déporta vers lui. Ses yeux noirs, étincelant au milieu de la saleté qui recouvrait son visage et plaquait ses cheveux contre son crâne, étaient rivés à ceux de Frank.

Elle ouvrit la bouche comme pour parler. Puis elle vacilla et s'étala de tout son long sur le béton.

2

Plus tôt

Au début, Simon aimait bien les longues lignes droites, les immenses enclos où pâturaient des vaches et les kilomètres de bush aride et de buissons noueux. Des montagnes se dressaient à l'horizon, formations rocheuses déchiquetées surgissant de la plaine, et il traversait à intervalles réguliers de petites villes aux maisons uniformément marron réparties autour d'un monument aux morts. Au-dessus, un ciel bleu infini et le soleil cuisant qui y suivait sa lente trajectoire. De temps à autre apparaissait un nuage – petit, duveteux et paresseux, plutôt du genre à ponctuer le bleu qu'à annoncer la pluie. Tout était si beau, si contrasté : la couleur du ciel, la sécheresse de la terre, la sensation que c'était ça l'Australie, le pays des extrêmes jamais tout à fait domptés. Il embrassait tout cela avec joie et gratitude.

Le deuxième jour, il avait écouté de la musique et des livres audio, et puis, ne voulant pas diluer l'expérience, il avait coupé le son et tenté de recommencer à admirer le paysage. Problème, après des heures et des heures à bord d'un break dont la clim était en panne, il n'était plus vraiment d'humeur à admirer quoi que ce soit. Quand il eut l'impression de voir passer le même enclos et la même vache pour la cinquième ou sixième fois, il commença à avoir peur de s'être retrouvé sans savoir comment sur une route circulaire. En l'absence de compagnie, rien ne pouvait le distraire de l'ennui grandissant de son voyage. Le rétroviseur lui renvoyait une image échevelée : pas rasé, des poches sous les yeux et un vernis de transpiration sur le visage. Cela ne le dérangeait pas trop : il trouvait que ça lui donnait un air authentique toujours préférable à sa tête de premier de la classe qui entreprenait un voyage stupide pour découvrir qui il était. Il avait tenté d'expliquer à ses copains que c'était plus que ça, mais ils avaient continué à se foutre de lui. Et il n'avait pas davantage réussi à se débarrasser de l'impression que leurs blagues étaient justifiées. Partir vivre des aventures était une belle idée quand on lisait Kerouac allongé sur le canapé de sa colocation ; un peu moins lorsque la décision de se lancer sur la route signifiait simplement avaler du bitume. Et lorsque la seule activité était de conduire, même le budget essence le plus généreux commençait à paraître naïf. Le genre de chose auquel il aurait certainement dû penser avant de partir en road trip dans une région comportant plus de routes que de sites à visiter.

Ce qu'il lui fallait, c'était un endroit où se poser quelques jours, laisser passer le temps, se détendre, et voir des trucs qu'il ne trouverait pas à Melbourne. Un endroit authentique ; pas comme les rares hameaux prometteurs dans lesquels il avait fait étape avant de découvrir qu'ils étaient remplis de gens comme lui, de citadins qui cherchaient à s'évader mais se contentaient de transplanter leur mode de vie quelques degrés plus à l'ouest. Avoir fait toutes ces économies pour « voir l'Australie » lui apparaissait bien idiot maintenant que la seule aventure à sa portée était la vie qu'il connaissait déjà, mais à l'échelle d'une petite ville. Il se rangea sur le bas-côté et consulta sa carte, achetée quelques semaines plus tôt dans une brocante à Brunswick. Il eut beau l'étudier, elle ne lui permit pas de déterminer combien de temps il allait encore rouler dans ce type de paysage et quand il trouverait ce qu'il cherchait. Sauf erreur de sa part, il allait tomber sur une ville d'ici une centaine de kilomètres.

Après avoir assisté à un coucher de soleil satisfaisant qui transforma le ciel tout entier en un brasier orange et rose, il découvrit une enfilade de boutiques et de maisons qui, à en croire le panneau « BIENVENUE À COTHAM », constituaient une ville. Il gara la voiture à proximité d'un pub en pierre grise à l'éclairage agressif qui se dressait seul sur un lopin de terre bordé de rues étroites qui ne menaient apparemment nulle part. Grâce aux tout derniers rayons du jour, le ciel restait plus proche du bleu velouté que du noir, et il s'accorda quelques instants pour regarder l'obscurité s'épaissir et les étoiles s'animer. Difficile de rester cynique devant un spectacle pareil.

Après s'être assuré que la voiture était bien fermée à clé, il se dirigea vers le pub. L'établissement était presque vide, mais un écriteau annonçait un concert. C'était bon signe. Il salua le barman âgé qui parut surpris de le voir, s'assit au comptoir et commanda une bière, assimilant l'atmosphère du lieu. Il s'attendait à quelque chose de plus glauque, mais le pub, quoique ringard, était propre ; tout en pierre, avec des banquettes en acajou et un billard près d'une cheminée vide. De la country passait dans les enceintes et les murs étaient décorés de photos d'hommes que Simon devina être des footballeurs célèbres. Avec une certaine déception, il se rendit compte que ce bar aurait été aussi bien à sa place dans une banlieue de Melbourne. Il se demanda toutefois comment il réussissait à survivre dans ce patelin. Peut-être grâce aux routiers. À moins que ce ne soit qu'une façade servant à blanchir de l'argent. Ou bien un lieu de rendez-vous secret pour motards. Dans tous les cas, mieux valait ne pas demander au barman.

Le temps qu'il termine sa première pinte, quelques clients étaient arrivés, principalement des hommes entre deux âges qui lui décochèrent des regards curieux, et quand il arriva à la moitié de sa deuxième, le groupe monta sur scène. Avec leurs barbes grises et leurs chemises en flanelle, ils étaient raccord avec la clientèle, et ils marmonnèrent quelques mots sans enthousiasme avant de commencer leur concert.

En les entendant jouer, Simon se rendit compte qu'il avait espéré quelque chose d'inattendu de leur part, une lueur de vérité, mais non, c'était un groupe de musique celtique qui grattait ses violons à une vitesse insensée, accompagné par une batterie qui tenait le rythme et une flûte qui pépiait. Ils étaient plutôt bons, ce qui était encore plus dommage. Ils semblaient appartenir à un autre pays. Simon termina sa deuxième bière et venait d'en commander une troisième quand la fille entra.

Elle capta instantanément son attention. Mince, de taille moyenne, elle avait des cheveux noirs qui lui tombaient aux épaules et de grands yeux sombres. Des traits fins, auxquels la forme de sa mâchoire et son regard scrutateur prêtaient une certaine dureté. Elle était vêtue sobrement : une chemise, un jean et, malgré la chaleur persistante, un blouson en cuir élimé. Elle serrait dans la main droite la bretelle d'un petit sac à dos qui pendait sur son épaule. Elle était extrêmement jolie et détonnait radicalement dans ce décor.

Des types plus âgés semblaient eux aussi l'avoir remarquée et, pendant quelques secondes de panique, Simon craignit de devoir jouer les chevaliers blancs en s'interposant, mais ils la laissèrent se diriger vers le comptoir et s'asseoir à côté de Simon sans l'importuner. En l'ignorant superbement, elle demanda une vodka pure, la but cul sec et en demanda une autre.

Il se rendit compte qu'il commençait à être un peu ivre. C'était minable : deux pintes n'auraient pas dû lui faire cet effet, même si la déshydratation et le fait qu'il n'avait rien avalé à part une barre de céréales ne devaient rien arranger. Il sirota sa bière en s'efforçant de ne pas trop lorgner vers la fille tandis que les autres clients applaudissaient poliment et que le groupe entamait la chanson suivante.

« T'aimes bien la musique irlandaise ? demanda-t-il.

— C'est de la musique écossaise, répondit la fille, sans le regarder davantage.

— Oui. Exact. Écossaise. »

Elle but. Il l'imita.

« Je suis désolé, dit-il. T'as probablement pas envie qu'on te parle.

— Qu'est-ce qui te fait dire ça ?

— Je sais pas. C'est ce que tu dégages.

— Je savais pas que je dégageais quelque chose.

— Un petit peu, si.

— Assez pour décider que j'ai pas envie qu'on me parle ?

— On est jamais trop prudent. »

Elle commanda une nouvelle vodka. « C'est pas moi qui dirai le contraire. Mais, si on laisse de côté ce que je dégage, est-ce que je viendrais dans un pub si j'avais pas envie qu'on me parle ? Je pourrais aussi bien boire chez moi.

— C'est vrai », dit Simon en buvant une gorgée de bière. Soit c'était l'alcool, soit il était d'humeur téméraire. « Et donc, pourquoi tu bois pas chez toi ? À condition que j'aie bien senti ce que tu dégages, évidemment. » Il lui adressa un sourire maladroit.

Là, elle tourna la tête vers lui et il eut à la fois envie de fuir et de ne jamais la quitter des yeux. « J'ai pas de chez-moi où boire, dit-elle. Et j'aime pas trop boire dans la rue. Donc...

— T'es sans abri ?

— Exactement. » Son visage restait de marbre.

« Mais... » Il sentait ses joues s'échauffer. « Mais tu... tu ressembles pas à une sans-abri.

— Oh, ben alors ça doit vouloir dire que je mens.

— Où est-ce que tu dors ? »

Elle haussa les épaules. « Dans des motels, le plus souvent. Sinon à la belle étoile.

— Y a combien de motels dans cette ville ?

— Un, peut-être. Pas sûr. Je suis jamais venue.

— Tu fais du stop ?

— Je préfère dire que je suis nomade. »

C'était risible. Simon ne prétendait pas avoir particulièrement roulé sa bosse, mais il savait qu'il était dangereux pour une fille comme elle de se balader toute seule en levant le pouce pour se faire embarquer par de parfaits inconnus. Le monde était plein de types louches. Et puis une idée lui traversa l'esprit : peut-être qu'elle mentait effectivement, ou qu'elle en rajoutait, et dans ce cas il avait intérêt à se montrer prudent. Mais, en l'observant, il ne parvenait à éprouver qu'une fascination croissante à laquelle se mêlait une pointe d'autre chose, qui s'apparentait à de l'excitation.

« Et toi, alors ? demanda-t-elle. Citadin ?

— Qu'est-ce qui te fait dire ça ?

— Tu ressembles à un citadin.

— Et à quoi ça ressemble, un citadin ?

— À toi et moi, j'imagine. »

Elle n'avait pas tort. Il sécha sa bière et leva la main pour en demander une autre. Il lui fallut un moment pour se rendre compte que la fille continuait à le regarder.

« Quoi ? fit-il bêtement.

— Je me demandais si t'allais finir par me dire comment tu t'appelles.

— Je… » Il rougit encore plus. Il était salement rouillé. « Je m'appelle Simon. Et toi ?

— Maggie.

— Diminutif de Margaret ?

— Maggie tout court. » Elle termina son verre. « Un billard ? »

Deux mecs finissaient une partie, des types secs, en débardeur, cigarette derrière l'oreille. Maggie posa une pièce de deux dollars sur le bord de la table sans leur prêter attention, pas plus qu'aux regards évidents qu'ils lui lancèrent lorsqu'elle rejoignit Simon, parti s'asseoir à une table pour attendre. Il avait commandé une nouvelle tournée, conscient que c'était la dernière que lui permettait son budget. Il calculait ses dépenses dans sa tête, rongé par un mélange de culpabilité et d'inquiétude, mais le sourire de Maggie contribua largement à dissiper ses ruminations.

En attrapant la queue pour casser, il regretta à moitié d'avoir accepté cette partie. Le billard était un langage universel et il le parlait mal, surtout quand il était ivre, c'est-à-dire, si on était réaliste, chaque fois qu'il jouait. Mais il fit de son mieux pour paraître calme et détaché, se concentra et frappa le triangle de boules aussi fort que possible afin de provoquer le claquement satisfaisant qui était associé à une bonne maîtrise du jeu. Ce premier coup n'eut rien d'extraordinaire, mais Maggie ne releva pas et enchaîna en rentrant une boule. Juste avant qu'elle ne tire, Simon entrevit une petite cicatrice circulaire sous sa clavicule, comme une brûlure de cigarette. Elle rata le coup suivant et Simon profita de ce qu'elle avait envoyé la blanche dans un endroit favorable pour rentrer une boule, au prix d'une concentration plus importante qu'il n'était prêt à l'admettre. Sans surprise, il foira lamentablement le coup suivant.

« Je suis pas dedans », constata-t-il en guise d'aveu courtois.

Maggie sourit et rentra une boule, puis une autre. « Ouais, moi non plus. »

Simon éclata de rire. Ils jouèrent un moment en silence, ratant la plupart de leurs coups. Il s'efforçait tellement de ne pas se ridiculiser qu'il ne remarqua pas tout de suite que Maggie l'observait avec un air qui ressemblait à de la perplexité.

« Qu'est-ce qu'il y a ? demanda-t-il.

— Ben, je t'ai raconté mon histoire…

— Tu m'as rien raconté du tout.

— Je t'en ai raconté assez. Et toi ? T'es en cavale ?

— J'ai l'air d'être en cavale ?

— T'as l'air de noyer ton chagrin dans l'alcool.

— Je noie rien dans l'alcool. » Un coup manqué. Il fit un pas en arrière. Maggie étudiait la table. « Je cherche quelque chose.

— Et tu cherches quoi ? »

Silence. Il savait, quoique indistinctement, qu'il lui arrivait d'en dire trop quand il était bourré. D'être trop sincère et de se sentir con le lendemain. Mais cette fille lui parlait et il ne la reverrait probablement jamais et il était tout seul au milieu de nulle part et puis bon.

« L'Australie », répondit-il.

Il se prépara à une moquerie, qui ne vint pas.

« D'accord, dit-elle, t'as piqué ma curiosité. Comment ça marche ? Je suis à peu près sûre que ça doit pas être trop difficile de trouver quelque chose quand on marche dessus.

— C'est pas… OK, il va me falloir une bière pour t'expliquer. » Il allait sortir son portefeuille quand il s'arrêta. Dix dollars le verre, un verre chacun, encore quelques tournées…

« C'est pour moi, dit Maggie sans que rien n'indique qu'elle avait remarqué son hésitation. Et je vais te faire une proposition : je prends aussi la suivante *si*… » Elle leva un doigt. « Si et seulement si tu me donnes une bonne explication.

— Vendu. »

Elle décrocha son sac de son épaule et, tournant le dos à Simon, en défit la fermeture éclair. Elle y plongea la main et alors, il crut voir…

Le temps qu'il cligne des yeux, le sac était refermé et revenu sur l'épaule de Maggie qui marchait vers le comptoir. Simon s'appuya sur la queue de billard, les yeux rivés au dos de la fille. Une petite voix lui répéta de se méfier.

Il y avait forcément une bonne raison. Personne ne se baladait avec un sac bourré de ce qui avait tout l'air d'être des billets de cent dollars bien tassés. Déjà parce que c'était stupide et dangereux, or cette fille paraissait tout sauf stupide.

La petite voix se fit plus forte, plus insistante. Il jeta un coup d'œil en direction de la sortie. Il n'avait pas prévu de s'attarder autant dans ce rade et avait envie d'être en forme le lendemain. Il posa la queue sur le bord de la table.

Et puis Maggie revint et lui tendit une bière.

Il s'obligea à ne pas regarder son sac. Il but une gorgée et leurs yeux se croisèrent. Il approchait le niveau d'ivresse qui lui valait les moqueries de ses copains – il allait bientôt s'enflammer pour tout ce qu'il disait et pour la personne à qui il le disait –, mais ça ne changeait rien au fait que cette fille était sexy et qu'elle lui plaisait. Elle lui plaisait beaucoup.

« T'as déjà voyagé à l'étranger ? » lui demanda-t-il.

Elle fit non de la tête.

« Y a quelques années, je suis allé à Londres avec des potes, dit-il. Et à New York, quand j'étais ado. En famille.

— Famille riche, donc. »

Ne sachant trop que répondre, Simon continua. « Et, bref, ce qui m'a frappé, c'est que tout, comment dire, tout ressemblait à Melbourne. Y avait les grandes attractions touristiques et tout, mais franchement, dans la plupart des rues, c'était pas si différent.

— Peut-être que t'as juste besoin de voyager plus.

— Peut-être. Mais c'est pas là que je veux en venir. Le truc, c'est que je me suis dit : J'ai toujours habité Melbourne. Mais Melbourne, au fond, c'est pas vraiment l'Australie.

— Ben, si.

— Non. C'est… » Simon gesticula, il cherchait ses mots pendant que Maggie s'envoyait un shot de vodka, et puis encore un. « C'est seulement une *ville*. J'adore Melbourne, mais comment est-ce que je peux me prétendre australien si j'ai pas visité l'Australie ? Si la seule chose que je connais, c'est un endroit qui ressemble à un million d'autres ? » Il savait qu'il parlait de plus en plus fort, mais il s'en fichait. Il était lancé. « Tout ce qu'on entend dans les chansons et les poèmes… tu sais, les plaines infinies, les vagabonds joyeux qui campent au bord des *billabongs*, les tondeurs de moutons. Je suis même pas sûr que ça existe, tout ça, mais comment je peux en être certain si je vais pas vérifier, tu comprends ? »

Maggie était concentrée sur leur partie de billard. Il tendit une main pour lui attraper le bras et récupérer son attention avant qu'elle n'éclate de rire et qu'il soit forcé de quitter le bar, honteux et le rouge aux joues.

Ça ne dura que le temps d'un éclair, si fugace qu'il faillit ne pas remarquer. Les jointures de Maggie, soudain serrées autour de la queue, son visage froid et dur, la tension dans les muscles de son avant-bras. Il crut qu'elle allait lui sauter à la gorge. Il fit un pas en arrière et elle manqua son coup, s'écarta de la table et haussa les épaules d'un air gêné. « Bravo, t'as réussi à me distraire. » Elle but. « Continue ton histoire. »

Elle était détendue, souriante. Quoi qu'il ait vu, il l'avait imaginé. Il but et prépara son coup suivant. « Tu vois, ça doit être génial de voir l'Uluru, l'*outback* et tout ça, mais j'ai envie d'autre chose. J'ai envie de sortir des sentiers battus. Peut-être travailler dans un élevage de moutons. Vivre un moment avec les Aborigènes. Je sais pas. Mais une ville, ça me suffit pas. J'ai envie de connaître ce pays et tout ce qu'il a à offrir. T'as déjà lu *Sur la route* ? »

C'était une erreur. Maggie leva les yeux au ciel.

« Attends, dit Simon en levant les deux mains. Je sais que tous les mecs comme moi doivent te soûler avec ce bouquin, mais tu crois pas qu'il y a quand même un truc ? Sauter dans une bagnole défoncée et chercher l'aventure ? » Il tira, mais visa mal et la queue effleura la blanche, qui ne bougea que de quelques centimètres.

« Je suis pratiquement sûre que Kerouac cherchait surtout sa prochaine dose, mais si tu veux. » Elle tira et manqua.

« D'accord, mais à part l'alcool et la came. » Simon but une gorgée de bière. « Y a pas que ça. L'aventure, le genre de trucs qui existent qu'en Australie. Moi, c'est *ça* que je cherche. »

Ils en étaient à la noire. Absorbé par leur conversation, Simon n'avait pas remarqué qu'il était plus ou moins à égalité avec Maggie. Il visa et réussit à amener la boule juste devant le trou. Il faillit dire quelque chose, une blague nulle sur le fait qu'il lui facilitait la tâche, mais Maggie ne regardait pas le jeu. C'était lui qu'elle regardait, en tapotant le coin de la table avec un doigt.

« Tu sais que tu lui ressembles un peu ? finit-elle par dire.

— À qui ?

— À Jack Kerouac. À part que toi, tu souris. C'est mieux. »

Simon laissa échapper un rire nerveux. Il sentit le sang lui monter aux joues.

« Je peux venir avec toi ? *Sur la route* ? » Elle fit des guillemets avec ses doigts.

Simon était pris au dépourvu. « Pourquoi tu veux venir avec moi ?

— Parce que j'ai rien de mieux à faire et que voir l'Australie n'est pas le pire moyen de s'occuper.

— Ouais, mais… on vient de se rencontrer. Je pourrais être un meurtrier ou je sais pas quoi.

— C'est vrai, mais je pense pas. Un truc que tu dégages. »

Il la considéra en cherchant une bonne raison de refuser, puis il se rendit compte qu'il n'avait pas envie de refuser, qu'il en avait déjà marre de voyager seul et qu'elle était vraiment très belle.

« D'accord, dit-il. Allez, d'accord. Pourquoi pas. On va voir l'Australie ensemble. »

Elle leva son verre et ils trinquèrent. Il tenta en vain de cacher son excitation.

Elle rentra la noire. « Mais oublie pas. Jack Kerouac est mort jeune. »

3

Maintenant

Frank avait ramassé la fille et il marchait déjà vers l'entrée de la boutique quand il prit conscience de ce qu'il était en train de faire. Il tenait dans ses bras une poupée de chiffon qui battait des paupières. Il voyait que le sang provenait au moins en partie de sa jambe droite, de lacérations profondes apparaissant sous un linge qui servait de pansement.

« Qu'est-ce que… » Delilah s'était levée, Charlie derrière elle. Allie n'avait pas quitté sa chaise ; elle regardait Frank étendre la fille sur une des tables.

« Appelle une ambulance, dit Charlie. Tout de suite. »

Delilah courut vers le comptoir. Charlie commença à examiner la fille. Il palpa sa jambe blessée. Elle remua légèrement. Il inspecta ce qu'il voyait de la blessure et fit la grimace.

« Pas bon ? » demanda Frank. Question bête.

« Il faudrait que je nettoie la blessure, répondit Charlie. Mais ça a l'air assez grave. Je sais pas comment elle faisait pour conduire.

— Vous êtes médecin ?

— Infirmier. Del ? » Charlie se tourna vers la caisse. « Tu t'en sors ? »

Sourcils froncés, Delilah regardait le téléphone dans sa paume.

« Delilah, insista Charlie.

— La ligne est morte. Y a pas de tonalité. »

Frank lui arracha le téléphone des mains. Il le colla contre son oreille. Rien.

« Est-ce que… est-ce que ça arrive souvent ? » demanda Delilah.

Non. « Oui. La ligne doit être en rade. Quelqu'un a un portable ? »

Gênée, Delilah dit : « On a vidé la batterie en mettant de la musique dans la voiture, et le chargeur est pété. On comptait en acheter un dans la prochaine ville, mais… vous auriez pas un chargeur Samsung ? »

Frank ravala son irritation. Il se tourna vers Allie. Elle était déjà debout, son téléphone dans la main.

Et là…

« Non », croassa la fille sur la table. Allie s'arrêta net.

« Ne bougez pas, dit Charlie. On va appeler les secours.

— Pas les secours. »

Frank fut surpris par la force de sa voix. Les yeux de la fille étaient braqués sur Charlie, grands ouverts et implorants. « Pas d'ambulance. Pas de police.

— Vous êtes blessée, dit Charlie. Vous…

— *Non.* » La fille se redressa à moitié, tendit un bras et agrippa le poignet de Charlie en serrant tellement fort qu'il poussa un cri. Instinctivement, Frank se précipita sur la fille au moment où elle se levait, la respiration saccadée, sans quitter Charlie des yeux. « Pas d'ambulance. Pas de police. »

Sa main se relâcha. Son regard décrocha. Charlie la rattrapa avant qu'elle tombe.

« Restez avec moi, dit-il. Allez, restez avec moi. Comment vous vous appelez ? »

La fille ferma les yeux. Charlie colla son oreille contre sa bouche. Quelques instants plus tard, il hocha la tête et, avec l'aide de Frank, la rallongea en douceur sur la table. « Il me faut une trousse de premiers secours.

— J'en ai une à la maison, répondit Frank. Mais est-ce que vous…

— Pourquoi vous en avez pas une ici ? » Il ne restait plus la moindre trace de mollesse dans la voix de Charlie.

« Je… Ça me servirait à rien ici. Pourquoi on n'appelle pas les secours ?

— Vous avez entendu ce qu'elle a dit.

— On n'est pas obligés de l'écouter. Regardez-la, elle…

— On n'a aucune idée de ce qui lui est arrivé, et elle avait l'air de savoir ce qu'elle voulait. Elle respire, elle est stable. Laissez-moi l'examiner, ensuite on décidera ce qui est le mieux à faire. »

Il paraissait confiant, ça aurait dû être le premier signal d'alarme. Frank se rapprocha, saisit Charlie par le bras. Le jeune homme essaya de se dégager, mais Frank l'en empêcha. « Est-ce que vous avez bu ?

— Quoi ?

— Il y a une bouteille de vin à moitié vide sur la banquette de votre camionnette. »

Charlie détourna le regard, mais Frank y aperçut un éclat de colère et de honte qu'il connaissait bien.

« On appelle une ambulance, dit Frank.

— Mais *merde* ! fit Delilah en s'interposant et en séparant les deux hommes. Il conduisait. D'accord, il a bu une gorgée, mais on n'est pas débiles. On est en vacances ; c'est *moi* qui buvais.

— Regardez-la, dit Frank. Elle a besoin de soins.

— Et Charlie est capable de la soigner. » La voix de Delilah était froide, cassante. « Il est infirmier. Il a déjà sauvé des vies. Vous avez fait quoi, vous, dans votre vie de merde ? »

Le silence fut aussi pesant que brusque, la lame d'une guillotine. Frank était beaucoup trop conscient qu'Allie l'observait. Il recula d'un pas, fuyant la colère de Delilah.

« Bien, fit la jeune femme, calmée. Est-ce que vous pouvez rapporter votre trousse de premiers secours ? »

Frank secoua la tête. « Ici il n'y a que des tables pour l'allonger. On va l'emmener à la maison. C'est tout droit derrière nous. On y va par un chemin au coin de la station. Il y a des canapés, un lit, tout ce qu'il faut. Vous pourrez mieux vous occuper d'elle. Laissez-moi juste cinq minutes pour tout fermer et…

— On doit y aller tout de suite », dit Charlie.

Frank les regarda, l'un, puis l'autre. Il sentait que la situation lui échappait. Et, spontanément, au milieu du chaos de ses pensées, surgit une vieille suspicion paranoïaque : *Et si c'était un coup monté, et s'ils avaient tout prévu, et si…*

« Je reste ici », dit Allie.

Toutes les têtes se tournèrent vers elle.

Ses yeux étaient agités, nerveux, mais sa voix était ferme. « Je sais faire marcher la caisse et tout, je t'ai vu faire. Emmène-les, je vais garder la boutique. »

Frank ouvrit la bouche, mais il ne savait pas trop quoi dire. Ni comment le dire.

« Faut y aller, dit Charlie.

– OK, dit Frank. OK. Je reviens dans cinq minutes. Fais… » Il voulut lui dire d'être prudente. Elle n'en aurait pas besoin. Il essaya de capter son attention, de lui transmettre par télépathie le discours réconfortant à la noix qu'il n'arrivait pas à dire tout haut. Elle ne le regardait pas.

Frank souleva la fille inconsciente. Elle ne bougea pas, mais le faible mouvement de sa poitrine le rassura. Un peu. Elle était d'une légèreté presque anormale. « On va prendre sa voiture, dit Frank. Histoire de l'éloigner des pompes. »

Il se mit en marche vers le break, Charlie et Delilah sur ses talons. Charlie ouvrit la portière arrière, Frank lui ordonna de monter le premier et de se glisser jusqu'à l'autre bout de la banquette avant qu'il ne fasse entrer la fille, le plus doucement possible, de sorte que sa tête repose sur les genoux de Charlie, avec le corps en diagonale sur la banquette. Delilah s'était déjà assise sur le siège passager quand Frank ferma la portière et ouvrit la portière conducteur. Il marqua une pause. Jeta un coup d'œil derrière lui. La route était toujours déserte. L'air au-dessus du bitume tremblotait à cause de la chaleur de cette fin d'après-midi. Frank tendit l'oreille, mais n'entendit aucun véhicule, rien que la brise, paisible et paresseuse dans l'océan d'herbes hautes. Il monta à bord.

Le cuir du volant était bouillant, le siège guère mieux. À elle seule, la chaleur aurait pu suffire à vous faire tomber dans les pommes.

Delilah examinait un petit sac à dos qui occupait vraisemblablement le siège avant qu'elle n'y prenne place. Elle commença à l'ouvrir.

« Arrêtez », dit Frank.

Delilah tourna la tête vers lui, un sourcil levé. « Pourquoi ?

— Vous aimeriez qu'on fouille dans vos affaires ? »

Delilah haussa les épaules et posa le sac. Quand Frank recula son siège, ses talons heurtèrent quelque chose. C'était un vieux blouson en cuir, mais ce qu'il identifia à l'intérieur lui causa un pincement d'angoisse.

Il tourna la clé, restée dans le contact, et enclencha la marche avant. « Comment elle va? demanda-t-il à Charlie tout en agitant la main par la fenêtre en direction du comptoir et d'Allie.

— Toujours pareil, répondit Charlie. Elle respire, mais je ne peux pas vous en dire plus tant que je n'aurai pas nettoyé et examiné sérieusement la blessure. »

S'il avait été sur le quad, Frank aurait coupé à travers champs, mais en voiture c'était risqué, et le terrain était trop accidenté pour qu'il tente le coup avec une blessée à l'arrière. L'embranchement qui menait à la maison était à environ deux cents mètres de la station, une étroite ouverture dans les herbes sur la gauche. Le chemin de terre était inégal et les pneus soulevaient un épais nuage de poussière, mais c'était toujours mieux que de finir coincés dans une ornière. Frank ne répondit pas à Delilah qui lui demandait de faire attention. Il faisait tout ce qu'il pouvait.

Deux minutes plus tard, Charlie demanda : « À votre avis, qu'est-ce qui lui est arrivé ? »

C'était la question qu'ils se posaient tous depuis la seconde où elle s'était évanouie devant la boutique. Les quelques hypothèses qu'ils avaient étaient soit ridicules, soit terrifiantes, soit ridicules et terrifiantes. Dans le rétroviseur, Frank regarda la silhouette crasseuse de la fille. *Qui es-tu ?*

On pouvait facilement rater l'allée qui serpentait jusqu'à la maison de Frank si on ne savait pas qu'elle était là. Elle zigzaguait au milieu des herbes, entre des pierres et des tas de planches dont Frank avait eu la flemme de se débarrasser des années auparavant quand il avait abandonné un projet d'agrandissement mal ficelé. Il éprouvait une certaine honte à l'idée d'amener des inconnus ici ; l'endroit où il vivait ne concernait personne d'autre que lui. Mais il garda les yeux sur la route en évitant de croiser le regard de Charlie et de Delilah tandis que la silhouette trapue de la maison surgissait des herbes. Il arrêta la voiture, descendit et aida Charlie à soulever la fille. Cette fois c'est le jeune infirmier qui la porta. Delilah resta près de lui, comme si elle avait peur qu'il la laisse tomber.

« La porte n'est pas fermée à clé, dit Frank. Quand vous entrez, le salon est sur la droite. J'arrive tout de suite. »

Delilah l'observait avec une curiosité évidente, mais Charlie se mettait déjà en marche et elle le suivit. Frank attendit qu'ils aient passé la porte, puis il reporta son attention sur la voiture. Il inspecta le flanc. Pas plus Charlie que Delilah n'avait relevé la présence du sang.

Ils ne l'avaient peut-être pas identifié : il était sec et presque assez foncé pour ressembler à de la boue. Ou alors ils l'avaient délibérément ignoré. Frank ne pouvait pas leur en vouloir. Il tendit une main pour le toucher mais interrompit son geste. Il se rassit à la place du conducteur et, voyant que Charlie et Delilah ne ressortaient pas, il ramassa l'objet lourd et dur caché sous le blouson de cuir. Il le déballa rapidement, en espérant se tromper.

Car il savait qu'il venait de trouver un fusil de chasse.

Allie détestait la station. Tout était vieux et sentait le renfermé, à croire que la tristesse qui imprégnait la maison de Frank avait réussi à traverser l'étendue d'herbe. Elle l'avait remarqué à l'instant où son père l'avait déposée ici, essayant de paraître encourageant et lui expliquant qu'elle pourrait aider Frank à faire tourner la boutique, comme si ça allait la faire sauter de joie.

Quand elle y pensait, c'était ces trucs-là qui lui foutaient le plus les boules. D'accord, elle s'emmerdait ici, mais, à la limite, ça aurait pu aller si ses parents lui avaient dit la vérité. Au lieu de ça, ils s'étaient mis du jour au lendemain à lui répéter que ça lui ferait du bien de passer un moment chez un homme dont ils n'avaient aucune photo et dont ils ne lui avaient jamais rien dit même quand elle leur posait des questions. Elle se demandait comment son père avait présenté la situation à Frank. Il lui avait sûrement raconté qu'elle faisait sa crise d'adolescence, tout ça parce qu'elle avait tenu tête à Hannah Bond qui disait que toutes les mères du bahut étaient au courant que celle d'Allie trompait son père.

Allie avait peut-être eu tort de la frapper : sans Hannah, elle n'aurait jamais su.

Coincée ici, elle avait tout le temps de réfléchir. Avant, les disputes entre ses parents l'empêchaient d'y voir clair. Maintenant, c'était la fille qui venait de débouler. Elle ne paraissait même pas humaine, étendue sur la table du coin salle à manger. On aurait dit une créature de cinéma qui venait de sortir d'un lac, du sang partout et les cheveux plaqués sur le crâne. Allie frissonna. La station avait quelque chose d'angoissant quand on s'y retrouvait toute seule. Le pire, c'était le silence. Pourquoi est-ce que Frank ne mettait pas de musique ? Ça égaierait un peu l'ambiance. Et puis ça permettrait de se concentrer sur autre chose que sur l'odeur, la chaleur et la route qui n'en finissait pas. Même quand son grand-père était là, elle se sentait seule. Isolée et loin de la sécurité de la ville.

Une pensée stupide. Elle la refoula. Elle n'avait pas le droit de se plaindre. Pas alors qu'elle venait de voir une personne qui avait de vrais problèmes.

Elle avait à peine sorti son téléphone de sa poche quand la moustiquaire s'ouvrit. Surprise, elle leva les yeux. Elle n'avait entendu aucune voiture arriver.

Dans l'entrée, un homme, mains sur les hanches, balayait la pièce du regard. Il était grand et mince. Sa peau était burinée, tannée. Il portait une veste crasseuse sur un débardeur rentré dans son jean. Il perdait ses cheveux, mais ça ne le dissuadait pas de les laisser pousser.

Ses yeux se posèrent sur Allie et un sourire fendit son visage. Ce sourire n'avait rien de *bizarre*, ou du moins rien qu'elle puisse définir, mais il lui donna envie de détaler. Tandis que l'homme approchait, elle dut obliger ses pieds à rester en place.

« Bonjour, mon cœur, dit l'homme de sa voix traînante. Comment ça va ? »

Elle haussa les épaules, espérant que ça suffirait.

L'homme s'arrêta à un mètre du comptoir. Il leva un sourcil. « T'es toute seule ici ?

— Mon… mon grand-père est derrière, réussit-elle à répondre.

— Il doit te faire sacrément confiance pour te laisser la baraque. »

Allie ne répondit pas. L'homme avança encore. Arrivé devant le comptoir, il posa les deux mains à plat sur la surface. Allie recula d'un pas. Ce fut plus fort qu'elle.

Si l'homme le remarqua, il n'en laissa rien paraître. Son sourire s'élargit. « Je m'appelle Reg. »

La bouche d'Allie était très sèche. « Vous voulez de l'essence, Reg ? » Elle regarda en direction des pompes. Il n'y avait pas de voiture.

« J'aurais seulement une ou deux questions à te poser. C'est possible ? »

Allie ne dit rien. Elle ne savait pas quoi dire.

Reg s'avança légèrement vers elle. Son sourire s'estompa. « T'aurais pas vu une fille passer par ici, à tout hasard ? »

4

Plus tôt

À son réveil, Simon avait une migraine cinglante et ne savait plus où il était. Il tenta de s'asseoir, mais la douleur lui vrilla les tempes. Il se rallongea en grimaçant. Puis, avec davantage de précautions, il réessaya. Il se trouvait manifestement dans une petite chambre de motel qui puait le renfermé. Il lui fallut une minute pour se rendre compte qu'il n'était pas seul.

Des bribes de souvenirs remontèrent à la surface. Ils avaient encore bu quelques verres au pub, un paquet de verres même, et puis ils avaient titubé jusqu'au motel. Était-ce lui qui avait payé la chambre ? Il n'en était pas sûr. Il espérait que non. Les idées se bousculaient dans sa tête. Il consulta le réveil sur la table de chevet. Presque midi. Merde.

Évitant les mouvements brusques, il se glissa hors du lit. Maggie était toujours sous les couvertures. Plus il tâchait de se concentrer, plus sa tête lui faisait mal. Ils n'avaient pas couché ensemble. Il était un peu déçu, mais en arrivant au motel il était tellement soûl qu'il avait seulement réussi à s'écrouler sur le lit. Le plus inquiétant dans tout ça, c'est qu'il avait accepté qu'elle l'accompagne. Cette étrange fille qui était entrée dans un bar en pleine cambrousse et avait prétendu être sans abri, cette même fille avait payé la chambre – il s'en souvenait maintenant. Comment est-ce que tout ça se goupillait ?

L'argent.

La soirée lui revenait par à-coups, dans le désordre. La partie de billard, Maggie qui enchaînait les tournées, les liasses de billets entrevues dans son sac à dos.

Il alla jusqu'à la porte et, lentement et sans bruit, il l'ouvrit. La température était déjà étouffante. Le ciel limpide semblait vibrer, probablement les effets combinés de la chaleur et de la gueule de bois. Les boutiques qui lui avaient semblé pittoresques à la nuit tombante étaient maintenant criardes et aveuglantes, à cause des reflets du soleil dans les vitrines et sur le métal des voitures garées le long du trottoir. Déjà que l'alcool le faisait transpirer, ça n'arrangeait rien. Son estomac gargouillait et il savait qu'il fallait qu'il mange, mais il avait la nausée à la simple idée d'avaler quelque chose. Il plaça une main en visière au-dessus de ses yeux et essaya de mettre de l'ordre dans ses pensées.

Qui était cette fille ? Au-delà du fait qu'elle était belle et drôle et…

Non. Cette façon de penser n'allait l'avancer à rien. Il fallait qu'il ait les idées claires. Hier soir, il était ivre et seul ; dans cet état, facile d'ignorer un signal d'alarme tel que le sac rempli de billets. Aujourd'hui, les choses étaient différentes. Du moins, elles auraient dû l'être.

Les gens normaux ne s'amusent pas à faire du stop dans la pampa avec un sac plein de fric. Il suffisait que la mauvaise personne s'en rende compte et le danger pouvait être réel. Seule explication sensée : ce danger potentiel était toujours préférable à autre chose, et dans ce cas Maggie faisait le choix de la sécurité. Sauf que, Simon avait beau se creuser la tête, il ne voyait pas ce que pouvait être la chose en question.

Il appuya la tête contre les briques du motel que le soleil avait chauffées, un bras sur les yeux pour les protéger de la lumière. Il entendait d'ici ce que ses parents diraient. Qu'il devait être poli mais ferme, exprimer ses inquiétudes et préciser que ce n'était rien de personnel mais qu'il préférait rester à l'écart de ses ennuis. Car elle avait forcément des ennuis. Sa réaction quand il l'avait touchée était assez parlante, ou plutôt elle l'aurait été s'il n'avait pas eu plusieurs pintes dans le nez.

Il retira son bras et, plissant les yeux, se tourna vers sa voiture, garée un peu plus loin. Il aurait facilement pu rentrer dans la chambre, faire son sac et disparaître en moins de dix minutes. Elle n'avait pas son numéro ; il doutait même qu'elle ait un téléphone. Elle avait plus d'argent que nécessaire, il ne la laisserait pas dans la panade. Il pourrait cesser de penser à elle et mettre les voiles. Il aurait sûrement mauvaise conscience pendant un jour ou deux, mais guère plus. Maggie deviendrait un souvenir un peu bizarre, un vague « et si » qu'il exagérerait plus tard pour rendre l'anecdote plus intéressante.

Et pourtant.

Qu'aurait-il à raconter s'il rentrait les mains vides, métaphoriquement parlant ? *Salut les potes, j'ai traversé le pays tout seul, il faisait chaud et je me suis pas mal fait chier, mais au moins j'ai vu plein d'enclos à bestiaux.* D'accord, Maggie sentait les emmerdes à plein nez, mais quand il la regardait il avait beaucoup de mal à imaginer qu'elle représente une menace. Elle était étrange, c'est vrai, mais étrange ne voulait pas dire dangereuse.

La porte s'ouvrit. Maggie sortit. « Salut.

— Salut. »

Silence.

« Tu... tu veux toujours venir ? demanda Simon.

— J'étais pas si bourrée que ça. »

Simon se retint difficilement de sauter de joie. Une réaction surprenante vu ses inquiétudes, mais il y avait vraiment longtemps qu'il manquait de compagnie.

Ils se douchèrent chacun leur tour, puis ils rassemblèrent leurs affaires et sortirent dans la fournaise de l'après-midi. Il y avait un snack dans la rue, où Simon s'efforça d'avaler un sandwich légèrement rance tandis que Maggie, muette en face de lui, feignait parfaitement l'absence de gueule de bois.

L'estomac sens dessus dessous, Simon la conduisit à la voiture. En montant à bord du break, la jeune fille ramassa la carte routière de Simon qui était posée sur le siège passager. Elle la déplia en levant un sourcil. « Très authentique. »

Il n'arrivait pas à déterminer si elle se moquait de lui ou non. « J'étais pas sûr d'avoir du réseau. On va dire que c'est mon plan B.

— Si ça te fait plaisir, Kerouac. »

Avec le moteur allumé, il faisait une chaleur d'enfer, mais par chance la clim accepta de se mettre en marche et bientôt la température descendit à un niveau presque confortable.

Ils roulèrent en silence. Derrière les vitres, le paysage était plus ou moins identique à ce qu'il était avant la ville. Des enclos, de l'herbe jaunie, des bosquets et de temps à autre la forme presque translucide d'une montagne au loin. Simon en était presque gêné. L'absence de variété ne le dérangeait pas trop quand il était seul, mais à présent il se sentait bizarrement responsable de ce que leur voyage ne prenait pas un départ plus intéressant. Maggie attrapa le plan dans le vide-poches côté conducteur. Elle l'ouvrit et l'examina quelques minutes avant de le replier et de le ranger dans la boîte à gants. Simon finit par mettre la radio, mais ils ne trouvèrent que des morceaux country grésillants entrecoupés de voix âgées qui se plaignaient du temps ou de la situation du pays. De temps à autre il regardait Maggie du coin de l'œil; elle ne décrochait pas de sa fenêtre. Il devinait son reflet: pensif et peut-être un peu triste. Et puis, parfois, il croyait remarquer un changement. Une pointe de vigilance, les yeux attirés par quelque chose. Mais c'étaient des moments fugaces que Simon ne savait pas comment interpréter.

Ils s'arrêtèrent pour acheter à boire dans un stand décrépit et s'assirent sous un parasol délavé. Simon ne trouvait rien à dire, mais d'un autre côté Maggie ne semblait pas particulièrement communicative. Le silence ne le dérangeait pas, il espérait seulement qu'elle ne s'ennuie pas avec lui.

Finalement, alors que l'après-midi avançait et que la chaleur diminuait peu à peu, il sentit qu'il fallait briser la glace.

« Tu sais où tu vas ? Au niveau du stop et tout. »

Elle ne répondit pas tout de suite. Elle continuait à regarder par la fenêtre. « J'ai pas vraiment de destination. Peut-être le Nord. Un endroit tropical. Je sais pas. » Elle tourna la tête vers lui. « Et toi ? T'as une idée de l'endroit où tu vas trouver la vraie Australie ? »

Il piqua un fard. Il l'avait peut-être convaincue de l'accompagner en lui expliquant son idée, mais à présent il regrettait de s'être ouvert autant. Quand elle le disait à voix haute, ça paraissait débile.

« Non, dit-il. Tout ce que je sais, c'est que ce sera pas à Melbourne.

— J'imagine. C'est une ville assez nulle. »

Il fut un peu décontenancé. Il n'aimait pas Melbourne, mais ce n'était pas une ville pire qu'une autre. À tout prendre, ça paraissait même être une des plus agréables.

« Elle t'a fait quelque chose ? demanda-t-il.

— Ouais », répondit Maggie sans plus de précisions.

Ils continuèrent à rouler jusqu'à ce qu'un nouveau coucher de soleil devienne une nouvelle soirée puis une nouvelle nuit. Conscient que Maggie n'avait peut-être pas bien saisi les conditions dans lesquelles ils allaient dormir, il lui avoua qu'il n'avait qu'un seul sac de couchage en essayant d'éviter tout malentendu.

« Si on trouve un motel, je paierai la chambre, dit-elle. Sinon, c'est pas grave. Il fait assez chaud pour dormir à la belle étoile. »

Ses doutes du matin menacèrent de resurgir. Avait-il fait une erreur ?

Il apparut rapidement qu'il n'y avait ni ville ni motel à proximité, rien que de grands pâturages de chaque côté qui s'étendaient à l'infini sous le ciel étoilé.

« Là ? fit Maggie en pointant du doigt le milieu d'un champ.

— Pourquoi là ?

— Pourquoi pas ? »

Il n'arrivait pas à se défaire de sa drôle d'impression tandis qu'il quittait la route pour l'herbe, la vieille voiture protestant contre ce sol inconnu par des grincements d'avertissement à chaque cahot. Aucun panneau ne lui interdisait d'être là, mais il trouvait un peu bizarre de se garer aussi loin de la route, à un endroit où il n'y avait que des herbes à moitié mortes à perte de vue et une poignée d'arbres.

Maggie entreprit de creuser un trou pour y construire un feu, ce qui de l'avis de Simon était à coup sûr illégal, mais il était trop fasciné par l'aisance avec laquelle elle procédait pour s'en soucier. Elle disposait avec soin des feuilles mortes et du petit bois, arrachait l'herbe alentour. Il aurait peut-être dû évoquer le risque de provoquer un feu de broussailles, mais la faim l'emporta et, en outre, Maggie semblait savoir ce qu'elle faisait. Il ne lui fallut que quelques minutes pour lancer le feu. Ils posèrent une casserole sur le petit foyer et préparèrent des nouilles instantanées. C'était le dernier paquet qu'il avait dans ses réserves, et il eut envie de se mettre des claques. Il n'avait pas prévu d'embarquer qui que ce soit, et même si Maggie en était consciente, il était mal à l'aise de devoir lui annoncer qu'il avait à peine de quoi les nourrir tous les deux. Il avait eu l'intention de refaire des provisions avant de reprendre la route ce matin-là, mais, dans le brouillard de la gueule de bois, il avait oublié.

« T'aurais dû m'en parler plus tôt, dit Maggie. J'aurais pu essayer d'attraper un lapin. »

Simon attendit un clin d'œil ou un sourire, qui ne vinrent pas.

Elle poussa la casserole avec un bâton, mélangea le contenu au-dessus du feu.

« Tu sais chasser ?

— Plus ou moins, répondit Maggie. À un moment j'étais dans une famille d'accueil et le père était branché à fond camping. Il nous emmenait souvent en week-end. Pour entrer en contact avec la nature, ce genre de conneries. Chasser, dépecer, tout ça. Des fois on utilisait des fusils, mais il nous a appris à nous en passer. À poser des pièges, à se mettre à l'affût dans les arbres. Il disait tout le temps : "Aux aguets, mais pas crispés."

— Dépecer ? fit Simon qui bloquait sur ce détail. Enlever la peau d'un lapin, tu veux dire.

— La viande que tu manges, elle a forcément été dépecée par quelqu'un. Prends pas cet air dégoûté.

— Ouais, mais… Je sais pas… c'est pas un peu… bizarre, de demander à des enfants de le faire ?

— C'était histoire de créer des liens en partageant des moments éprouvants. » Ça la fit sourire. « Même si on peut pas dire que ça ait trop marché.

— Quand tu dis “nous”, c’est… Désolé si c’est maladroit… tous les enfants qui étaient dans la famille d’accueil ? »

Maggie fit oui de la tête. « On était six ou sept.

— Et vous… » Il se sentait bête mais ne savait pas quoi ajouter. Il évoluait dans un territoire qui lui paraissait délicat et dangereux. « Et vous aimiez bien aller camper ?

— Moi oui, fit Maggie, le regard perdu dans les flammes.

— T’as dit que… Enfin, c’est peut-être pas mes affaires, mais t’as dit “à un moment”. T’as eu d’autres, euh, d’autres familles d’accueil ? »

Maggie ne répondit pas.

Il était tard. Le ciel était piqué d’étoiles et plus clair que tout ce que Simon avait jamais vu. Il alla chercher des bières dans la glacière et ils s’assirent côte à côte sur le bord du coffre, aspirèrent leur soupe de nouilles, burent leurs bières tièdes et contemplèrent le ciel sans un mot. Là, dans ce pré immense, sous les étoiles, Simon se sentait plus petit que jamais auparavant, et pourtant il n’avait pas peur.

Il se tourna vers Maggie et lui posa la question qui lui tournait dans la tête depuis le début de l’après-midi.

« Pourquoi t’es partie de Melbourne ? »

Elle but une gorgée de bière et s’allongea sur le pare-brise. « Y a des moments où il faut partir, c’est tout.

— T’avais une raison particulière ?

— Je viens de te la dire.

— T’as vaguement sous-entendu qu’il y avait une raison.

— Vaguement sous-entendre une raison devrait clairement sous-entendre que j'ai pas envie d'en parler. » Elle se tourna vers lui. « J'ai passé ma vie à avoir peur et à me sentir piégée. Et j'ai choisi de dire stop. C'est un choix qui a un prix et maintenant je peux plus rentrer. Donc je vais continuer à voyager.

— Jusqu'à ce que tu trouves une nouvelle maison ?

— J'ai détesté toutes les dernières, dit-elle. Pourquoi j'en voudrais une nouvelle ? »

C'était une façon de voir les choses, quoiqu'elle témoigne d'une vie plutôt triste aux yeux de Simon.

« Et ça te pose pas de problème ? » l'interrogea-t-il. Comme elle ne répondait pas, il se demanda s'il avait dépassé les bornes.

« Toi non plus, ça te poserait pas de problème, dit-elle enfin. Si tu savais ce qu'il y a en face. »

5

Maintenant

Frank entra dans le salon. La fille avait été étendue sur le canapé usé jusqu'à la corde et Charlie était penché sur sa jambe avec un seau d'eau, une éponge imbibée de sang, du désinfectant et la trousse de premiers secours. Delilah, les bras croisés, était derrière lui.

« Comment ça se présente ? demanda Frank.

— Venez voir par vous-même », répondit Charlie sans lever la tête.

Une fois nettoyée, la jambe avait encore plus mauvaise mine. Plusieurs entailles profondes sillonnaient le mollet, irrégulières et déchiquetées, et tout autour la peau était violette et gonflée.

« Une morsure ? demanda Frank.

— Peut-être. Difficile à dire. »

Frank ne se départit pas de son attitude impassible. « Je peux faire quelque chose pour vous aider ?

— Pas pour le moment. Je veux d'abord finir de nettoyer les blessures, essayer de lui faire boire quelque chose, et ensuite m'assurer qu'il n'y a pas d'infection sérieuse. Ça n'a pas l'air septique, mais bon. » Il se tut un instant, concentré sur la jambe de la fille, les sourcils froncés. « Si ça se révèle grave, on devra peut-être appeler une ambulance, en fin de compte. Sinon, je ferai de mon mieux pour la recoudre. J'ai déjà fait ça des centaines de fois. À mon avis, elle a perdu conscience principalement à cause de la déshydratation et de la fatigue, même si la perte de sang n'a rien dû arranger. Ses blessures datent au moins d'hier.

— Donc elle fuit quelque chose », conclut Delilah.

Allie espérait que son visage ne trahissait rien. Elle ne savait pas si elle devait répondre la vérité ou pas, mais il y avait quelque chose chez cet homme, dans sa manière de la regarder, qui la poussa à mentir. « Non… j'ai pas vu de fille.

— Tu en es sûre, mon cœur ? Ou bien c'est ton papy qui t'a demandé de tenir ta langue ?

— Non, dit Allie, ce qui, pour le coup, était la vérité.

— Le truc… », dit Reg en s'approchant un peu, comme pour lui dire un secret. Son haleine empestait l'alcool et le tabac froid. « Le truc, c'est que j'ai besoin de lui parler. C'est assez important. Et si tu l'as vue, tu ne rendras service à personne en faisant des cachotteries.

— Je l'ai pas vue, dit Allie.

— Alors peut-être que ton papy l'a vue. Ça t'ennuie si je passe une tête à l'arrière, histoire de causer avec lui une minute ? »

Allie ne bougea pas.

Reg lui décocha un clin d'œil. « Il est pas là, c'est ça ? »

Appuyé contre le mur, Frank regardait Charlie travailler.

Les yeux de Delilah passaient de l'un à l'autre. « C'est de la folie. On ne peut pas appeler quelqu'un ?

— C'est pas toi qui as dit que je savais ce que je faisais ? dit Charlie en introduisant un fil dans une aiguille.

— On devrait faire gaffe. Vraiment gaffe. Si elle est recherchée et qu'on se retrouve au milieu... Charlie, la question, c'est pas ce que tu sais faire ou pas. On ignore tout de cette fille et de ce qui lui est arrivé.

— On sait qu'elle a refusé qu'on appelle les secours. C'est notre seule base de travail. » L'aiguille fermement tenue entre deux doigts, il se concentrait sur la blessure.

« Mais t'es en train de la soigner avec du *fil à coudre*, répliqua Delilah. À quel moment ça te paraît responsable de faire ça ?

— À partir du moment où elle pense que c'est une mauvaise idée d'appeler les secours. Elle nous a pratiquement suppliés.

— Et donc ? » Delilah haussait la voix. « Pourquoi elle voudrait pas d'une ambulance ? Elle délirait, c'est évident.

— Et comment tu en arrives à cette conclusion ?

— Ben... Je sais pas, regarde-la. Elle est complètement dans les vapes. Si elle est déshydratée et si elle a perdu du sang, elle ne doit pas avoir les idées claires. Elle a peut-être eu des hallucinations ou je sais pas quoi. »

Charlie tourna la tête vers elle. « Et son hallucination, c'est qu'elle ne voulait pas qu'on appelle des secours ou la police ? Ça me paraît vachement précis, dis donc.

— C'est n'importe quoi. On ne devrait pas faire ça. »

Frank croisa les bras. Il était d'accord avec Delilah. Il aurait dû les obliger à appeler les secours dès l'instant où la fille avait perdu connaissance devant la boutique. Son dernier accrochage avec la police remontait à des années, mais ses vieux instincts ne l'avaient pas quitté. Son casier pourrait leur suffire à décider de fouiller la maison, et il n'avait pas eu spécialement envie de prendre le risque qu'ils découvrent un faux permis de port d'arme. Une idée idiote et égoïste. N'empêche, les secours et les forces de l'ordre étaient toujours sources de complications. Il voulait seulement que le gamin recouse la fille, après quoi, avec un peu de chance, tout ce petit monde débarrasserait le plancher et le laisserait vivre sa vie. Il ferma les yeux et se pinça l'arête du nez. Il soupira. « Charlie sait ce qu'il fait. Si son état empire ou si on ne peut pas la soigner ici, on appelle. Ça vous va ? »

Il rouvrit les yeux. Charlie le regardait avec gratitude. Delilah eut un geste d'agacement mais ne protesta pas.

« C'est qui, à votre avis ? demanda-t-elle.

— Quelqu'un qui a des problèmes. » Frank n'avait aucune envie d'aller gratter plus loin.

« Mais quel genre de problèmes ? insista Delilah. Vous n'êtes pas curieux ?

— Ce n'est pas le terme que j'utiliserais.

— Alors quoi ? »

Frank ne répondit pas. Charlie inspira profondément, positionna la pointe de l'aiguille à une extrémité de la première entaille, et poussa. Frank eut un mouvement de recul involontaire. La fille ne broncha pas.

« Je vous jure qu'il est là », dit Allie. Elle entendait sa voix trembler et elle s'en voulait à mort.

« Alors demande-lui de venir », dit Reg.

Allie ne bougea pas.

Les lèvres de Reg se retroussèrent sur ses dents, quelque chose qui dépassait largement le stade du sourire. « Pas de panique, mon cœur. T'as pas besoin de me mentir. Je veux de mal à personne. » Il pivota et se dirigea vers les rayonnages. D'une main tremblante, Allie sortit son téléphone de sa poche.

Elle se figea. Frank ne lui avait donné que son numéro de fixe. Elle ne savait même pas s'il avait un portable. Et la ligne était coupée. Son cœur battait de plus en plus vite. Pourquoi est-ce que la ligne était coupée ?

« Les affaires ont pas l'air de marcher très fort », constata Reg en se retournant.

Instinctivement, elle jeta son téléphone dans le rangement sous le comptoir. Elle ne s'attendait pas à ce que le bruit soit aussi fort.

Il y avait dans les yeux de Reg un amusement déplaisant, le même air moqueur qu'Hannah Bond, mais en bien pire. Il prit un paquet de chips sur une étagère. « J'ai comme l'impression que ton papy peut pas trop se permettre de s'attirer des ennuis. » Il ouvrit le paquet. Y plongea la main, sortit une poignée de chips et en engloutit la moitié dans un grand craquement pendant que le reste tombait sur le sol. Il mastiqua en fixant Allie du regard.

« Qu'est-ce que t'en penses ? » Reg avala sa première bouchée et piocha d'autres chips. « Est-ce que ton papy peut se permettre d'avoir des ennuis ?

— Je… je sais pas. »

Reg ouvrait grand les yeux, comme s'il racontait une blague cruelle. « Eh ben, il vaudrait mieux que tu te décides rapidement, mon cœur. Parce que cette fille, c'est des ennuis garantis. Des gros ennuis. Elle est dangereuse. »

Dans la cuisine, Frank rinça l'éponge et remplit le seau avec de l'eau chaude. Ordres de Charlie, et il n'y trouvait rien à redire. Malgré la douleur qui devait être abominable, la fille avait continué à dormir pendant toute l'opération, et cela n'arrangeait pas son malaise. Il avait l'impression de couler, d'être attiré vers le fond par cette situation qu'il ne maîtrisait pas. Il se sentait oppressé, il était à cran et manquait d'oxygène. Une fois le seau plein, il coupa le robinet, qui continua à goutter.

« Ici aussi le téléphone est mort. » La voix de Delilah, dans son dos.

Frank ne dit rien. C'était insensé.

« À quelle distance, l'hôpital le plus proche ? »

Il ferma plus fort le robinet. « Qu'est-ce que vous entendez par "plus proche" ? »

Ça gouttait toujours.

« Vous n'avez pas de portable », dit Delilah. Ce n'était pas une question.

« Si. Mais il a arrêté de marcher il y a environ un an.

— Et vous n'en avez pas racheté un ? »

Frank serra violemment. Le robinet cessa de goutter. Il souleva le seau, passa devant Delilah, traversa le couloir et rentra dans le salon. Il fallait qu'il retourne à la station, même s'il rechignait à laisser ces gens seuls dans sa maison. Il allait prendre Delilah avec lui, en caution.

Derrière lui, le robinet se remit à goutter.

« Écoute, ça vous concerne pas, ton papy et toi, et je compte pas vous mêler à cette affaire. » Reg jeta par terre le paquet de chips, qui se répandirent partout sur le sol. « Mais faut bien que tu comprennes la situation. Cette gonzesse, mon cœur... c'est de la mauvaise graine. Elle a fait des trucs que j'ai pas envie de raconter à une gentille fille comme toi. Tu vois ce que je veux dire ?

— Pourquoi vous appelez pas la police ? » demanda Allie.

Reg était revenu près de la caisse. Il posa les mains sur le comptoir. « Si seulement c'était aussi simple, mon cœur. Mais les flics... on peut pas compter sur eux, dans la région. Dès qu'ils verront son joli minois, ils décideront d'être gentils avec elle. Sauf que certaines personnes, elles méritent pas qu'on soit gentil avec elles. Tu comprends ça, hein mon cœur ? »

Allie ne dit rien.

Reg pencha légèrement la tête sur le côté, il l'examinait. « Tu dois trouver tout ça un chouïa effrayant, non ? »

Allie ne dit rien.

« C'est pour ça qu'il faut que tu me fasses confiance. » Reg s'avança encore. Il vint se pencher sur le comptoir. « Parce que Reggie, il te raconte pas de craques, mon cœur. Reggie, il essaye de t'aider. Il essaye de faire en sorte que tu sois pas la prochaine personne à qui cette salope fera du mal. Et, je suis sûr, t'as pas envie qu'on te fasse du mal, hein mon cœur ?

— Non, murmura Allie.

— Ben non. Bien sûr que non. Une petite bouille comme la tienne. » Son sourire s'élargit. « Je vais pas te faire de mal. J'abîmerais jamais un si joli visage.

— Je crois... » Allie déglutit. Elle serra les poings. « Je crois que vous feriez mieux d'y aller.

— J'ai fait des saletés par terre, juste là, dit Reg. Tu devrais peut-être nettoyer avant que papy revienne. »

Avec horreur, Allie sentit les larmes lui monter aux yeux.

« C'est pas bon pour les affaires, des chips partout dans la boutique. Un petit conseil : ce genre d'endroit, faut que ça reste présentable. Sinon les gens vont commencer à se demander qui est ce type qui néglige son lieu de travail. Ils pourraient commencer à se méfier.

— Je crois que vous feriez mieux d'y aller, répéta Allie d'une voix trop aiguë, chancelante.

— C'est pas très poli, ça, mon cœur. J'essaye juste d'être sympa. » Un clin d'œil. « Tu sais quoi ? Tu vas nettoyer, et moi je vais superviser. Histoire d'être sûr que ça soit bien fait. »

Allie resta où elle était.

« Allez », la pressa Reg.

Bien qu'osseuses, ses mains posées sur le comptoir paraissaient fortes. Ses ongles étaient abîmés ; l'un d'eux avait une tache rouge sombre en plein milieu. Le cœur d'Allie tambourinait, et elle était un peu moins sûre d'elle à chaque battement.

Reg était rapide. Le plat de sa main s'abattit sur le comptoir, un bruit assourdissant dans la boutique déserte.

Son sourire avait disparu. « *Tout de suite*, mon cœur. Pendant que j'attends ton papy. »

Lentement, certaine que ses jambes allaient flancher, Allie s'agenouilla et chercha la pelle à poussière. Elle fit le tour du comptoir et commença à balayer les chips. Elle sentait le regard de Reg, entendait sa respiration. Elle finit de nettoyer et se releva, se força à lui faire face. « Je n'ai vu aucune fille. Et grand-père non plus.

— C'est ça, le problème. Je suis sûr que tu me joues du pipeau. Je suis sûr que tu l'as vue, cette fille.

— Non. » Presque un couinement. Une voix qui voulait le convaincre à tout prix. La voix d'une menteuse.

« Bon, et il fout quoi, ton papy ? »

La porte derrière la caisse s'ouvrit. Frank s'avança, mâchoire serrée. Les yeux braqués sur Reg. Allie dut se retenir de courir vers lui. Elle n'avait jamais remarqué qu'il était aussi grand, aussi imposant dans le cadre de la porte. Ses épaules ne tombaient plus, son visage avait perdu son air de tristesse fatiguée.

« B'jour. » Reg fit un pas en arrière. « Je m'appelle Reg. J'étais justement en train de demander à votre petite-fille où vous étiez.

— Derrière, dit Frank. Ça t'emmerderait de me dire ce que tu veux ? »

Reg leva les mains. « Houlà, du calme, du calme. J'ai juste une ou deux questions à vous poser.

— Eh ben, tu vas venir me les poser dehors.

— Après vous », fit Reg avec une courbette.

Après un bref regard en direction d'Allie, Frank contourna le comptoir, passa devant elle et marcha jusqu'à la moustiquaire.

Allie ne bougeait pas. Sans bruit, Reg articula un mot. *Dangereuse*.

Frank ouvrit la moustiquaire et, pendant que l'autre sortait, il dit à Allie: « Rentre à la maison. Tout de suite. »

Allie attendit que les deux hommes soient dehors et que la moustiquaire se soit refermée. Puis elle alla chercher son téléphone sous le comptoir.

Il n'était plus là.

Elle se précipita dans la réserve puis se dirigea vers la porte du fond à toute allure. Elle croisa Delilah qui essaya de lui dire quelque chose, mais elle ne s'arrêta pas. Dehors, le ciel était maintenant d'un bleu délavé et les rares nuages, teintés de rose foncé. Le temps avait changé, on percevait une pointe de fraîcheur dans l'air estival. Une bourrasque, brève et piquante, fit frissonner Allie. Elle voulait fiche le camp de là. Elle trouva le vieux vélo de Frank, appuyé où elle l'avait laissé, à l'arrière du bâtiment. Elle ne s'embarrassa pas du casque, bondit sur la selle et se mit à pédaler aussi fort qu'elle pouvait.

Frank s'arrêta devant l'entrée de la boutique et recroisa les bras. Reg fit quelques pas, balayant du regard la route déserte, puis se tourna vers lui. « Je vais être franc avec vous. »

Frank le laissa parler.

« Je cherche une fille. Je sais qu'elle est venue par ici. Et je sais qu'elle avait pas beaucoup d'essence. Y a environ quatre-vingt-dix pour cent de chances qu'elle se soit arrêtée chez vous. Et, croyez-moi, vous le sauriez si vous l'aviez vue. Elle aurait été dans un sale état. »

Frank gardait le silence.

Reg l'étudia de la tête aux pieds. Sa bouche tressaillit. « Ça vous est déjà arrivé de vous retrouver dans une situation où la loi suffit pas ? Où une personne a fait tellement de saloperies que la prison suffira pas à la faire payer ? » Il attendit une réponse qui ne vint pas, puis hocha la tête. « Ouais. Ouais, ça vous est déjà arrivé. Je vais pas vous raconter des conneries. On est dans ce genre de situation. Cette fille, c'est un cas. Mais ça vous concerne pas. J'ai aucune raison de vous empêcher de continuer à vivre votre vie. Si elle est ici...

— Elle n'est pas ici, dit Frank. Je l'ai pas vue. »

Alors même qu'il prononçait ces mots, le doute le rongeait. Il ne devait rien à cette fille. Elle pouvait tout à fait être aussi dangereuse que le disait Reg et, dans ce cas, il faisait courir un risque à tout le monde en la gardant chez lui. Ce ne serait pas la première fois qu'il choisirait le mauvais camp et devrait en assumer les conséquences. Et même si elle ne représentait pas une menace, il pouvait très bien ouvrir la porte à une catastrophe d'un autre genre.

Mais il ne dit rien de plus. Il se borna à attendre la réaction de l'autre.

Reg semblait scruter son visage. Puis il haussa les épaules. « Très bien. Je voulais pas vous faire peur. Mais c'est une situation compliquée, vous comprenez ? Je veux être sûr qu'elle sera réglée comme il faut. » Il se tourna vers la route, pencha la tête.

Frank vit la même chose que lui.

Reg pointa un doigt vers l'endroit où la voiture de la fille s'était arrêtée. « Dites, ce serait pas du sang, ça ? »

Des gouttes sombres, tombées de la jambe de la fille et qui avaient séché sur le béton.

« Je me suis coupé, dit Frank. En nettoyant les pompes.

— Une sacrée coupure, alors. » Reg se retourna vers Frank, le toisa. « Pourtant vous avez pas de pansement.

— C'était y a quelques jours.

— D'accord. » Reg leva les yeux, huma l'air. « Très bien. » Il fourra les mains dans ses poches et salua Frank de la tête. Son air goguenard s'était envolé. « Prenez soin de vous. »

Il s'éloigna tranquillement, laissa la station derrière lui et continua vers l'est.

Le ciel virait au violet clair. Au loin, les flammes du coucher de soleil zébraient l'horizon. Le soir était presque là. Frank chercha Reg du regard.

Il avait disparu.

6

Plus tôt

Le jour s'écoula dans la chaleur et le silence à bord de la voiture qui roulait sur la nationale. Ils dépassèrent quelques stations-service et s'arrêtèrent dans l'une d'elles, pratiquement sans échanger un mot. Simon consulta sa carte par acquit de conscience, mais il n'y trouva aucune indication digne d'intérêt concernant leur route. Jamais le fait qu'il errait sans but n'avait paru aussi flagrant.

Lorsque, à l'approche du soir, Maggie ouvrit la bouche, Simon s'attendait au pire.

« Je réfléchissais à un truc, commença-t-elle, et Simon se prépara à ce qu'elle lui demande de la déposer quelque part. On devrait peut-être sortir un peu des sentiers battus.

— Comment ça ?

— Ben, là on est sur une route qui nous conduira tôt ou tard dans une autre ville plus ou moins grande. Mais j'ai vu sur la carte qu'il y a une bifurcation dans pas longtemps. On a qu'à la prendre et voir où elle mène ?

— Probablement nulle part, dit Simon. Déjà que j'ai aucune idée d'où on va, je préfère pas aggraver les choses.

— On va vers l'ouest, dit-elle en montrant le soleil du doigt. C'est pas toi qui voulais de l'authentique ? Tu crois que tu vas le trouver en continuant sur cette route ? On pourrait pimenter un peu les choses. »

Simon était certain qu'il existait plein de raisons de ne rien pimenter du tout, d'excellentes raisons, mais aucune ne lui vint à l'esprit sur le moment. Il repensa à la nuit précédente. Elle avait insisté pour dormir dans la voiture et il n'avait pas fermé l'œil dans son sac de couchage, vibrant d'une excitation énervante et se demandant si leur arrangement nocturne resterait valable pour les nuits suivantes. S'il y avait des nuits suivantes. Devant eux, rendu illisible par le soleil, un panneau indiquait la bifurcation. Simon ralentit. Il chercha une excuse, mais toutes ses idées étaient pitoyables et il se concentra à nouveau sur la route. Au fond de lui, il avait malgré tout un peu envie de quitter la nationale. Alors il tourna le volant.

Cette route était étroite et en assez mauvais état, pleine de lézardes et de nids-de-poule. Les herbes rabougries qui la bordaient laissèrent rapidement place à de vieux arbres tordus. Peu nombreux d'abord, ils s'épaissirent au fur et à mesure, les encerclèrent en bloquant les derniers rayons du soleil. Après un nouveau coup d'œil à la carte, Maggie dit qu'ils approchaient d'une route en terre. Simon marmonna une réponse évasive, espérant en secret que ce n'était pas le cas et qu'ils pourraient faire demi-tour, mais quelques minutes plus tard il vit un large chemin qui s'enfonçait dans les arbres. Il mit son clignotant bien qu'il n'y ait personne à avertir et, pendant qu'il prenait le virage, il se reprocha d'être aussi précautionneux, aussi *urbain*.

Le changement fut immédiat. Le vent et les chants d'oiseaux qui composaient le fond sonore laissèrent place au silence à la seconde où ils s'engagèrent sur le chemin. Les cahots devinrent plus violents. La route était jonchée de pierres et la voiture fut bientôt couverte de poussière – par moments ils avaient presque l'impression qu'elle essayait de les éjecter, ils rebondissaient sur les bosses et les touffes de spinifex qui semblaient bien décidées à engloutir le chemin. Les arbres cessèrent d'être un décor plaisant pour faire régner une atmosphère de plus en plus oppressante, avec leurs branches qui se tendaient vers eux comme des mains prêtes à se refermer, leurs racines noueuses qui plongeaient dans les buissons, leurs feuilles qui raclaient le toit de la voiture. Parfois la route disparaissait complètement, engloutie par un sillon tortueux qui devait être le lit d'une ancienne rivière. Plus ils avançaient, plus la canopée était épaisse. Les phares peinaient à éclairer les virages brusques du chemin. Par endroits, des branches tombées les empêchaient presque d'avancer. Un vieil arbre était si penché que Simon douta que la voiture réussisse à passer dessous.

« On devrait peut-être faire demi-tour, dit-il. J'ai l'impression que c'est un cul-de-sac.

— Y a encore une route. » Maggie regardait toujours devant elle. « Et si y a une route, y a quelque chose au bout. »

Le terme de « route » paraissait un peu exagéré pour désigner cette piste, mais Simon ne releva pas. Ils finirent par tomber sur plusieurs embranchements et il en prit un, puis un autre, se tournant de temps à autre vers Maggie comme pour lui demander où aller. Mais elle ne quittait pas le pare-brise des yeux, observait les arbres avec l'air d'y chercher quelque chose. Elle paraissait plus attentive à leur environnement qu'auparavant. À moins que ce ne soit que son imagination ?

Les derniers rayons du soleil commencèrent à faiblir, fantômes filtrés et déformés par les feuilles. Simon se rendit compte que le chemin de terre n'existait plus, qu'il n'en restait plus que la terre. Il avait envie de faire demi-tour mais craignait de se perdre et ne voulait pas laisser penser qu'il avait peur, si bien qu'il continua à rouler – jusqu'à ce qu'ils entendent le premier coup de feu.

Il lui fallut un moment pour comprendre ; la dernière fois qu'il en avait entendu un, c'était dans un stand de tir où ils fêtaient les dix-huit ans d'un copain. Et il était persuadé qu'il n'y aurait pas d'autre fois. Puis un deuxième coup de feu retentit, et encore un. En l'espace de quelques secondes, les paumes de Simon étaient devenues moites et son cœur tambourinait dans sa poitrine. Il écrasa les freins. Il savait qu'il fallait faire marche arrière, mais son corps ne répondait plus. Sur le volant, ses mains étaient en mousse.

Maggie se redressa dans son siège, elle scrutait les fourrés.

Les coups de feu cessèrent. Simon réussit à respirer. Il raffermit sa prise sur le volant. « OK, dit-il. Je crois qu'on est allés assez loin. Maintenant on… »

Maggie leva une main.

Un frémissement dans les buissons, puis un véhicule émergea des arbres croulants.

C'était un vieux pick-up cabossé, sa peinture blanche rayée et écaillée par endroits, et les signes annonciateurs de rouille commençaient à envahir les panneaux latéraux. Il y avait un lourd pare-buffles à l'avant et, au-dessus de la cabine, d'énormes projecteurs éteints dont Simon n'avait jamais vu l'équivalent sur une voiture. Deux jeunes hommes pas rasés, armés de fusils de chasse, étaient debout dans la benne. On entendait des grognements et des aboiements en provenance de l'arrière. Instinctivement, Simon se fit tout petit sur son siège, comme pour essayer de s'y fondre. Il ne voyait pas le chien, mais il l'entendait et c'était bien assez. Il tremblait. Il posa le pied sur l'accélérateur, prêt à passer la marche arrière.

Maggie retint son bras. « Attends. »

Le pick-up s'arrêta. La portière du conducteur s'ouvrit. L'homme qui en sortit ne paraissait pas beaucoup plus âgé que Simon. Il était grand, avait des épaules larges et une épaisse chevelure brune et bouclée. Il était beau, dans le genre rustique et buriné, mais sa chemise en flanelle râpée et son jean usé ne le mettaient pas en valeur.

Les deux autres sautèrent de la benne et vinrent encadrer le conducteur comme des animaux fidèles. L'un d'eux, cheveux longs et gras sous une casquette décolorée et retournée, portait un marcel taché et des lunettes de soleil à verres miroir. Le troisième homme restait près du chien qui continuait à aboyer. Petit et trapu, les cheveux tondus, il fixait la voiture de Simon sans cligner des yeux.

« B'jour, lança le conducteur. Tout va bien ?

— On ferait mieux d'y aller », dit Simon.

Maggie ouvrit sa portière et descendit. « Salut. »

Le sourire du plus grand s'élargit quand il la vit. « Salut. J'espère qu'on vous a pas fait peur.

— C'était vous, les coups de feu ?

— On chassait le cochon. Je pensais pas qu'on croiserait quelqu'un. On a pas souvent de la visite, dans la région.

— Et c'est quoi, la région en question ? demanda Maggie.

— On vient d'une petite ville, là-bas. » Avec le pouce, il indiqua une direction derrière son épaule. « C'est pas mal paumé. Y a pas beaucoup de monde qui passe par ici. Donc ça arrive qu'on soit un peu imprudents quand on va chasser.

— Y a beaucoup de cochons sauvages dans le coin ? demanda Maggie.

— Plus qu'on pense », répondit le trapu.

L'homme aux lunettes de soleil n'avait toujours pas desserré les dents. Son sourire était bloqué sur Maggie. Le chien n'arrêtait pas d'aboyer.

« Vous êtes loin de la route, dit le conducteur. Il commence à faire nuit. Vous cherchiez un coin peinard pour vous amuser ? »

Le rire de Maggie fut tranquille, détendu. « On voyage ensemble, c'est tout. Je m'appelle Maggie, lui c'est Simon. On fait un road trip. Vous avez dit qu'il y a une ville pas loin ? »

Simon n'en croyait pas ses yeux. À quoi est-ce qu'elle jouait ?

« Chez nous, ouais, répondit le conducteur.

— Est-ce qu'il y a un motel ? J'ai dormi dans la voiture la nuit dernière et je cracherais pas sur un lit.

— Niveau motel je peux rien pour vous, mais on peut vous trouver un lit. Mon daron a des maisons vides. Il les prête à des visiteurs de temps en temps. Vous êtes les bienvenus. Ça fait un bail qu'on a pas vu de nouvelles têtes. En plus y a une petite fête ce soir. Un barbecue, toute la ville sera là, et on a tout ce qu'il faut en bières et en bidoche. On a fait une bonne chasse hier, du coup on s'est dit qu'on avait bien mérité quelques saucisses. Ça vous dit ? »

Maggie se pencha pour parlementer avec Simon. « On a pas vraiment de meilleure solution, si ? »

Simon désapprouva. Vivement. Mais les yeux de Maggie débordaient d'espoir et il songea que ce type d'expérience devait faire partie du voyage. Il ne voulait surtout pas lui donner l'impression qu'il avait peur.

Le meneur dit à Maggie qu'il s'appelait Steve, l'homme aux lunettes de soleil Kayden et le trapu Matty. Simon passait peut-être pour quelqu'un de froid ou peu amical en ne sortant pas de la voiture, mais c'était au-dessus de ses forces. Malgré tout, quand Maggie lui indiqua de suivre les autres, il s'efforça de ne rien laisser paraître.

« C'est un coup de bol, non ? dit-elle. J'avais pas envie de passer une autre nuit dans la voiture. »

Devant eux, le pick-up démarra. Simon serra les mains sur le volant. *Ce serait tellement facile de faire demi-tour et de foutre le camp.*

« Ça va ? demanda Maggie.

— Oui oui. » Il appuya sur l'accélérateur.

Il ne pouvait s'empêcher de se sentir oppressé par l'obscurité grandissante, par les ombres qui semblaient tomber des eucalyptus trop rapprochés.

« Qu'est-ce que t'as ? » demanda Maggie.

Simon essaya de voir ce qu'il y avait devant le pick-up. Toujours aucun signe de civilisation. « Je les sens pas, ces mecs.

— C'est la première fois que tu vois des chasseurs ?

— Non, figure-toi. » Maggie secouait la tête avec un air presque affligé qui agaça Simon, le mit sur la défensive. « Quoi ?

— T'as été tellement couvé. C'est seulement des gars de la campagne.

— Je sais.

— Et c'est pas parce qu'ils chassent qu'ils sont dangereux ou quoi.

— Alors là, je pense que tu te trompes.

— T'as peur ?

— J'ai pas peur, c'est juste que… Où est-ce qu'ils nous emmènent ? Elle est où, leur ville ?

— Par là-bas, ils ont dit.

— Mais où ?

— Tu veux pas te détendre un peu ? Je pensais que ça te ferait plaisir de dormir dans un vrai lit.

— À condition qu'ils nous emmènent vers un lit et pas vers…

— Vers quoi ? »

Simon ne répondit pas.

« Tu sais, dit Maggie, pour quelqu'un qui veut se faire une idée de la vraie Australie sauvage, tu juges vraiment beaucoup. »

Il tourna la tête vers elle, et le léger sourire qu'elle avait aux lèvres le gêna autant qu'il l'irrita. « Pourquoi tu dis ça ?

— Ben, là, tu ressembles à un petit bourge surprotégé qui se méfie de tous les gens un peu bourrus.

— Je me méfie des gens qui ont des armes. C'est un crime ?

— Prends garde, c'est peut-être eux les criminels. »

Simon tiqua. Maggie éclata de rire. Il se força à respirer.

Devant eux, les arbres s'écartèrent et, avec soulagement, il aperçut des lumières.

Le qualificatif de ville était peut-être un peu exagéré. Pour Simon, il s'agissait plutôt d'une ferme un peu plus grande que la moyenne, un regroupement hasardeux de structures en forme de maisons éparpillées autour d'une rue en terre battue ponctuée ici et là par des boutiques minables. La ville était organisée selon un ordre très relatif ; certaines constructions étaient collées à la route, d'autres posées au milieu d'un terrain comme si on venait de les parachuter là sans aucune intention de les intégrer à l'ensemble. Une grande partie d'entre elles s'apparentaient davantage à des cabanes qu'à autre chose, mélanges de tôle rouillée, de briques et de bois associés comme de vieilles pièces de Lego esquintées et dépareillées. Les fenêtres étaient couvertes de poussière, avec parfois un hublot dessiné grossièrement dans la crasse, et les portes tenaient sur des charnières rouillées. Les fondations irrégulières étaient envahies par les mauvaises herbes et il y avait des caisses de lait abandonnées un peu partout. Ce bled paraissait avoir été construit dans une optique temporaire, former la base d'un futur bidonville – et personne n'avait jamais pris la peine de finir le travail ni de le condamner. Çà et là, des tronçons de route et de chemin étaient goudronnés, mais ce n'était jamais plus de quelques mètres de béton bosselé, probablement plus meurtrier pour les pneus que la terre et la poussière. Des véhicules étaient garés devant certaines maisons : vieux pick-up, camionnettes cabossées et Jeep poussiéreuses, avec dans la majorité des cas un pare-buffles à l'avant.

Simon ne voyait pas les habitants, mais il les *sentait* et c'était encore pire. Aucune lumière aux fenêtres, qui ressemblaient aux orbites vides d'un crâne trouvé dans les herbes hautes, pourtant Simon aurait pu jurer qu'on les épiait – des doigts qui écartaient de vieux rideaux, des yeux fixes qui suivaient méthodiquement le chemin de leur voiture. Il avait aussi repéré un léger changement dans la posture de Maggie ; elle s'était raidie, était alerte et concentrée, et il espérait sincèrement que ce soit un signe d'appréhension.

Le pick-up s'arrêta et les trois gars en descendirent. Maggie les imita et Simon, lui, ne bougea pas. Il lui fallut quelques secondes pour se préparer mentalement, ouvrir sa portière et sortir dans la nuit pesante. L'air sentait la fumée et la poussière avec une pointe d'autre chose, une odeur âcre qui lui donna un haut-le-cœur.

« Tiens tiens, regardez qui a décidé de se joindre à nous, dit Steve en croisant les bras et en s'appuyant au pick-up. Tu t'emmerdais dans ta bagnole, mon pote ? »

Simon fit son possible pour paraître détendu. Dans la benne, le chien n'avait pas cessé d'aboyer. C'était un animal énorme, qui devait arriver au nombril de Simon. Noir avec deux fentes à la place des yeux et de la bave qui dégoulinait d'une lèvre dévoilant des dents irrégulières.

Kayden remarqua que Simon faisait une drôle de tête. « Stresse pas, mon pote. On lâche jamais Blue, sauf quand y a des cochons dans les parages. Tu vois des cochons par ici, toi ? » Il mâchonnait un truc que Simon espéra être un chewing-gum et semblait estimer qu'il n'était pas nécessaire de fermer la bouche pour cela. Ses dents étaient jaunes et de travers, et Simon eut la chair de poule en les voyant.

« Fous-lui la paix, dit Steve. Il flippe déjà assez comme ça, le pauvre. »

Blue semblait faire une fixette sur Simon. Le chien tirait sur sa chaîne en roulant des yeux.

« Il t'aime bien, dit Kayden.

— Vous pouvez crécher là. » De la tête, Steve désigna la maison la plus proche, une bâtisse en bois brut. « Y a deux chambres, mais vous aurez pas besoin des deux. » Clin d'œil. « Toute la place qu'il faut, et vous pouvez rester aussi longtemps que vous voulez. »

Simon se força à marmonner un merci.

« Mais c'est qu'il parle, dit Steve. Je commençais à me demander si t'étais muet ou quoi. » Il se dirigea vers la porte en bois qui s'écaillait et l'ouvrit. « Je vais vous montrer la piaule. »

Simon traînait la patte derrière Maggie. Une forte odeur de moisi imprégnait la maison, mais à part ça elle était plutôt propre, quoique spartiate. Les chambres étaient petites, avec d'étroits lits de camp en fer, et dans le salon il n'y avait ni télé ni vraiment de meubles, seulement deux fauteuils dépareillés et défoncés face à un mur lisse.

« C'est pas un palace, mais ça vous dépannera, dit Steve tandis qu'ils regagnaient la sortie.

— Je sais pas comment vous remercier, dit Maggie.

— Pas la peine, répondit Steve. Faut bien s'entraider. Bon, et si on buvait un coup ? »

Dehors, Kayden n'avait pas bougé. Son regard revint se verrouiller sur Maggie quand elle sortit à la suite de Steve. Matty était revenu avec Blue et murmurait quelque chose à l'oreille du chien maintenant calmé. Simon entendit une éruption de voix un peu plus loin : des hululements et des sifflets, de grands éclats de rire.

« Venez, dit Steve. On est en train de rater la fête. »

Il les guida en direction des bruits, vers un endroit où le village s'ouvrait en un large champ brunâtre jonché de cendriers et de bouteilles sans étiquettes à moitié vides. Plus loin, le bush refermait sur lui ses arbres noirs, mais le champ se remplissait déjà de gens sortis du même moule que Steve et ses copains. Shorts et marcels, bedaines de buveurs et peaux tannées, bouteilles de bière dans leurs mains calleuses et cigarettes au coin de leurs lèvres gercées. Pendant qu'ils se massaient au centre du champ autour d'un feu de camp dont les flammes s'élançaient vers le ciel, des voitures arrivaient et la musique qui en jaillissait à plein volume créait une symphonie discordante et chaotique. Mais tout le monde semblait s'en moquer, on criait et on s'embrassait, on se passait des bouteilles et on installait des chaises pliantes près du feu malgré la douceur de la nuit. Simon flairait une odeur de viande grillée, puissante et étouffante.

« Hé, p'pa ! » cria Steve.

Un type immense se retourna, jean délavé et débardeur troué. Il ressemblait à un ancien boxeur décati, dont les coups avaient perdu de leur puissance mais restaient capables de vous tuer. Ses cheveux clairsemés étaient rabattus en arrière, il avait le teint rougeaud et n'était pas rasé. Il posa sur Maggie et Simon un regard vide.

« Ils vont passer une nuit ou deux dans la petite maison.

— Une, c'est tout, dit Simon aussi tranquillement qu'il le put.

— Vous avez aut' chose à faire, c'est ça ? répliqua le père de Steve.

— Non, dit Maggie. Mais on voudrait pas abuser de votre gentillesse. »

Simon ressentit une bouffée de soulagement. C'était la phrase la moins délirante qu'elle ait prononcée depuis une heure.

« Que dalle, dit le vieux. Restez aussi longtemps que vous voulez. J'ai pas envie que vous alliez raconter des conneries sur notre hospitalité quand vous serez rentrés à la ville. Et je m'appelle Kev, au fait.

— Une bière ? » demanda Steve.

Une femme d'un certain âge s'était approchée, une cannette dans chaque main. Elle les tendit à Simon et à Maggie puis se recula et les regarda avec l'air d'attendre quelque chose. Simon lui trouva un air de vautour avec son visage maigre et osseux et son cou flasque.

Sans quitter la femme des yeux, Maggie ouvrit sa cannette.

« T'es une perle, Rhonda, dit Kev. Si j'avais pas déjà une femme, je…

— Tu serais obligé d'aller te chercher à boire tout seul. » Elle retroussa les babines, tourna les talons et rejoignit quelques femmes qui les observaient de loin. En les voyant, Simon sentit un picotement dans la nuque. Il baissa les yeux sur sa cannette intacte.

« Elle va pas te mordre, fit Kev.

— C'est un gars de la ville, il a pas l'habitude des binouzes de la campagne, dit Steve. Sois pas trop dur avec lui. »

Écarlate, Simon ouvrit sa bière, planta son regard dans celui de Steve et but.

« Regarde-moi ça. Eh ben. Je suis impressionné.

— Y a des glacières un peu partout, dit Kev. Servez-vous. On fait griller des saucisses. Mangez, faites comme chez vous. À tout à l'heure. »

Il s'éloigna. Steve lui emboîta le pas avec sa clique, Kayden se retournant pour lancer à Maggie un dernier regard un peu trop appuyé. Ils rejoignirent un groupe de filles. L'une d'elles, mince tendance efflanquée avec un rideau de cheveux blonds devant le visage, paraissait également préoccupée par la présence de Maggie. Steve lui passa un bras sur l'épaule, mais elle continua à toiser la nouvelle venue.

« Me dis pas que tu te sens à l'aise ici », marmonna Simon en baissant à nouveau les yeux vers sa bière. Il ne connaissait pas la marque.

« Si, je te le dis », fit Maggie. Sans laisser à Simon le temps de répondre, elle se mit en marche vers la fête.

Il resta planté là, sa bière à la main, à la suivre du regard en se trouvant nul. Il se demandait où il serait s'il l'avait plantée au motel la veille. Toujours sur la nationale, et il s'ennuierait toujours un peu, mais au moins il ignorerait l'existence de ce patelin.

Il avait déjà perdu Maggie au milieu des silhouettes dessinées par la lumière du feu, formes sombres qui se tordaient devant les flammes de plus en plus imposantes. L'odeur de viande brûlée était devenue obsédante, répugnante. Il but une gorgée de bière. Il n'aimait pas du tout son goût, amer et épouvantable, celui qu'avaient toutes les bières à l'époque où il commençait à en boire. Il regrettait d'avoir pris cette bifurcation. Il se tourna vers sa voiture.

« Allez, mon gars. » Dans son dos, une voix le fit sursauter. « Tu viens à peine d'arriver. »

C'était Matty, une saucisse calcinée dans la main et – le ventre de Simon se noua – Blue à côté de lui, détaché, un épais filet de bave s'écoulant de sa gueule ouverte.

Matty dut voir la peur dans les yeux de Simon. Il siffla Blue. Le chien s'immobilisa. Ses petites oreilles arrondies tressaillirent.

« C'est un ordre que je lui donne, dit Matty qui couvait l'animal du regard. Ça veut dire "tiens-toi prêt". »

Simon savait qu'il tremblait et il s'en voulait. Il n'aurait jamais cru qu'il prendrait peur aussi facilement. Cela dit, il ne s'était jamais retrouvé dans un endroit pareil.

« Assis », dit Matty.

Blue obéit.

La lame d'un couteau étincela à la lumière du feu. Simon recula, mais Matty se contenta de découper un morceau de saucisse. Le museau du chien frémissait.

« Pas bouger », dit Matty.

Le chien ne fit pas un mouvement.

Matty lança le morceau de saucisse en l'air. Il tournoya, passa devant le museau de l'animal, et lorsque Matty tapa des mains, Blue s'avança, Simon fit un bond en arrière et la saucisse disparut.

« Bon chien. » Matty releva les yeux vers Simon. Aucune expression. « Il fait ce qu'on lui dit. »

Puis il siffla entre ses dents et s'éloigna, le chien trottinant près de lui.

Simon voulut boire une gorgée de bière, mais la cannette n'arriva pas jusqu'à sa bouche. Il n'avait plus de force dans le bras. Son instinct lui ordonnait de courir à sa voiture. Au lieu de ça, il se mit à la recherche de Maggie.

Il la repéra un peu plus loin, de l'autre côté du feu, au milieu d'une bande de jeunes, en compagnie de Steve, de la blonde et de Kayden. Elle acquiesçait à tout ce qu'ils disaient et buvait de la bière. Steve parlait avec animation. Le visage de la blonde était invisible derrière ses cheveux, mais Simon nota que Kayden ne quittait toujours pas Maggie des yeux. Il avait le même sourire que dans le bush. Il y avait de la faim là-dedans, une faim qui lui donna la nausée.

Après avoir vérifié qu'on ne l'observait pas, il laissa tomber par terre sa bière à moitié pleine. Puis, les épaules voûtées, il contourna le feu pour rejoindre le groupe et Maggie. À tout prendre, il se sentait plus en sécurité auprès d'elle.

À partir de là, il ne la lâcha plus d'une semelle. Elle semblait à peine se rendre compte qu'il était là – pas plus qu'elle ne se rendait compte que Kayden la matait ou que le rictus de Kev s'élargissait chaque fois qu'il passait près d'elle, trop souvent pour que Simon puisse y voir un hasard. Quoi qu'il en soit – et Simon était écœuré de devoir l'admettre –, il puisait un maigre soulagement dans le fait qu'ils se concentrent sur Maggie plutôt que sur lui. Avec ces gens-là, ne pas se faire remarquer était ce qu'il pouvait espérer de mieux.

Mais, tout à coup, Steve lui donna une grande claque dans le dos et fourra une nouvelle cannette dans sa main moite. « Ben, mon pote, t'as rien à boire ? C'est pas sérieux ! »

Sans le faire exprès, Simon jeta un coup d'œil vers Maggie. Elle le considérait avec une neutralité qui pouvait être, au choix, modérément intéressée ou amusée. Il ne voulait vraiment pas savoir.

« T'es à la traîne, dit Steve. C'est quoi, ta deuxième ? T'es trop timide, Simon, va te servir dans les glacières, mon pote. Et tape-toi celle-là cul sec, on sait que t'en es capable. »

Sur quoi il lui serra l'épaule, un tout petit peu trop fort.

Le changement avait été aussi soudain que total : à présent, tous les yeux étaient braqués sur lui.

« Ce mec, annonça Steve à la cantonade, c'est une vraie légende. Vous savez pas ce que je l'ai vu faire tout à l'heure ? »

Simon avait chaud aux joues.

Steve baissa la voix, prit une pose théâtrale. « Je l'ai vu *siffler une bière entière*, presque en une seule gorgée. »

Les rires fusèrent, tapageurs et trop sonores. Simon avait envie de se cacher sous terre.

« Hé, soyez sympas. » Steve leva les deux mains en signe d'apaisement. « Ce mec, il cache bien son jeu. Vous avez vu la gonzesse qu'il a chopée ? » D'un geste, il désigna Maggie. « Et j'ai pas l'impression qu'elle est du genre à rester avec lui par pitié. »

Maggie ne dit rien. La blonde la regardait.

« D'ailleurs, continua Steve, la petite Maggie, elle a tapé dans l'œil de Kayden. Tu vas peut-être devoir te battre. Mais vu que t'es plus fort que t'en as l'air, ça va aller, pas vrai ? »

Kayden avait déplacé son attention sur Simon et souriait en mastiquant.

Simon haussa les épaules.

« Et modeste, en plus ! fit Steve. Bon, on boit ? »

La soirée s'écoula lentement. Simon se sentait perdu, livré à lui-même. Maggie faisait comme s'il n'existait pas ; il la perdait sans cesse de vue, elle l'abandonnait au milieu d'un tourbillon de chuchotements, de regards en coin et de rires rocailleux. Il ne savait pas depuis combien de temps il était là. Il ne voulait pas sortir son téléphone pour ne provoquer personne. Il ne voulait pas non plus se rappeler qu'il n'avait pas de réseau. Les festivités étaient de plus en plus bruyantes et le feu de plus en plus haut. Il y avait des jappements ivres, le claquement régulier des cannettes qu'on ouvrait et toujours les yeux : perçants et concentrés malgré la boisson.

On lui fourra d'autres bières dans les mains. Il n'avait pas envie de boire, mais on ne lui laissait pas le choix. Ses idées s'émoussaient. À l'inverse, sa peur s'aiguisait, c'était un objet pointu et extraordinairement lourd au fond de son ventre.

Il trouva une caisse pour s'asseoir, se rapprocha du feu autant que le lui permettait son courage, et se mit à contempler les flammes. Il avait arrêté de coller Maggie, qui s'amusait visiblement beaucoup. Une zone laide et paranoïaque de son cerveau suggéra qu'elle l'avait délibérément attiré ici dans le but de l'humilier. Au point où il en était, ce n'était pas plus absurde qu'autre chose. Il but encore. Il voulait foutre le camp, mais doutait d'être en état de conduire.

« Trent est toujours pas rentré ? » La voix, lente et grave, était celle de Kev. Le colosse s'adressait à Steve et à un autre homme que Simon n'identifia pas, maigre et taillé à la serpe, avec une veste de costume crasseuse, un débardeur et une tignasse grise hirsute.

« C'est un vrai clébard, oncle Trent, il lâche pas son os. » Steve s'envoya une gorgée de bière. « Je lui ai dit de laisser filer le gros cochon. On lui a collé deux bastos, il va pas aller bien loin.

– Le sous-estime pas », dit tranquillement Kev. Vacillant sur ses jambes, les mains sur le ventre, il observait les flammes. « La peur, c'est comme l'essence. C'est mauvais pour la santé, mais ça fait avancer.

— Et les balles, c'est comme les balles, répliqua Steve. T'as beau courir, ça finit quand même par te tuer.

— Trent prend les choses un peu trop à cœur, dit le maigre. Mais si ça permet qu'un gros cochon aille pas pourrir dans la rivière et nous empoisonner, moi je suis pour qu'on le laisse faire.

— T'as pas réussi à retrouver ce cochon, dit Kev à Steve. Peut-être que Trent va y arriver, lui.

— J'ai trouvé mieux. » Il y avait une pointe de colère dans la voix de Steve. « Parce que moi, je sais quand ça sert à rien de s'acharner. »

Une inflexion glaciale transperçait le brouillard de son ivresse. Simon se leva. Il fallait qu'il retrouve Maggie.

« C'est toi, le petit copain. »

La blonde était assise en tailleur sur un bidon d'huile pas loin de là. Ses cheveux emmêlés et la faible lumière du feu empêchaient de bien distinguer ses traits. Elle avait une bouteille de rhum dans la main et buvait directement au goulot. Ses cheveux s'écartèrent légèrement et Simon entrevit de grands yeux bleus verrouillés aux siens.

« Simon, dit-il en retenant sa voix de flancher.

— Simon. » Elle étira son prénom, comme pour en éprouver la résistance. « Tout le monde parle que de toi, mon gars. »

Simon gratta le sol avec sa semelle, regarda autour de lui, chercha Maggie.

« Mais ta nana, elle est encore plus populaire que toi. La petite nouvelle qui fait baver tous les mecs. » Elle renifla. « Si j'étais toi, j'irais m'assurer qu'ils comprennent bien qui c'est qui commande.

— On est pas... » Simon se racla la gorge. « On est pas ensemble, en fait.

— Ah ouais ? » La fille pointa la bouteille sur lui. « Alors c'est peut-être elle qui a besoin de comprendre qui c'est qui commande. Kayden, Matty et les autres, pas de souci. Elle peut faire tout ce qu'elle veut avec eux. Mais si elle s'approche de Steve, ça va pas être la même histoire. »

La chaleur l'oppressait, le feu rendait la nuit étouffante. Simon se sentait comprimé, mal à l'aise. Il n'arrivait pas à réfléchir et la fille ne l'aidait pas. « Elle est pas... Écoute, je pense pas qu'ils l'intéressent, donc...

— Ah ouais ? Ils sont pas assez bien pour elle ? Toi, tu vaux mieux qu'eux, c'est ça ?

— Non. Non, c'est juste que... » Il ne savait pas quoi dire. Du coin de l'œil, il aperçut Maggie qui discutait avec une des femmes plus âgées, et il alla la rejoindre en bafouillant une vague excuse.

« Ça t'arrive de courir, quand t'es en ville ? » lança la fille dans son dos.

Simon se retourna. « Pourquoi ?

— Pour savoir. Tu cours vite ? »

Simon n'arrivait plus à parler. Il pressa le pas. Derrière lui, il fut certain d'entendre la fille rire toute seule.

7

Maintenant

Frank ne perdit pas un instant. Il alla rapidement dans la cuisine et éteignit les appareils. Il rangea la recette du jour dans le coffre et coupa les lumières.

« Qu'est-ce qui se passe ? » demanda Delilah lorsqu'il regagna la réserve.

Il fit mine de n'avoir rien entendu et jeta un coup d'œil à l'arrière. Son vélo avait disparu ; il ne lui restait qu'un seul véhicule, le quad qu'il prenait quand il voulait aller vite. La camionnette de Charlie et Delilah était garée à l'avant, mais ils pourraient revenir la chercher plus tard. C'était le cadet de ses soucis. Il ferma la porte du fond, son cerveau tournait à cent à l'heure. Dans la réserve, son regard se posa sur l'étagère du haut.

« Frank. » Il y avait de la peur dans la voix de Delilah.

Il ne savait pas trop quoi lui dire. Il avait insisté pour qu'elle l'accompagne parce que, peut-être à tort, il ne leur faisait pas confiance, à Charlie et elle. Maintenant, avec la quasi-certitude qu'ils étaient inoffensifs, sa présence lui apparaissait comme une complication pénible.

« Rien, j'espère. » À tâtons, il chercha le pistolet sur l'étagère.

Delilah eut un mouvement de recul. « Pourquoi… pourquoi vous avez ça ? » dit-elle, si lentement qu'il comprit qu'elle faisait tout pour cacher sa peur.

« Il y avait un homme, dit Frank en levant les yeux vers elle. Il la cherchait. »

Delilah déglutit.

« Vous m'avez demandé ce qui lui est arrivé. À mon avis, suffit de relier les points. Elle débarque, salement blessée, dans un état pas possible. Quelques minutes plus tard, c'est ce type qui arrive. Et en plus…

— Quoi ?

— Je connais ce genre de types. En tout cas je les connaissais. On ferait mieux d'être prudents.

— Être prudents, c'est pas pareil que sortir une arme. »

Frank ne trouva rien à répondre. La lueur de malveillance dans le regard de Reg, sa manière de se comporter… Ils étaient tous pareils, dans le bush : le fusil à portée de main, ils se défonçaient à la bière et au rhum, entre autres, poussaient des cris de joie et tiraient sur tout ce qui bougeait dans la nuit. Des biches, principalement. Ces yeux marron agonisants ne l'avaient jamais quitté.

Frank traversa la réserve et déplaça des conserves sur l'étagère opposée jusqu'à ce qu'il trouve celle qu'il cherchait. Il l'ouvrit et en sortit les munitions. Il chargea le pistolet, des gestes mécaniques même après toutes ces années. Il leva l'arme et fut surpris que son poids lui paraisse aussi naturel.

« Vous êtes parano, dit Delilah. Vous en êtes conscient, au moins ? »

C'est alors que la porte de la boutique s'ouvrit en grinçant.

Allie arriva à la maison, jeta son vélo et monta les marches du perron. Elle avait envie de vomir. Elle n'aimait pas cet homme. Ni son apparence et sa manière de s'exprimer. Elle avait laissé son grand-père avec lui et il allait bientôt faire nuit, et ça non plus elle n'aimait pas. Elle allait s'enfermer dans sa chambre jusqu'au lendemain matin, et ensuite elle irait chercher son téléphone. Elle avait dû le pousser plus loin qu'elle n'avait cru, derrière les boîtes et les toiles d'araignée. Avec un peu de chance.

Dans le salon, la fille était toujours étendue sur le canapé. Elle était un peu plus propre et sa jambe était bandée. Elle dormait encore.

Cette fille, c'est des ennuis garantis.

Charlie lui tenait le poignet, il devait prendre son pouls. Il leva les yeux et sursauta en voyant Allie. « La vache, tu m'as fait peur. Tu n'es pas avec les autres ? »

Allie ne répondit pas.

« Delilah n'est pas avec toi ? »

Elle fit non de la tête.

Charlie se tourna vers la fenêtre. Il avait un air peiné. « Je crois que c'était une erreur de ne pas appeler une ambulance. J'ai fait ce que je pouvais. Mais je ne peux pas l'examiner comme il faut, pas sans équipement. Je… je crois qu'on devrait appeler une ambulance. Tout de suite. »

Allie ouvrit la bouche mais rien ne sortit.

Charlie se leva. « Je peux emprunter ton téléphone ? »

Le bras de Frank tressaillit et il faillit lever le pistolet. Mais il se retint, le coinça à l'arrière de son jean, poussa la porte et s'avança derrière le comptoir, la main sur l'arme.

L'homme dans la boutique était l'exact opposé de Reg. De taille moyenne, il avait du ventre et les épaules tombantes ; mal rasé, mais pas suffisamment pour faire oublier son allure d'employé de bureau. Les cheveux plaqués en arrière, un double menton et un costume froissé mais visiblement coûteux. Frank regarda rapidement la voiture garée devant la station. Même à cette distance, on devinait qu'elle valait cher.

« J'ai presque cru qu'il n'y avait personne, dit l'homme. Avec les lumières éteintes et tout. J'ai fait le plein ; je voudrais vous régler et peut-être acheter un truc à manger.

— C'est fermé, dit Frank.

— Mais la porte était ouverte, dit l'homme en la pointant du doigt. Et vous êtes là.

— C'est fermé, répéta Frank. Continuez votre route.

— Mais j'ai fait le plein à votre pompe. Faut quand même que je vous paye. »

Derrière lui, le ciel s'assombrissait. « Cadeau, dit Frank. Maintenant, allez-vous-en.

— Attendez une minute. Vous vous fichez de moi. Vous êtes la seule station à des kilomètres à la ronde. Vous vous rendez compte que les gens ont besoin de s'approvisionner ? Il est même pas tard.

— Il est assez tard comme ça.

— Écoutez. J'ai passé la journée sur la route, j'aimerais juste boire et manger quelque chose. C'est quand même pas compliqué. J'en ai pas pour longtemps.

— Prenez des chips, ce que vous voulez. » Du menton, Frank désigna un des présentoirs. « Et allez-vous-en. Je me fous de l'essence. C'est fermé. »

La porte s'ouvrit dans son dos. Il sut que c'était Delilah sans avoir besoin de se retourner. L'homme leva un sourcil et croisa les bras.

« Oh, je vois. D'accord. Le coup classique. Vous vous payez du bon temps et vous refusez les clients. C'est honteux. Vous avez une responsabilité. Sans vous, des gens peuvent rester en rade et…

— Arrêtez. » Frank planta son regard dans celui de l'homme. « Je vous le demande gentiment. Partez, s'il vous plaît.

— Vous avez pas le droit de laisser tomber les gens juste parce que vous avez envie de baiser un coup.

— C'est pas ce que vous croyez, dit Delilah.

— Mais ouais, bien sûr, railla l'homme. Je parie que… »

Frank dégaina et braqua le pistolet sur la tête de l'homme. Delilah s'étrangla. Il sentait les battements de son cœur résonner dans tout son corps, exactement comme autrefois quand il chassait. Sa tête bourdonnait. « Allez-vous-en. »

Paralysé, l'homme fixait le canon du regard.

La main de Frank ne tremblait pas. Sa voix s'adoucit. « S'il vous plaît. »

L'homme ne bougea pas. Il en paraissait incapable.

« Frank, murmura Delilah. Qu'est-ce que vous faites ?

— Il faut que vous partiez, dit Frank. Tout de suite. On n'a pas le temps.

— Le temps pour quoi faire ? » Delilah alla s'interposer entre les deux hommes, sans entrer dans la ligne de mire. « Frank, vous déraillez. Qu'est-ce qui se passe ? »

Elle était terrifiée, les yeux écarquillés. Quant à l'homme, son expression n'avait pas changé, mais une tache sombre envahissait le devant de son pantalon.

Dehors, la nuit tombait. Tout était calme. Frank baissa l'arme. Soudain il s'était mis à trembler.

« Merde… Je suis désolé. J'ai cru… J'ai vraiment cru… »

Un bruit dans la nuit. Au loin, le vrombissement d'un moteur.

Derrière la fenêtre, l'obscurité s'estompait. Frank s'avança, la main serrée sur le pistolet, vers la porte de la station.

Sur la route, des phares éclatants arrivaient par la droite. Un mur de lumière qui se déversait sur la chaussée, accompagné par le bruit des moteurs. Il y avait plusieurs véhicules, au moins dix, et ils roulaient vite, dans un grondement de tonnerre alimenté au gazole.

Frank recula tandis que les véhicules commençaient à s'écarter les uns des autres. Certains vinrent se ranger devant la station. D'autres allèrent derrière le bâtiment. Ils les encerclaient.

« À l'arrière », dit Frank. Sa voix était sourde et rauque. « Tout de suite. »

8

Plus tôt

Simon se réveilla sur le canapé, le cou tordu et la nuque bloquée. Il regretta un instant de ne pas s'être couché dans la voiture. Là, au moins, il aurait peut-être dormi plus d'une heure.

Il se leva et sortit. La température était douce et, un bref instant, l'odeur des feuilles d'eucalyptus lui permit presque de se détendre.

« Tiens, qui voilà. » Arborant les mêmes vêtements et le même sourire que la veille, Steve était adossé à un arbre de l'autre côté de la rue.

Est-ce qu'il surveillait la maison ? Et depuis combien de temps ? « Salut, fit Simon en s'efforçant de lui rendre son sourire.

— Bien dormi ? C'est pas des lits à baldaquin et des matelas de princesse, mais ça vaut toujours mieux qu'un siège de bagnole. » Mains dans les poches, Steve traversa la route et jeta un coup d'œil dans la maison par-dessus l'épaule de Simon.

« C'est vrai. Merci.

— Maggie est réveillée ?

— Pourquoi ? demanda Simon, un peu plus vivement qu'il ne l'aurait souhaité.

— Eh, mec, du calme. Je demande, c'est tout.

— Elle dort.

— T'es sûr ? »

Hochement de tête.

« Donc tu la niques. »

Simon en resta sans voix ; Steve, lui, était hilare.

« Quoi ?

— Ben, si t'es sûr qu'elle dort, c'est que t'as passé la nuit dans la même chambre qu'elle, non ? Ou alors t'es un putain de pervers…

— Y avait pas de… y avait aucun bruit dans sa chambre, répondit Simon sans comprendre pourquoi il éprouvait le besoin de se justifier auprès de ce taré. Mais peut-être qu'elle était réveillée. Je sais pas.

— Tu viens de me dire que t'en étais sûr. » Le sourire de Steve avait disparu. « Alors ?

— Je sais pas. »

— C'est pas bien de mentir aux gens, mon pote. On sait jamais, ils pourraient le prendre mal. » Sur quoi il lui fit un signe de la main, tourna les talons et s'éloigna, interpellant deux personnes qui passaient dans la rue.

Simon le suivit du regard. Il lui fallut une seconde pour se rendre compte qu'il tremblait et une autre pour comprendre qu'il se comportait comme un idiot. Il fit demi-tour et s'arrêta à l'entrée de la maison, posa la tête contre la porte.

Qu'y avait-il de menaçant dans ce que lui avait dit Steve ? La veille, dans l'obscurité près du feu, tout dans ce village lui avait paru être une grave erreur. Il pivota et balaya la rue du regard. Il n'allait pas se raconter qu'il se sentait bien ici, mais c'était pourtant ce qu'il recherchait, non ? Quelque chose de différent, d'authentique. Un barbu au dos voûté passa en lui adressant un méchant sourire édenté. À contrecœur, Simon lui dit bonjour. Il prit une longue, une profonde inspiration.

Seulement des gars de la campagne.

Il mit les mains dans ses poches et descendit dans la rue en essayant de prendre l'air détendu. Il salua les quelques personnes qu'il croisa. C'était peut-être l'occasion d'apprendre à mieux connaître cet endroit, d'être moins prompt à juger, voire de passer un bon moment. Ça allait bien se passer. Il n'y avait pas de danger.

Il venait d'arriver au bout de la rue quand il se rendit compte qu'il était suivi. Il se retourna et sursauta.

La blonde de la veille était juste sur ses talons. À la lumière du jour, ses cheveux étaient gras et emmêlés, son corps d'une maigreur inquiétante.

« Euh. Salut », dit Simon, tendu.

Elle était très près de lui et ça le mettait mal à l'aise. Il résista à la pulsion soudaine de la repousser.

« Steve est passé te voir ? » demanda la fille.

Simon acquiesça.

« Il voulait parler à l'autre pute ? »

L'agressivité du dernier mot le surprit. « Euh… non. Non, il est reparti. Il m'a juste demandé si elle dormait et il est reparti.

— Elle lui a dit quoi hier soir ?

— Je… rien. Rien. »

Encore plus près, trop près. Une mèche de cheveux effleura la joue de Simon. Il se figea. Elle dégageait une odeur de tabac froid et d'alcool rance, avec quelque chose de cuivré et métallique, quelque chose de…

« Je vais la casser en deux, tu sais. » La voix de la fille était calme et douce, presque aguicheuse. « Prendre son petit cou tout fin entre mes mains. C'est pas difficile. On croit qu'il faut de la force, mais non, l'important c'est là où tu places tes mains. Suffit d'appuyer au bon endroit et de tourner. Rapide et facile. Après, elle sera morte et toi tu seras tout seul ici. »

Simon fit un pas en arrière. Il n'arrivait plus à respirer. La fille n'avait pas bougé.

Simon partit en courant vers la maison. Il s'attendait presque à ce qu'elle le rattrape, se jette sur lui et prenne son cou entre ses mains, mais elle resta où elle était. Il ne s'arrêta pas de courir avant d'être arrivé. Il se retourna sur le pas de la porte. La fille avait disparu.

Il entra au pas de charge et frappa à la porte de Maggie, puis, faute de réponse, se mit à tambouriner. Enfin elle ouvrit, enveloppée dans une serviette, les yeux vitreux.

« Quoi ?

— Je veux partir. »

Elle le regarda sans rien dire.

« On est venus, on a passé la nuit, on a eu notre expérience. Maintenant est-ce qu'on peut y aller ? Les gens… » Il baissa la voix, sans vraiment savoir pourquoi. « J'aime pas cet endroit.

— T'es toujours aussi mélodramatique ?

— Je…

— Écoute-moi. Juste aujourd'hui, d'accord ? On passe la journée ici et on part ce soir.

— Je reste pas ici jusqu'à la nuit.

— Simon. Tu crois qu'il se passe quoi ici ?

— La question, c'est pas ce que je crois, c'est ce que je sens. »

Maggie leva les yeux au ciel.

« Pourquoi ? fit-il avec une pointe de désespoir. Pourquoi tu veux autant rester ? » Et soudain, en la regardant, il se sentit très, très bête. « Mais t'es qui, en fait ?

— Quoi ?

— Je me demande qui t'es vraiment. Tu te balades avec un sac à dos rempli de billets, tu fais du stop, tu bois dans des bars louches… et c'est toi qui m'as dit de prendre cette route. » L'idée qui naissait dans son cerveau se cristallisa en certitude devant le visage impassible de Maggie. « Tu savais que ce village était là.

— Non, je savais pas.

— Mais tu t'en doutais. »

Elle haussa les épaules.

« Pourquoi ?

— J'avais mes raisons.

— J'ai accepté de t'embarquer, putain. J'ai le droit de savoir pourquoi tu voulais venir ici. »

Elle fronça les sourcils, baissa la tête. Puis elle soupira et parut se détendre un peu.

« Je savais qu'il y avait… quelque chose par ici, dit-elle. Je le savais parce que c'est dans cette région que ma mère a été vue pour la dernière fois. »

Tout ce qu'il avait prévu de répondre s'écroula. Tout ce qu'il avait cru comprendre se désintégra. « Ta mère… »

Il déglutit. « Tu nous as conduits à l'endroit où ta mère a disparu ?

— Du calme. Ça fait presque vingt ans qu'elle a disparu. Je suis pratiquement sûre qu'elle est pas là.

— Du coup, pourquoi nous on y est ?

— Parce que quelqu'un sait peut-être quelque chose. Même un fragment de rumeur, ce sera déjà bien. Et me regarde pas comme ça. T'aurais fait exactement la même chose à ma place.

— Je nous aurais jamais conduits dans…

— Dans quoi ? »

Simon serra les poings. Sa respiration était hachée, mais il s'efforçait de contenir sa colère, de faire comprendre à Maggie dans quoi elle les avait peut-être fourrés, tout ça pour le vague espoir de remonter une piste refroidie depuis longtemps. Une vérité odieuse lui apparut. Elle l'avait mené ici en le trompant, elle savait donc qu'il n'aimerait pas ce bled – donc, dans une certaine mesure, elle savait qu'ils n'y trouveraient rien de bon. Vu sous cet angle, elle n'était pas seulement égoïste, elle était dangereuse.

« OK, dit-il. C'est bon. Si tu veux rester ici, c'est pas moi qui vais t'en empêcher. Mais moi, je me casse.

— Simon…

— Non. Tu m'as menti. Tu m'as conduit dans ce trou et j'ai pas l'intention de continuer à me faire manipuler pour t'aider dans tes plans foireux. Bonne chance, j'espère que tu retrouveras ta mère. Et que ça en vaudra la peine. »

Sans s'autoriser un dernier regard, il tourna les talons et s'éloigna.

Il y avait davantage de monde dans la rue, des gens qui le virent marcher jusqu'à sa voiture et s'asseoir au volant sans en perdre une miette. Il regardait droit devant lui ; il n'essayait plus d'impressionner Maggie, par conséquent il n'avait plus aucune obligation de rentrer dans le jeu de ces péquenauds. Toute action qui ne consistait pas à mettre un pied devant l'autre était désormais une perte de temps.

Pour autant, il refusait de montrer des signes de peur ou de faiblesse et rejoignit donc la piste et le bush à une allure tranquille. L'allure d'un type qui part faire un tour. Au mépris de son cœur paniqué. Il se calmerait quand il serait sur la nationale.

Même à cette heure, les arbres faisaient régner une ombre profonde sur la piste, qui était curieusement plus difficile à distinguer que la veille au soir. Couverte de branches, de feuilles et de pierres, elle était pratiquement invisible. Simon essaya de se rappeler par où ils étaient arrivés, guetta des traces de pneus ou toute autre marque familière dans la poussière. Mais il pensait à Maggie et se laissait distraire. Elle s'était servie de lui et il se sentait stupide, un gamin crédule qui avait fait confiance à une jolie fille parce que, disons-le clairement, il avait envie de coucher avec elle. À cet instant, en dépit de tout ce qu'il avait pu croire, il avait du mal à se voir autrement que comme un jeune diplômé banal à pleurer s'acharnant à donner à son road trip une profondeur qu'il ne méritait pas. Il était un énorme bouffon.

Le mieux à faire était peut-être de retourner en ville. Ou simplement d'accepter la réalité et de passer le restant de son voyage à se soûler en baratinant des filles rencontrées dans des bars de routards. Là au moins il n'aurait pas besoin de donner une importance factice à tout ça – à son voyage et à lui-même. Il eut un rire amer. *L'Australie véritable*. Quelle idée à la con. Comme s'il avait la moindre idée de ce dont il s'agissait.

Il perçut un mouvement devant lui et il écrasa les freins. Il lui fallut une seconde pour comprendre qu'il ne s'agissait ni d'un animal ni d'un arbre tombé.

Les mains dans le dos, encadré par les frondaisons tombantes et les ombres des eucalyptus, Steve était campé devant la voiture, un large sourire aux lèvres.

Simon enclencha la marche arrière et jeta un coup d'œil dans le rétroviseur, juste à temps pour voir un pick-up piler derrière lui. Les portières s'ouvrirent, Matty et Kayden en descendirent. L'estomac de Simon se serra. Ils avaient des fusils.

Bouge, disait une petite voix dans sa tête. *Bouge de là. Maintenant*. Mais il était pétrifié sur son siège.

Sa portière s'ouvrit et des mains le tirèrent à l'extérieur sans ménagement. Il s'écrasa durement sur le sol, leva les yeux et vit Kayden, semblable à la veille, les yeux cachés derrière les verres miroir de ses lunettes.

« Tu nous quittes déjà, mon pote ? dit Matty. Blue t'aimait bien. Il va être triste. »

C'est alors que Simon entendit le chien, qui aboyait furieusement dans la benne du pick-up.

« Quel homme. » Steve avait rejoint les autres. Ses mains n'étaient plus dans son dos. Il tenait une batte de cricket. « Il cache vraiment bien son jeu. Dommage que ça soit aussi un sale con. Abandonner ta gonzesse comme ça. Une jolie petite chose, entourée par des inconnus. C'est pas cool, mec. On pourrait être n'importe qui. »

Kayden gloussa.

« Mais c'est tant mieux pour toi, Kayd, continua Steve. Tu vas avoir Maggie pour toi tout seul. Je me la taperais bien aussi, mais tu connais Kate. » Avec un doigt, il mima un égorgement. « Je crois que je vais devoir me la mettre derrière l'oreille. Sans déconner, je suis sûr qu'elle est bonne au pieu. Genre tigresse. Faudra que tu me racontes. »

Nouveau gloussement.

Matty siffla. Les aboiements cessèrent. Le chien sauta de la benne avec un choc sourd.

« T'as faim, mon bonhomme ? demanda Matty.

— Debout, dit Steve. Tu peux au moins faire ça.

— Qu'est-ce que vous allez me faire ? » Simon était incapable de se relever. Il tremblait de tout son corps. « S-s'il vous plaît. S'il vous plaît, laissez-moi partir, je dirai rien à personne, je vous le jure…

— Dire quoi à qui ? répondit Steve. On n'a encore rien fait. »

9

Maintenant

Warren Jenkins était en retard. Très en retard. Il n'avait pas envie de penser aux excuses qu'il allait devoir inventer pour rabattre le caquet de sa bonne femme. La bouteille de vin sur le siège passager pourrait faire l'affaire. Cinq dollars au Bottle-O. Avec un peu de chance, le temps qu'il arrive, tout le monde serait trop ivre pour remarquer sa radinerie. Et de toute façon, ces dîners n'étaient rien d'autre qu'une excuse pour se bourrer la gueule.

Il regarda l'heure. Il allait avoir au moins une heure de retard et Diane pouvait être une vraie teigne quand elle avait bu. Il appuya sur l'accélérateur. L'aiguille monta un peu au-dessus de la limite de vitesse.

Il lâcha un juron dans sa barbe. Un peu plus loin, la route était barrée. Deux voitures, nez à nez, bloquaient la nationale. Des pick-up qui n'avaient plus l'air tout jeunes. Si c'étaient des petits malins, il n'avait pas le temps pour ça. Mais…

Les deux types adossés aux véhicules portaient des uniformes de police.

Warren leva le pied. Son cœur, lui, accéléra légèrement. Il essaya de se rappeler combien de bières il avait bues. Il n'y avait pas foule sur cette route, et le premier abruti venu était capable de conduire en ligne droite. Ce serait un crime de l'embarquer. Mais bon.

Un des flics s'avança. Il paraissait avoir le même âge que lui, la quarantaine.

Warren ralentit et s'arrêta, baissa sa vitre.

« Je, euh, je suis juste en train de rentrer chez moi, dit-il en espérant paraître confiant et détendu.

— La route est fermée, répondit le flic.

— C'est… » Warren se mordit la langue. Il avait failli protester que c'était n'importe quoi, ce qui était la vérité. Il n'avait pas d'autre moyen de rentrer, mais il ne voulait pas non plus leur donner une raison de le faire souffler dans le ballon.

« Qu'est-ce qui se passe ? demanda-t-il.

— Un servomoteur qui a explosé. »

Derrière, le deuxième flic alluma une cigarette.

« C'est le bordel, continua le policier. Des fumées toxiques et de la merde partout. Y a un risque de feu de broussailles. Trop dangereux ce soir. »

Warren n'avait encore jamais vu de flics en pick-up.

« Faites demi-tour, reprit le policier.

— Mais j'habite par là.

— Non, pas ce soir. Demi-tour. »

Le policier eut un petit sourire, presque un défi muet. Warren considéra son uniforme, remarqua une tache sombre sur la manche droite.

Il s'efforça d'être le plus sympathique possible. « Pas de problème, monsieur l'agent. »

Il sentait que quelque chose n'allait pas. Un serrement au creux du ventre, un léger parfum dans l'air, l'impression que le monde s'était un petit peu détraqué. Il était prêt à parier que les deux hommes ne lui avaient pas dit la vérité, tout comme il était prêt à parier qu'ils n'étaient pas policiers. Mais surtout, Warren Jenkins savait quand il fallait détaler sans demander son reste, filer le plus vite possible et oublier ce qu'on avait vu.

Frank plongea derrière le comptoir et s'accroupit pendant que Delilah et l'homme d'affaires partaient dans la réserve. Il soupesa le pistolet, masse rassurante dans sa main, regrettant qu'il ne soit pas plus rassurant. *Ça va pas suffire. Pas suffire du tout.*

Il risqua un coup d'œil au-dessus du comptoir, puis se cacha à nouveau. La lumière des projecteurs était éblouissante ; rangées autour des pompes, face à la station, les voitures l'aveuglaient. Au moins quatre à l'avant. Peut-être plus.

Derrière lui, la porte s'entrebâilla. Delilah, accroupie, le regardait par la fente.

« C'est qui, eux ? » Sa voix était perçante, apeurée.

Frank ne répondit rien, mais il avait son idée. Et cette idée lui suggérait qu'il aurait dû dire au type ce qu'il voulait savoir. Il pensa à Allie, dans la maison.

Il ferma les yeux. Refoula la peur glaciale qui s'insinuait en lui. L'écrasa et la rangea dans une boîte, comme on lui avait appris la première fois qu'on l'avait emmené chasser.

Il devait rester calme. Et s'assurer que ces gens ne soupçonnent pas qu'il avait une maison à moins d'un kilomètre de là.

« C'est à cause d'elle, hein ? » demanda Delilah.

Frank acquiesça.

« Pourquoi ?

— Aucune idée. Et ça change rien à notre situation.

— On aurait dû appeler la police, dit Delilah. Dès qu'elle est arrivée. »

Soudain Frank eut une illumination. « Le mec en costard. Son téléphone. »

Delilah comprit tout de suite. La porte se referma en silence. Frank écouta, attendant le bruit révélateur de la moustiquaire.

Delilah trouva l'homme recroquevillé dans la réserve, en boule dans un coin, les jambes serrées contre la poitrine. Il venait de pleurer.

Un souvenir lui revint à l'esprit. Un homme semblable à celui-là – joli costume, joues rebondies, double menton – tellement confiant, tellement sûr de lui derrière son bureau quand il lui faisait la leçon sur le métier de serveuse, lui ordonnait de sourire, de dire oui à tout et de bien se rappeler que le client avait toujours raison. Et c'était là, tandis qu'elle souriait et disait oui à tout et se rappelait que son patron avait toujours raison, qu'elle s'était rendu compte, très tranquillement, qu'elle le haïssait, qu'elle jouait le jeu depuis des années dans l'espoir d'atteindre son poste à lui, et tout ça pour quoi ? Pour pouvoir, à quarante ans, refiler la merde à quelqu'un d'autre pendant qu'elle compterait son pognon, bien calée dans son fauteuil ? Pour devenir celle qui aurait le sourire, le costard et les bajoues ? Aucune somme d'argent ne justifiait ça. Une semaine plus tard, elle démissionnait et prenait un billet pour l'Australie. Parce que, sur le moment, ce pays lui avait paru être l'exact opposé de ce qu'elle voulait fuir.

La réalité la rattrapa et elle traversa la pièce pour aller s'accroupir près de l'homme. Elle posa une main sur son genou. Il glapit et elle la retira.

« C'est moi », dit-elle.

Le souffle court, il la regardait sans la voir.

« Delilah, dit-elle. Je m'appelle Delilah. Et vous ? »

Il voulut parler mais rien ne sortit.

« Eh. » Elle lui toucha encore le genou. Il tressaillit mais elle laissa sa main. « Comment vous vous appelez ?

— Greg.

— Très bien. Écoutez-moi, Greg. On a un problème. Je ne sais pas exactement ce qui se passe, mais ça ne va pas bien. J'ai besoin de votre téléphone. »

Il continuait à la fixer. Elle avait toutes les peines du monde à contenir la bouffée de rage que lui inspirait son air de merlan frit.

« Greg, dit-elle un peu plus fermement. Tout va bien se passer, mais il faut qu'on appelle la police. »

Il secoua la tête. « Mon téléphone… je l'ai laissé dans ma voiture. »

Merde. Ça aurait été presque drôle si la terreur ne menaçait pas de la transformer d'une seconde à l'autre en loque tremblante.

Tu parles d'une poisse. Elle savait qu'elle devait sortir de là et avertir Frank, et aussi réfléchir à un plan B, mais la cruauté de ce revirement l'avait anéantie, presque paralysée. Normalement, c'est le genre de chose qui n'arrive jamais. Pas aux gens comme elle.

Greg s'essuya les yeux avec le dos de la main. Puis il fouilla dans sa poche et en tira une flasque. Il la dévissa et but une gorgée. Les yeux troubles, il se tourna vers la porte. « Je crois que j'ai déconné. »

Frank connaissait cette sensation, celle d'être suspendu à une corde au-dessus d'une mer de couteaux. Il avait envie de lever la tête, pour vérifier si la ficelle allait tenir, mais le plus petit mouvement risquait de la faire rompre. Il restait donc figé, en attendant que Delilah revienne lui annoncer qu'elle avait appelé la police. En attendant l'assaut. En attendant n'importe quoi.

Il songea un instant à ramper dans la réserve, mais alors il n'aurait plus aucun moyen de savoir ce que ces enfoirés mijotaient dehors. Il savait qu'une partie d'entre eux étaient derrière la station, où la porte était aussi facile d'accès que celle de devant, mais il aurait certainement entendu quelque chose s'ils étaient déjà entrés. C'était un maigre espoir auquel se raccrocher. Une autre corde prête à rompre.

Très lentement, il se hissa sur les genoux de sorte à voir pardessus le comptoir. La boutique était toujours envahie par une lumière aveuglante, mais à présent il parvenait à distinguer une silhouette efflanquée, toute proche de la moustiquaire, qui se découpait devant les projecteurs. Il leva le pistolet.

Il se demanda s'il était encore temps de retourner à la maison sans trahir la présence d'Allie, de récupérer la fille inconsciente et de la leur apporter. Et s'ils cherchaient à se débarrasser des témoins, alors il se défendrait pour qu'Allie ait une chance de s'échapper. Peut-être que la fille sur le canapé méritait bel et bien le sort qui l'attendait. Peut-être que la leur donner n'était pas une mauvaise chose. C'était peut-être même le seul choix sensé. Il baissa le pistolet.

« Salut là-dedans, fit la silhouette. Ça t'embête si j'entre ? »

Ils avaient une bien meilleure visibilité que lui. Le plus probable était qu'ils ouvrent le feu pendant qu'il serait encore en train de viser. S'ils étaient armés. C'était un pari dangereux.

À nouveau la voix, moqueuse à présent. « Je vois. Pas très poli de ta part. Mais c'est le jeu. Je me présente. Je m'appelle Trent, et j'espère que t'es quelqu'un de raisonnable, parce qu'on va accepter qu'une seule réponse. Tu vas nous donner cette fille. »

La moquerie s'était envolée. La voix était dure, assurée.

« Tu nous crois peut-être pas encore, mais j'ai de quoi te faire réfléchir. On est en Australie, mon vieux. Les étendues infinies, tout ça, tu connais le topo. On est une grande famille, mais si la famille se met à nous chier dans les bottes, alors c'est plus la famille. Reg nous a parlé de toi. Un type comme toi, tout seul ici… Je suis prêt à parier un paquet de fric que t'as vu des trucs pas jolis-jolis. Peut-être même que t'en as fait. Et c'est pour ça que tu vas être bien gentil et nous donner la fille. Parce que sinon, tu nous chies dans les bottes, tu fais plus partie de la famille, et ça, je te promets que ça va pas te plaire.

Ni à toi ni à ta petite-fille. T'es comme nous. Pas la fille. À toi de voir. »

Au milieu de sa peur glaçante, la colère commençait à flamber. Frank ne perdit pas de temps. Il visa juste au-dessus de l'épaule de l'homme et tira. La détonation fit siffler ses oreilles. La balle dessina une toile d'araignée dans la vitrine. La silhouette n'avait pas bougé. Frank se remit à couvert derrière le comptoir.

« Très bien. » Une pointe d'amusement. « C'est noté. Du coup, je vais partir du principe que t'entends ce que je te dis. »

Frank ne répondit pas. Il crut entendre des rires à l'extérieur.

« T'as envie de jouer au chevalier blanc. Je comprends. Mais, tu sais, y a des choses plus importantes que la galanterie. La survie, par exemple. Ou bien la justice. Cette fille, elle nous a fait un sale coup. Et nous, on lui a absolument rien fait, je te mens pas. » Fini l'amusement. « On a le téléphone de la gamine, et j'ai pas besoin de te rappeler que celui que tu as près de ta caisse te servira à rien, puisqu'on a coupé les lignes. Personne va venir t'aider. T'as pas le choix, mon vieux, c'est pas toi qui fixes les règles. Je sais que t'as aucune raison de nous faire confiance. Mais si t'es un peu malin, tu vas me croire sur parole : si tu nous as pas donné la fille d'ici une demi-heure, on fout le feu à ta boutique. Et quand tu sortiras en criant, c'est là qu'on va vraiment commencer à se marrer. »

L'arme que Frank tenait dans la main paraissait plus dérisoire que jamais.

« C'est toi qui décides, mon vieux. »

Frank jeta un coup d'œil par-dessus le comptoir. La silhouette était repartie se fondre dans la lumière. Il se rassit par terre, adossé au comptoir, et tâcha de réfléchir.

La porte intérieure s'entrouvrit. Pâle et couverte de sueur, Delilah vint s'asseoir à côté de lui.

« Vous leur avez tiré dessus ? demanda-t-elle.

— Je voulais qu'ils sachent que j'ai une arme, dit Frank. Sinon, rien ne les empêchait d'entrer. Le verre est épais ; je savais qu'il tiendrait. »

Delilah était livide. « Vous… vous savez ce que vous venez de faire, pas vrai ? Vous avez accepté leur… leur putain de *défi*. On aurait pu… » Elle déglutit. « Fait chier. Ça fait chier, Frank. Charlie et moi, on n'a rien à voir avec ce qui se passe là. On s'est arrêtés pour faire le plein et maintenant on est… » Sa respiration était rapide, saccadée, elle frôlait l'hyperventilation. « On va mourir. Putain, on va mourir.

— Non, on ne va pas mourir, dit Frank qui n'en croyait pas un mot. Mais pour ça il faut bien jouer nos cartes. Vous avez appelé la police ? »

L'hystérie perçait dans la voix de Delilah. « Il a laissé son téléphone dans sa voiture, ce con.

— Évidemment. » Frank laissa sa tête retomber contre le comptoir.

« Comment vous faites pour rester aussi calme ? »

Il ne dit rien. Il ne savait pas comment lui dire qu'il était absolument tout sauf calme.

« OK. Écoutez », dit Delilah. Elle prit la main de Frank. La sienne était moite et crispée. « On est tous en danger maintenant, pas seulement la fille. Charlie va finir par se demander où on est et va venir me chercher.

Et Allie viendra avec lui, parce que ça m'étonnerait qu'elle ait envie d'attendre seule. On n'a pas demandé ce qui nous arrive. Ce n'est pas notre problème. La fille, elle a fait quelque chose, non ? Ces types ne seraient pas là si elle n'était pas une source d'emmerdes.

— Et ils ne seraient pas là non plus si eux-mêmes n'étaient pas une source d'emmerdes.

— Ce que je crois, c'est qu'on s'en fout de savoir qui ils sont. L'important, c'est ce qu'ils vont faire, et ils l'ont dit clairement. S'ils entrent ici et s'ils s'aperçoivent qu'on n'a pas la fille…

— Ils se débrouilleront pour qu'on leur dise où elle est. Je sais.

— Alors vous savez aussi ce qu'on a à faire. » Elle serra plus fort.

Frank dégagea sa main. « On a ce qu'ils veulent. Ça nous donne un avantage. Vous voulez vraiment risquer de le perdre ?

— Je ne veux pas risquer de découvrir ce qu'ils vont nous faire si on ne la leur donne pas. »

10

Plus tôt

Maggie n'avait pas le temps de se lamenter sur ce qui s'était passé. Elle s'était servie de Simon et, même si elle n'était pas fière d'elle, elle était arrivée là où elle voulait. La question était maintenant de savoir ce qu'elle allait faire ensuite.

Elle s'était sentie mal à l'aise en se moquant des inquiétudes de Simon. Non qu'elle soit tout à fait convaincue que cet endroit était dangereux, mais il n'était pas franchement rassurant. La veille, elle avait accepté les bières qu'on lui offrait, fait la conversation, et vidé ses cannettes par terre à la première occasion, pendant que Simon traînait son air de chien battu et paranoïaque et ne faisait que la distraire de sa mission. Et maintenant qu'il n'était plus là il continuait encore à la distraire.

Il n'était responsable de rien de tout ça, et il était sorti d'affaire. Elle en tirait au moins un relatif soulagement. Elle allait devenir une simple anecdote qu'il raconterait avec colère dans les bars pendant le reste de son voyage ;

avec un peu de chance, ça susciterait la compassion de filles libres d'esprit et insouciantes qui lui offriraient une bière et avec qui il serait sûrement mieux qu'avec elle.

Elle ressentit un pincement amer, de l'ordre de la jalousie, qui l'étonna. Ces filles qui glousseraient, flirteraient et souriraient, qui le trouveraient gentil et intelligent, qui penseraient à la fac, à leur job et à rien d'autre. Ces filles, elle les haïssait – pas à cause de leur manière d'être, mais parce qu'elle ne pouvait pas être comme elles. Même en essayant. Et elle avait essayé, avec Simon au pub. Sans perdre de vue son objectif, elle avait tenté de baisser sa garde, au moins un tout petit peu. Et elle s'était peut-être même laissée croire, l'espace d'un instant, qu'elle en était capable. Voire que le voyage pourrait continuer une fois qu'ils seraient ressortis bredouilles de ce patelin, Simon ignorant toujours tout de ses projets, et alors ils boiraient, ils s'amuseraient et ils oublieraient.

Simon allait maintenant pouvoir faire tout ça, loin d'elle. Mais cela ne changeait rien au fait qu'elle avait trahi sa promesse de ne jamais plus faire la sourde oreille quand une personne lui dirait qu'elle a peur.

Ça n'avait pas été facile, de sourire et de jouer à l'idiote devant ses grands yeux et ses efforts désespérés pour garder une contenance. Ça n'avait pas été facile parce que, en Simon, elle avait retrouvé Ted, onze ans, petit et maigrichon pour son âge, lui racontant ce dont il ne pouvait parler à personne d'autre parce que, sachant d'où elle venait, elle pourrait comprendre.

« Mais il te fait rien de mal », lui avait répondu Maggie, treize ans, sûre d'elle et certaine d'être plus maligne parce qu'elle avait vu pire.

Les épaules voûtées, assis en tailleur sur le sol de sa chambre, Ted avait fait non de la tête. « Non, mais c'est… c'est sa manière de parler. Quand il me dit qu'il faut que je m'endurcisse. Quand il me dit que si je fais pas ce qu'il veut, les trucs qu'il trouve *marrants*, je serai jamais… » Il avait levé les yeux vers Maggie, honteux. « Je serai jamais un homme.

— Hamish est pas un homme. Il a que quinze ans. »

Quinze ans, mais l'air d'en avoir vingt, avec ses épaules larges et son rictus satisfait, son charme sur commande quand il parlait aux parents de leur famille d'accueil, le bon Dieu sans confession. D'abord, Maggie y avait vu un truc agaçant mais inoffensif, une fausse maturité mêlée de flagornerie qui faisait fondre ces crétins d'adultes. En tout cas des adultes comme Ben et Debbie, qui avaient trop d'enfants à surveiller pour y voir clair.

« Il sait que j'ai peur, avait dit Ted. Et il, il en profite parce qu'il sait que personne me croira et… »

Maggie avait posé une main sur son épaule. Encore maintenant, dix ans plus tard, l'ampleur de sa condescendance lui donnait la nausée. « Il est bête, avait-elle dit. Mais il est pas méchant. Arrête de faire attention à lui et il va se lasser. »

Ted avait gardé son air apeuré et ça l'avait énervée. Elle avait eu envie de lui crier : « T'es ridicule, petit con. Tu veux vraiment savoir ce que c'est de souffrir ? Grandis un peu, putain. » Mais elle n'avait rien dit de tout ça. Elle avait prononcé une banalité, était retournée dans sa chambre et elle avait balancé un coup de poing dans le mur. Le lendemain matin, elle avait oublié toute cette conversation.

Désormais, elle s'obligeait à se la remémorer chaque jour.

Dans la maison prêtée par Kev, sur le canapé du salon, le regard perdu dans le vide, elle essayait de se concentrer. Elle devait passer en revue tous les événements de la veille au soir, examiner chaque détail pour déterminer s'il y avait quelque chose à creuser ou si cette ville n'était qu'un cul-de-sac de plus. Elle ne pensait pas qu'elle aurait autant de mal à chasser Simon de ses pensées et ce voyage dans lequel elle se surprenait à vouloir l'accompagner. Mais, même si c'était difficile, c'était nécessaire. Elle se remémora les visages et les messes basses, la sensation distincte de se savoir observée à chaque pas, depuis l'instant où elle avait posé le pied hors de la voiture. Il lui fallait maintenant déterminer si c'était la simple curiosité d'un village peu habitué aux visiteurs, ou s'il y avait autre chose.

L'intensité et la persistance de cette curiosité lui faisaient privilégier la seconde possibilité, mais elle ne savait toujours pas quelle en était la raison. Ils l'avaient observée avec un intérêt excessif, avec suspicion. Se laissant aller à une lueur d'espoir, elle se dit qu'ils l'avaient peut-être même reconnue. Elle avait fait de son mieux pour étudier le visage de toutes les femmes, mais aucune n'avait ravivé de souvenir enfoui ou de lien oublié. Cela ne signifiait pas que sa mère n'était pas dans ce village et, après tout ce qu'elle avait traversé pour arriver là, Maggie n'avait pas l'intention de s'en aller avant d'avoir approfondi ses recherches, mais une intuition déprimante lui disait qu'elle n'allait pas tarder à reprendre la route sans savoir où aller ensuite.

Le seul moyen d'arrêter de stagner était de se balader en cherchant s'il y avait quelque chose à exhumer. Après avoir pris un moment pour se confectionner un sourire tranquille et innocent, elle sortit donc dans la rue.

Elle eut la surprise de découvrir quelqu'un qui l'attendait : Rhonda, la femme qui lui avait donné des bières la veille au soir.

« Je voulais voir si t'étais réveillée. Tu veux une clope ? »

Maggie accepta le paquet que Rhonda lui tendait. Elle tira une bouffée en essayant de faire croire qu'elle appréciait le goût. Rhonda ne la quittait pas des yeux.

« Qu'est-ce que tu viens chercher ici ? dit la femme.

— Comment ça ?

— Personne vient ici sans avoir une bonne raison. Si tu cherches quelque chose, tu ferais mieux de me dire quoi. »

Maggie évalua les choix qui s'offraient à elle, et opta pour la vérité. Ces gens n'avaient aucune raison de ne pas être honnêtes avec elle, sauf s'ils avaient quelque chose à cacher. « Je cherche une femme, dit Maggie. Elle était dans la région il y a une vingtaine d'années. Je ne pense pas qu'elle soit encore là, mais j'essaie de savoir où elle a pu aller.

— Quelqu'un que tu connais ? » Rhonda aspira une nouvelle bouffée.

Maggie acquiesça.

« De la famille ?

— Ma mère. »

Rhonda détourna le regard, plissa légèrement les yeux. « Vingt ans, ça fait un bail. Mais je crois que je me souviendrais. On voit pas souvent du monde. Ce que j'en pense, c'est que ta mère est pas passée par ici. Les filles de Melbourne, elles ont aucune raison de venir dans le coin.

— Je suis là, moi.

— Ouais, mais pourquoi ta mère serait venue, à part pour chercher quelqu'un ? Elle cherchait quelqu'un ?

— Elle quittait quelqu'un.

— Une fuyarde. » Rhonda renifla. « Si tu veux mon avis, c'est pas le style de personne qui mérite qu'on la retrouve.

— Peut-être pas. » Maggie jeta sa cigarette à moitié fumée et l'écrasa avec le pied. « Mais qui mérite au moins qu'on lui demande pourquoi.

— Si tu poses ce genre de question, tu risques de pas aimer la réponse. Ou de regretter de l'avoir entendue. Tu veux un conseil ? Oublie-la. Passé un certain âge, t'as plus besoin de mère.

— J'ai jamais dit que j'avais besoin d'elle.

— N'empêche. » Rhonda écrasa sa cigarette à son tour. « Rentre chez toi, ma chérie. Y a pas grand-chose pour toi ici. » Elles se regardèrent un moment et lorsque Rhonda reprit la parole, un voile s'était déposé sur sa voix. « Et tu ferais mieux de pas traîner. »

Elle tourna les talons et s'en alla. Maggie attendit qu'elle se soit éloignée, puis, détestant ce goût de fumée dans la bouche, elle se tourna vers le champ où avait eu lieu la fête.

Elle ne s'était pas uniquement intéressée aux femmes. Elle était restée sur ses gardes et avait eu presque envie de crier à Simon de faire la même chose. Elle avait observé et elle avait été prudente. Les petits groupes qui s'écartaient pour se concerter. Kayden qui l'avait collée toute la soirée, se matérialisant partout où elle allait. Sans jamais dire un mot. Il s'était borné à la regarder avec son demi-sourire horrible, mastiquant sans interruption. Elle avait joué le jeu. Pas la peine de se faire des ennemis tant qu'elle n'avait pas trouvé ce qu'elle cherchait. Mais ce matin, elle était écœurée rien qu'en y repensant.

Cela dit, Kayden n'avait pas été l'élément le plus troublant de la soirée. C'était arrivé plus tard. La plupart des gens étaient allés se coucher, Simon s'était traîné à la maison depuis longtemps et Maggie espérait que l'assemblée clairsemée lui permettrait de mieux analyser les visages et les réponses. Elle était de l'autre côté du feu, plus proche des arbres que de la ville. Seule, une bière à la main, elle regardait les derniers buveurs en réfléchissant à ce qu'elle allait faire. Son visage était réglé par défaut sur une expression plaisante et elle portait la cannette à ses lèvres sans même y penser. Une visiteuse charmante et capable de les suivre dans leur beuverie.

Elle entendit des pas derrière elle, légers sur l'herbe sèche. Elle se retourna tranquillement ; détendue, sereine.

L'homme qui approchait devait avoir environ trente-cinq ans. Un fusil de chasse pendait à une lanière dans son dos. Il portait une lampe frontale sur ses cheveux noirs tondus. Il avait le visage mince, les traits durs. Malgré la pénombre, Maggie distingua la dureté de ses yeux bleus.

Il s'arrêta à un mètre d'elle. Elle lui fit un petit salut de la main.

L'homme ne dit rien.

« Je m'appelle Maggie, dit-elle. Je suis ici pour la nuit. »

Toujours rien.

« Pourquoi tu fais semblant de boire ? » dit-il enfin. Sa voix était sèche mais neutre.

Maggie baissa la cannette.

L'homme pencha légèrement la tête sur le côté. Attentif.

Elle avait entendu un nom à deux ou trois reprises : quelqu'un qui n'était pas là, l'oncle de Steve du côté de sa mère, si elle avait bien compris.

« C'est vous, Trent ?

— Ça se voit au poids, dit l'homme. La cannette. Dur de bien faire semblant quand on se concentre pas. »

Il fit un pas en avant et, tout près de Maggie, reprit, à mi-voix : « C'est toujours mieux de se concentrer. »

Elle n'avait pas sous-estimé les gens d'ici ; du moins c'est ce qu'elle croyait. Mais Trent lui avait rappelé que, même si elle se croyait prudente, elle ne devait pas baisser sa garde. Le meilleur plan était de foutre le camp au plus vite. Ce n'était pas de la paranoïa, simplement du bon sens. Aujourd'hui elle allait fouiller le village, le plus rapidement possible, à la recherche de têtes qu'elle n'aurait pas vues la veille, et puis disparaître dans les fourrés.

Son ventre gargouilla. Avant toute chose, il fallait qu'elle prenne des forces.

Elle n'eut pas à aller loin avant de tomber sur un bâtiment en préfabriqué, assez grand. Par la porte entrouverte et les vitres fêlées, elle aperçut une quantité de caisses et, au fond, une petite table. À l'intérieur, une odeur de poussière sèche faillit la faire tousser. Dans les caisses, de vieilles boîtes de conserve et des sachets en plastique. Elle décida de ne pas vérifier les dates de péremption – les couleurs des emballages étaient passées et elle ne connaissait aucune des marques.

Elle sursauta quand un homme émergea d'une porte qu'elle n'avait pas remarquée, derrière la petite table. Elle l'avait vu la veille : un type mince et sec qui portait, étrangement, une veste de costard sur un marcel. Il grignotait quelque chose dans un sachet en papier et s'arrêta en apercevant Maggie. Son sourire était jaune. « Tiens, mais c'est la coqueluche de la ville. Tu cherches un truc à becqueter, mon cœur ?

— Quelque chose à manger, oui. » Maggie en avait marre de jouer la fille sympa, mais elle fit quand même de son mieux.

« Tu sais quoi, dit l'homme. Reggie peut te trouver mieux que ces saloperies. J'ai de la viande fraîche de la chasse de l'autre jour, dans la glacière à l'arrière. Je reviens tout de suite. »

Il disparut à nouveau par la petite porte. Maggie regarda autour d'elle, cherchant une excuse pour s'en tenir aux conserves périmées. Mais, sans lui en laisser le temps, l'homme revint avec un paquet emballé dans du papier.

« Tiens, ma jolie, un sandwich au bœuf. Le pain est d'hier, mais y a rien de méchant qui pousse dessus. Tu vas te régaler. » Il le lui tendit, elle l'accepta sans réfléchir. L'homme continuait à la fixer sans se départir de son grand sourire dérangeant.

« Combien je vous dois ? »

L'autre renifla. « Rien du tout, mon cœur. Faut bien s'entraider, non ? Ici, on est pas comme les cons de la ville. Excuse mon langage. T'as un joli minois et un joli sourire, je demande rien de plus. » Il lui proposa son sachet en papier. « Tu veux un peu de bœuf séché ? »

Maggie en prit quelques tranches. La viande était dure comme du bois. Elle remercia l'homme et regagna la lumière du jour. Elle ne fit qu'une bouchée du sandwich – en réalité le pain avait plusieurs jours –, mais balança la viande séchée dès qu'elle fut suffisamment loin.

Le village n'était pas grand, on en faisait le tour rapidement. Elle en avait déjà vu l'essentiel ; tout paraissait figé dans les années 1960, voire encore avant. Les maisons étaient délabrées et avaient l'air abandonnées. On imaginait mal comment les gens réussissaient à y vivre et à gagner leur vie.

Maggie approcha d'une maison, avec l'idée de jeter un coup d'œil par la fenêtre. Mais, se sentant observée, elle se retourna.

L'homme était grand et mince. Chauve, avec un long visage creusé de rides, les traits tirés et les yeux caves. Il s'assit sur le perron de la bicoque la plus proche et commença à briquer une longue carabine à lunette. C'était l'objet le plus sophistiqué qu'elle avait vu depuis son arrivée. Elle étudia l'arme un instant ; l'homme la regardait, elle. Maggie avait du mal à décrypter ce qu'elle lisait sur son visage : de l'amusement, de la colère ou pire.

« Vous allez chasser ? » demanda-t-elle. Elle n'avait rien trouvé de mieux.

« Peut-être. » Toujours la même expression.

Du menton, elle désigna l'arme. « Ça vaut cher ? »

L'homme leva la carabine, canon braqué vers le ciel, sans un mot et sans cesser de fixer Maggie, qui finit par abandonner et s'éloigner. Elle résista à l'envie de se retourner.

Peu à peu elle intégrait l'idée qu'elle ne trouverait pas de réponses dans ce trou, et comprenait mieux les peurs de Simon. Elle n'avait jamais aimé qu'on la mate. Surtout depuis un an, parce que cela signifiait en général que quelqu'un avait remarqué quelque chose et donc qu'elle ne prenait pas assez de précautions pour passer inaperçue, pour rester invisible. Inviter les regards quand elle avait besoin d'un chauffeur était une chose, mais ce n'était pas la même histoire quand elle cherchait à soutirer des informations qu'on rechignait à lui donner.

En outre, le départ de Simon posait un nouveau problème: elle n'avait plus aucun moyen de quitter ce bled. La fin de l'après-midi la trouva assise sur le perron de la maison prêtée par Kev, en train de se demander si cela vaudrait le coup de demander qu'on l'emmène quelque part, et plus simplement si elle avait vraiment envie de monter en voiture avec un de ces tarés. L'énervement la gagnait et, finalement, en se disant que si la première nuit ici ne l'avait pas tuée la seconde ne serait pas plus dangereuse, elle opta pour une nouvelle balade.

Elle se dirigea vers l'endroit où avait eu lieu le barbecue. L'herbe sèche qui craquait sous ses bottes était jonchée de bouteilles vides et de mégots, avec çà et là un ballon de foot. Elle se demanda si ces déchets dataient de la veille ou de plusieurs fêtes différentes, et s'il leur arrivait de nettoyer ce champ. Probablement pas. Les gens de ce village n'avaient pas l'air du genre à essayer d'impressionner qui que ce soit.

Elle marcha jusqu'au bout du champ et plongea son regard dans l'obscurité du bush. Malgré la chaleur, un frisson la parcourut. C'est là qu'elle avait fait la connaissance de Trent. Émergeant des buissons avec son fusil, comprenant tout de suite qu'elle jouait la comédie. Avait-il averti les autres ? Est-ce que ça changeait quelque chose ? En y repensant, elle ressentit une bouffée de colère dirigée contre elle-même, et une voix qui ressemblait beaucoup à celle de son père murmura à son oreille : *Alors, tu croyais vraiment que t'allais t'en sortir, toute seule contre le grand méchant monde ? Continue à merder comme ça et ils vont te choper. Tu sais que ça va finir par arriver. Tu peux pas te défiler, pas après ce que t'as fait.*

Maggie shoota dans une bouteille, qui roula vers les arbres. Où qu'elle regarde, la pénombre régnait sous les buissons. À croire que cet endroit existait dans un étrange purgatoire séparé du reste du monde. Sa décision était prise. Il était temps de décamper. Mais alors qu'elle tournait les talons, quelque chose attira son attention, un reflet lumineux. Elle fit quelques pas et aperçut, un peu plus loin parmi les arbres, une grande remise.

Elle faisait environ la taille des maisons du village, avec un toit en fer rouillé et des murs en tôle, et paraissait n'avoir rien à faire là. Plus Maggie s'en approchait, mieux elle la distinguait. Elle était entourée par les mauvaises herbes, comme si tout le monde avait oublié son existence. Ou comme si quelqu'un essayait de la cacher.

Il n'y avait personne derrière Maggie. Rien n'indiquait qu'elle soit suivie. Il faut dire qu'elle était à bonne distance des habitations. De près, la remise n'avait pas l'air abandonnée. Un sentier bien dessiné menait à la porte, qui, elle, ne montrait aucune trace de rouille. Maggie colla son oreille contre le métal froid. Pas un bruit à l'intérieur.

Son cœur s'emballa sans qu'elle comprenne vraiment pourquoi. Rien ne l'obligeait à regarder dedans si elle n'en avait pas envie. Rien, à part la curiosité. Aucune chance qu'elle trouve quoi que ce soit concernant sa mère. Elle ouvrit la porte.

Les oreilles de Simon sifflaient, un bruit strident, tranchant, insupportable. Il avait du sang dans les yeux, qui teintait en rouge les arbres et les buissons. Il pensa à sa mère.

Son visage lui était apparu au moment où la batte s'était abattue et où l'os s'était brisé, et même si ce n'était que son bras il avait senti tout son corps voler en éclats. Et puis il avait vu le visage de sa mère, elle lui caressait les cheveux et elle chantait. Mais le chant s'était mué en rire, des mains l'avaient chopé et projeté loin de la voiture, et des voix s'étaient mises à crier : « Cours, Porcinet, cours ! » Après ça il n'y avait plus eu que les branches qui le griffaient, les larmes et le sang dans ses yeux, les battements de son cœur et encore les rires qui s'estompaient tandis que les arbres se refermaient derrière lui. Il courait en tenant son bras douloureux et plus rien n'avait d'importance.

Par bribes volées, la chanson de sa mère lui revint. Il avait envie de l'appeler pour qu'elle lui confirme que ce n'était qu'un rêve, qu'il n'était jamais allé dans le bush, que les monstres n'existaient pas et qu'il était toujours dans son lit, qu'il était toujours un enfant et toujours en sécurité.

Mais les rires noyèrent la chanson.

Les arbres étaient plus denses à présent, leurs feuillages enchevêtrés dans l'obscurité. Quelque chose en lui savait qu'il ne devait pas faire de bruit, mais c'était un souci secondaire comparé à l'impératif de fuir, de s'éloigner avant que les rires ne soient assez proches pour frapper encore.

« Plus vite, Porcinet ! »

Le claquement d'un coup de feu. Une explosion d'écorce non loin et des éclats qui lui écorchèrent le visage, un élancement qui se confondit avec tous les autres. Plus rien n'avait de sens. Au-dessus, un bruissement d'oiseaux qui s'envolaient. Simon n'arrivait plus à respirer. Ses poumons étaient comprimés. Ses muscles hurlaient une douleur qu'il ne pouvait pas se permettre d'écouter.

Il courut.

Jusqu'où s'étendait le bush ? Il y avait une route, quelque part par là. S'il réussissait à l'atteindre, alors il…

Nouveau coup de feu. Nouveaux beuglements de rire. Plus proches.

Une de ses jambes le lâcha. Il atterrit sur son bras flasque et hors d'usage. La douleur le percuta de plein fouet, si brutale qu'elle lui coupa le souffle, si totale qu'il ne parvint même pas à crier mais seulement à se rouler en boule. Un goût de sang dans la bouche. Il entendait chanter, mais il ne savait plus si c'était sa mère, lui ou les autres.

Les autres.

Il pleura. Il supplia – qui, il l'ignorait, mais il supplia quand même en s'obligeant à se relever. Il n'avait pas le courage de regarder son bras. Il savait qu'il était couvert de sang. Aucune importance. En trébuchant, il se remit à avancer.

« On te voit, Porcinet.

— Au secours, rauqua Simon en direction des arbres devant lui. Aidez-moi, je vous en prie.

— C'est pas marrant si tu cours pas. »

Il courut.

Maggie. Tout ça, c'était à cause de Maggie. Elle l'avait amené ici, elle s'était moquée de lui, elle avait insisté pour qu'ils restent et maintenant il allait mourir. Cette injustice, cette monstruosité lui firent presque oublier la douleur. S'il en avait eu la force, il aurait été en colère. Mais il ne ressentait qu'un désespoir béant, vide, la certitude que c'était injuste, qu'il n'avait rien fait pour mériter ça, mais que ça allait néanmoins se produire, et tout ça à cause d'*elle*.

Cours.

Soudain il entendit le halètement derrière lui, chaud, affamé et sauvage, le martèlement des pattes sur les feuilles sèches et la terre, et le grognement du chien. Il essaya d'accélérer et c'est là qu'il sentit les crocs. Il hurla mais le chien le retenait, il griffa la terre et la douleur n'avait aucune importance parce que le molosse lui broyait la jambe et tirait d'un côté et de l'autre ; puissant, *trop* puissant. Un souvenir resurgit… lui, enfant, hilare, qui jouait avec le chien de la famille et lui donnait des petits coups jusqu'au moment où l'animal l'avait mordu. Quel idiot il avait été.

Un sifflement, un coup de feu, et les crocs le lâchèrent, le halètement et les pattes rejoignirent leur maître. La douleur, elle, était toujours là. La terre sur laquelle il s'était débattu était chaude et trempée. Il essaya de se lever. Sa jambe ne répondait plus. Il réessaya. Il était debout. Les arbres se tordaient, entre eux les ombres grandissaient, fondaient sur lui.

Simon, je ne crois pas que ce voyage soit une bonne idée. Sa mère. Il lui avait répondu qu'elle se faisait du souci pour rien, qu'elle n'avait aucune raison de s'inquiéter.

Encore un coup de feu et il atterrit sur le ventre, avalant de la terre à chaque inspiration désespérée. Il ramena sous lui son bras valide. Essaya de pousser dessus pour se relever. En vain.

Et alors la douleur. Une douleur nouvelle, non plus aiguë mais lente et progressive, qui s'emparait de tout son corps, un élancement chauffé à blanc qui devenait glacial. Il grelottait. Soudain, un pied le retourna. La cime des arbres vacillait, floue, puis nette, puis à nouveau floue. Le vent dans les branches. Le cri d'un oiseau.

Et enfin le visage de Steve face au sien. « Allez, mon pote. C'est marrant pour personne. Bouge-toi un peu.

— J'y arrive pas. »

Il entendit les mots sans savoir s'il les avait prononcés ou pas. Il voulait rentrer chez lui. Il voulait sa couette. Il voulait sa maman.

« Panique pas, mon pote. Kayd va bien s'occuper de la petite Maggie. Après, elle pensera plus du tout à toi.

— S'il vous plaît.

— S'il vous plaît *quoi* ?

— S'il vous plaît me tuez pas. »

Les rires. Il n'entendait qu'eux. Ils pénétraient jusqu'au plus profond de lui-même.

« Ma famille. Elle sait que je suis par ici.

— Mais elle est pas là, si ? La famille, ça sert à protéger les siens. Mais toi, t'as personne. »

Les reflets dansants de la lumière de fin de journée entre les feuilles dentelées. Les mouvements lents, traînants, d'un wombat dans la végétation sèche. Le chant d'un kookaburra, plus loin. Le canon du fusil braqué sur lui.

« Qu'est-ce que t'es ? »

Débile, j'ai été débile.

« Répète un peu ça ?

— Maman.

— Qu'est-ce que t'es ? »

Une sensation cinglante, qui lui aurait donné envie de hurler s'il en avait été encore capable.

« Elle est pas ici, ta maman. Y a que nous. Dis-nous ce que t'es et on arrêtera. »

Il ne savait même plus comment il s'appelait. Son nom lui échappait chaque fois qu'il essayait de le saisir. Sa mère avait disparu. Il ne se souvenait plus de la chanson.

Il y avait la terre, les arbres, le fusil et le froid, toujours le froid, partout. Pourquoi est-ce qu'il était le seul à le sentir ?

« Dis-nous. »

Il le dit. Il le dit parce que c'était la seule chose qu'il savait. Et lorsqu'il le dit, les rires redoublèrent.

« Fais de beaux rêves, Porcinet. »

11

Maintenant

Le salon était plongé dans l'obscurité et Charlie se tenait devant la fenêtre. Il ne voyait rien, rien à part la nuit. Il tendait l'oreille, guettait un bruit de voiture signifiant que Delilah était revenue et qu'ils pouvaient partir.

Sans bien savoir pourquoi, il repensa à l'incident du pub à Adelaide. Tout était encore frais et neuf : quelques jours à peine s'étaient écoulés depuis leur première nuit ensemble. Installés sur une banquette dans un coin, ils buvaient en discutant. Charlie commençait tout juste à entrevoir ce que pourrait devenir cette histoire, à se rendre compte qu'il ne ressentait même pas les frémissements de la panique totale qui s'emparait habituellement de lui quand il en arrivait à ce stade avec une femme. Il était en train de commander au comptoir quand un connard s'était approché de lui en roulant des mécaniques. Bronzé, chemise en flanelle déboutonnée, lourdes bottes à bout métallique. Il pouvait avoir environ l'âge de Charlie mais rien n'était certain. Le soleil avait fait son œuvre.

« Je te paye un verre, mon pote. » Il mangeait légèrement ses mots, mais son sourire était déterminé. « Une crevette comme toi, lever une gonzesse pareille... C'est quoi ton secret ? »

Charlie haussa les épaules, il n'allait pas rentrer dans ce jeu. Une chose qu'il avait apprise au sujet de l'Australie, c'est qu'elle regorgeait de variantes de ce type de gars qui se sentaient obligés de se montrer dénigrants et condescendants, surtout lorsqu'il y avait une fille dans les parages.

« Non mais sérieusement. » Il fila un coup de coude à Charlie, un peu trop fort pour que ce soit seulement une blague mais pas assez pour qu'il réagisse. « C'est quoi ton secret ? Aide-moi.

— Y a pas de secret », dit Charlie en récupérant leur commande. Il commençait à regagner leur table quand il vit, juste à temps, la botte s'avancer devant son pied. Il pila, renversant un peu de bière sur lui.

« Allez, mon pote, tu peux pas me faire ça », dit l'homme. Charlie remarqua, sur une table pas loin, une bande de types qui avaient la même dégaine et les observaient avec une fascination malveillante.

Charlie se tourna vers le type. « On aimerait bien boire un verre tranquille. C'est possible ?

— Du calme, mon pote. Faut pas être susceptible comme ça. » Il adressa un clin d'œil à ses amis. Charlie les entendit ricaner. Delilah vint à son secours et il sentit ses joues chauffer encore plus.

« La voilà ! dit l'homme. J'étais justement en train de demander à ton mec comment il t'avait mis le grappin dessus.

— C'est vrai ? fit calmement Delilah. Eh ben, moi je te demande de nous laisser tranquilles.

— Oh, sois pas comme ça.

— Comme quoi ? dit Delilah. C'est toi qui te comportes comme une merde. T'as quelque chose à compenser ? Tu dois vraiment avoir un tout petit pénis pour croire que c'est comme ça que tu vas attirer l'attention d'une fille. »

Le type en resta bouche bée. À sa table, des rires tonitruants éclatèrent. Delilah prit Charlie par le coude et le ramena à leur banquette pendant qu'une dernière attaque désespérée fusait dans leur dos : « Avoir besoin qu'une fille te défende, c'est chaud, mon pote. »

Charlie s'assit, les yeux baissés sur leurs verres. Il n'avait plus trop envie de rester. Une honte désagréable lui remuait le ventre.

« Laisse tomber, fit Delilah. Ils sont jaloux. »

Il fit comme si tout allait bien et cacha son soulagement quand, quelques minutes plus tard, la tablée de grandes gueules se leva et partit.

Cette situation ne s'était plus jamais présentée, mais elle avait établi un précédent qu'il voulait gommer : il était une chiffe molle, trop doux et trop gentil pour affronter ce qui le mettait mal à l'aise. Et même si Delilah prétendait aimer ces aspects de sa personnalité, rien ne l'obligeait à en faire de même.

Il y avait néanmoins une grande différence entre le courage et la stupidité.

Il avait commis une erreur en intervenant. Il avait souvent eu ce sentiment, dans des situations qui sentaient mauvais. Lorsqu'il avait travaillé avec des gens dont il n'était pas sûr, saisi des occasions qui paraissaient super sur le papier mais qui lui mettaient la puce à l'oreille. Chaque fois il s'était dit qu'il était parano et, inévitablement, tout lui avait pété à la gueule. À présent, il avait le même pressentiment. En pire. Ça avait commencé quand la voiture était arrivée et ça n'avait fait que s'amplifier, une gêne acide et oppressante qui lui rongeait l'estomac.

D'un autre côté, il ne pouvait pas foutre le camp et s'en laver les mains alors que quelqu'un avait besoin d'aide. Alors qu'il était censé être infirmier, même s'il avait passé l'année écoulée à boire en fuyant ses responsabilités à l'autre bout du monde.

Sur le canapé, la fille n'avait pas bougé. Il avait nettoyé ses blessures du mieux qu'il pouvait, avait même réussi à suturer et panser les lacérations, mais ça ne suffisait pas. Elle avait besoin d'être soignée dans un hôpital. Besoin d'antidouleurs, de sérum antitétanique et évidemment d'antibiotiques. Voire d'une transfusion.

Assise sur le bord d'un fauteuil, Allie s'agitait, gardant un œil sur la fille inconsciente.

« C'est qui, à votre avis ? » demanda-t-elle.

Charlie posa le front contre la vitre. Il ferma les yeux. Il n'y avait qu'une seule hypothèse sensée, et si elle se révélait juste, alors il avait vraiment fait une énorme connerie en essayant de l'aider.

« C'est forcément une criminelle, dit Allie.

— Oui, dit Charlie. Je pense aussi. »

Il n'arrivait pas à imaginer pour quelle autre raison elle aurait refusé d'appeler les secours malgré la gravité de ses blessures. Et dans ce cas, il s'était préoccupé du danger que représentait sa blessure pour elle, sans penser au danger flagrant qu'elle représentait pour eux.

« Vous avez regardé dans sa voiture ? demanda Allie.

— On l'a prise pour venir de la station.

— Mais est-ce que vous l'avez fouillée ? Y a peut-être quelque chose d'intéressant dedans.

— Ton grand-père est resté un moment en arrière. J'imagine qu'il s'en est occupé. Et il n'a rien dit.

— Il aurait rien dit de toute façon. Il dit jamais rien. »

Charlie la regarda sans répondre.

« D'après mon père, c'est son plus gros problème, continua Allie. Enfin, moi il me dit la version censurée. Je l'ai entendu plein de fois parler avec maman. Apparemment, les vrais problèmes, c'était plutôt l'alcool et la drogue, des trucs comme ça.

— La drogue ? » Ça n'avait pas l'air d'être le genre de Frank.

« Je sais pas, dit Allie. C'est ce que j'ai entendu. Je l'ai pas vraiment connu. Je crois qu'il a passé un moment en prison quand j'étais petite. Je voyais souvent ma grand-mère, avant qu'elle meure. Mais Frank, c'était un sujet assez délicat. »

Charlie allait lui poser une question, mais il se retint. Ce n'était pas franchement le moment et ça ne le regardait pas.

« Vous alliez me demander ce que je fais là ? »

Charlie haussa les épaules.

« Je suis là parce que mes parents divorcent mais ils ont pas le courage de me l'annoncer. Mon père s'est dit que ce serait mieux que je vienne ici pendant qu'un des deux va vivre ailleurs. Ma mère a pété un plomb, elle trouvait que c'était pas une bonne idée. Mon père pense que grand-père s'est repris en main. Et c'est lui qui a gagné parce que c'est ma mère qui l'a trompé. »

Ne sachant pas quoi répondre, Charlie opta pour le moins risqué. « Et toi, t'en penses quoi ?

— Je pense que c'est vrai, dit Allie. J'ai un peu inspecté la maison le jour où je suis arrivée. Pas d'alcool, pas de poudre blanche, rien du tout. À cause de mes parents, j'ai toujours eu l'impression qu'il était cinglé, mais en fait il est plutôt... tranquille.

— Peut-être que ça se manifeste différemment. Qu'il a vu ou fait des choses qu'il essaie de digérer ou d'oublier. Je ne dis pas que c'est un ange, mais s'il en est sorti et s'il est sobre, ça peut valoir le coup de lui laisser une chance. » Du menton, il désigna la fille. « Il n'était pas obligé de l'aider. Nous non plus. Et pourtant.

— Et... » Allie hésitait, l'air de chercher ses mots. « Et si c'est quelqu'un qui lui a fait ça. Si elle l'a mérité ? Est-ce qu'on n'est pas en train d'aider la mauvaise personne ?

— Peut-être, mais peut-être pas. Il ne faut pas partir du principe que les gens sont mauvais. Ils peuvent toujours nous surprendre. Et ils peuvent aussi se surprendre eux-mêmes. Ce que j'ai dit juste avant, ça marche dans les deux sens. C'est pour ça qu'il ne faut pas juger les gens trop durement, parce que la plupart du temps ils croient savoir qui ils sont, mais dans le fond ils n'en ont aucune idée. »

Tout était calme. Charlie examina rapidement la fille. Elle respirait toujours et dormait. Il s'agenouilla et prit son pouls. Régulier. Il se releva, réfléchit, se tourna vers

Allie. « Tu sais, je crois qu'on devrait aller jeter un coup d'œil dans la voiture.

— On la laisse toute seule ?

— On sera à quelques mètres. Et je crois que t'as raison, ça peut servir. »

Ensemble, ils prirent le couloir jusqu'à la porte de devant. Sous le porche, Charlie s'arrêta. D'ici, il ne voyait pas la station. Quelque chose se tordit dans sa poitrine, un horrible pressentiment lui ordonnait d'y courir le plus vite possible.

Au lieu de ça, il marcha jusqu'à la voiture.

Lorsqu'il ouvrit la portière côté conducteur, tout paraissait comme avant. Allie inspecta la banquette arrière. Charlie remarqua que les clés avaient disparu. Frank avait dû les retirer. Il allait se saisir du sac à dos sur le siège passager quand il aperçut un reflet métallique sous le siège conducteur. Il y glissa le bras et en sortit l'objet enveloppé dans le blouson. Il le fixa quelques secondes, sa poitrine se tordait de plus en plus.

« Putain de merde. »

Il n'avait pas vu qu'Allie avait ouvert la portière côté passager. Leurs regards se croisèrent.

« C'est une criminelle », dit Allie, et au même moment un coup de feu claqua au loin.

« Delilah », souffla Charlie.

Ça se produisit en quelques secondes. Avant qu'Allie puisse essayer de le retenir, Charlie était parti ; un mouvement et puis plus rien, l'obscurité. Elle restait seule avec la voiture, la maison, et l'herbe qui oscillait doucement.

Et avec la fille.

Elle était pétrifiée. Le silence se refermait sur elle.

Elle se força à respirer. Comme le psychologue le lui avait recommandé. Inspirer, expirer, cinq fois.

Elle se baissa et ramassa le fusil. Il était bien plus lourd qu'il en avait l'air. Elle ferma la portière côté passager, puis fit le tour de la voiture et ferma l'autre. Face à elle, la maison, inquiétante dans la nuit. Une ombre malfaisante au sein de laquelle était tapie une puissance mortelle.

Ses doigts se crispèrent sur le fusil.

Elle rentra.

La fille n'avait pas bougé du canapé. Allie guetta le moindre mouvement. Le plus petit indice qu'elle simulait. Mais l'inconnue était comme morte.

Elle alla dans sa chambre au bout du couloir, tout juste assez grande pour les rares affaires qu'elle avait apportées de la ville. Un tas de vêtements par terre, quelques livres sur un bureau encombré.

Elle s'agenouilla, puis s'allongea et se glissa sous le lit. Sans bruit, elle pointa le fusil sur le bas de la porte. Plusieurs secondes passèrent, ou plusieurs minutes. Elle avait perdu toute notion du temps.

Elle entendit le plancher grincer.

12

Plus tôt

C'est l'odeur que Maggie remarqua en premier. De puissants relents de pourriture, de viande laissée trop longtemps au soleil. Elle plissa les paupières pour mieux distinguer ce qu'elle avait devant les yeux. Des formes pendaient du plafond. Elle fit encore un pas.

Quand elle comprit, ce fut comme un coup de poing dans le ventre. Elle chancela, tomba à genoux et se mit à vomir. Son cœur résonnait dans ses oreilles et tout son corps tremblait. Une terreur brûlante l'envahit. Elle vomit encore.

Tout le long du plafond, d'un mur à l'autre, courait une longue barre en métal sur laquelle étaient attachées plusieurs chaînes épaisses terminées par des crochets. Et à ces crochets pendaient des blocs de chair difformes qui avaient autrefois été des hommes et des femmes.

Certains étaient là depuis plus longtemps que d'autres. Leur peau était brune et craquelée, dure comme le cuir. Ceux-là étaient les moins atroces à regarder parce qu'ils paraissaient moins humains. C'étaient les plus récents, ceux qui avaient encore des bras et des jambes, qui lui soulevèrent l'estomac.

Il y avait six corps en tout. Quatre crochets libres tombaient jusqu'au sol. Suivant les chaînes du regard, Maggie vit qu'elles aboutissaient, à l'autre extrémité de la pièce, à des manivelles placées sur le sol en terre, une terre rouge teintée de sang.

Elle dut s'y prendre à trois fois avant de réussir à se relever. Son cerveau tournait à plein régime pour donner un sens à tout ça. *Ils amènent des gens ici et ils les suspendent à des crochets et ensuite… ils les saignent à blanc et ils les découpent jusqu'à ce que…*

Elle croyait n'avoir plus rien à vomir. Elle se trompait.

Il ne fallait pas qu'elle traîne. Personne au village ne savait qu'elle était ici, ce qui signifiait qu'elle pouvait profiter du couvert des arbres pour s'enfuir et chercher une route. Elle arrêterait une voiture et partirait le plus loin possible dans n'importe quelle direction et…

Elle se figea. Son cœur s'était un peu calmé mais il cognait encore fort et la faisait trembler tout entière à chaque battement.

Son sac et son argent. Ils étaient restés dans la maison.

Tant pis. Il valait toujours mieux perdre son argent que de finir embrochée à un de ces crochets.

Mais une voix paniquée s'acharnait dans sa tête : *Même si tu pars, t'es foutue. Tu ne trouveras jamais de travail, ils te rattraperont et…*

Elle secoua la tête, tenta de faire taire ces pensées, mais alors elle entendit un bruit dans son dos.

Kev, toujours vêtu de son débardeur et de son jean, se tenait dans l'encadrement de la porte. Il n'avait pas l'air en colère. Bien au contraire. Mains dans les poches, aussi détendu que s'il supervisait un barbecue, il paraissait amusé de la voir là. « T'aimes bien fourrer ton nez partout, pas vrai ? »

Maggie commença à reculer.

« Le gibier est jamais très ragoûtant, continua-t-il. C'est pour ça qu'on essaie de faire en sorte que les gonzesses le voient pas, tu comprends ?

— Elles... les femmes sont pas au courant ? » La voix de Maggie était bien plus calme qu'elle.

Kev semblait l'étudier. « Dis-moi. La couille molle avec qui t'es arrivée. Il t'impressionne, ce mec ? Il t'excite ? »

Maggie essaya discrètement d'évaluer la distance qui la séparait de la porte et ses chances d'y arriver en contournant Kev. Elle ne donnait pas cher de sa peau s'il la surprenait.

« Nan, dit-il. C'est bien ce que je pensais. Un minet de la ville qui demande sa maman dès que ça commence à secouer. Enfin, on peut pas lui en vouloir. C'est les villes qui font ça aux gars comme lui. Tout ce qui sort des villes, c'est des lavettes. Pas des hommes. Nan. Un homme, ça se bat. Ça protège. Ça chasse et ça tue. Un homme, ça fait couler le sang quand il faut et ça a qu'une seule chose en tête : veiller sur sa famille. Et ce que tu vois là... » De la tête, il désigna un des corps. « C'est exactement ce que je suis en train de te dire. T'arrives ici, t'as envie de t'intégrer : tu chasses. La première fois que tu goûtes le sang encore chaud, soit t'aimes, soit t'aimes pas. Et si t'aimes pas... » Il haussa les épaules. « Ben, c'est ça qui fait toute la différence entre les chasseurs et les proies.

— Ces personnes... » Maggie s'efforça d'insister sur le deuxième mot alors que sa voix menaçait de la lâcher. « Elles vous ont fait quelque chose de mal ?

— Les cochons font jamais rien de mal aux chasseurs. Ils ont pas eu de bol, c'est tout. La loi de l'évolution. »

C'était trop. Trop monstrueux, trop terrifiant. Leur arrivée, les coups de feu dans les bois, Trent qui sortait de la remise la veille au soir...

« Steve et sa copine, Kate, ils sont bons pour attirer les cochons, dit Kev avec une pointe de fierté dans la voix. En général, ils sont obligés de vadrouiller et de leur faire du charme pour les ramener. Mais vous, vous êtes venus tout seuls. Pratiquement dans un paquet cadeau. »

Il fit un pas à l'intérieur de la remise. Quelque chose effleura le cou de Maggie et elle s'écarta d'un bond, le corps parcouru par un frisson de terreur. Elle avait touché un cadavre.

Kev éclata de rire. « Tu vois. C'est mieux que les hommes s'en chargent. » Alors qu'il s'avançait calmement vers elle, il s'arrêta et posa sur un des corps un regard proche de la tendresse. « Steve, il a ça dans le sang. Ça fait seulement deux ans qu'il a été initié, mais si on lui avait demandé son avis il serait parti en chasse dès qu'il a appris à marcher. Et les trucs qu'il invente une fois qu'on les a ramenés ici ! Y en a certains, tu serais surprise de voir combien de temps ils tiennent. De temps en temps les garçons les tuent dans le bush, mais ça arrive à tout le monde de se laisser emporter, et puis c'est des garçons, on les changera pas. Je valais pas beaucoup mieux à leur âge. »

Ses yeux revinrent se poser sur Maggie. Il recommença à avancer.

« Vous allez me tuer, dit-elle.

— Quoi ? Mais non, ça serait pas marrant. Et puis ça fait longtemps que le vieux Kev a pas eu un cochon rien que pour lui. Nan, je vais m'amuser un peu avec toi. »

Il passa sous la barre et sortit les mains de ses poches. Dans l'une d'elles, il tenait un couteau à cran d'arrêt. D'un coup de poignet, il en fit sortir la lame.

Maggie ne réfléchit pas. Elle plongea sur le côté, mais le poing de Ken fut rapide – beaucoup plus qu'elle ne l'aurait cru – et la cueillit à la joue. Avant de pouvoir comprendre ce qui lui arrivait, elle était à plat ventre dans la poussière imbibée de sang, le visage endolori. Dans son champ de vision rétréci, elle aperçut un des crochets qui pendaient près du sol. Avec effort, elle se remit à genoux.

« T'es une petite coriace. Je dois le reconnaître. » Derrière la voix amusée de Kev perçait une pointe d'excitation vicieuse. « Même pas une larme. T'essayes de te relever. J'ai vu des mecs tomber dans les pommes avec un coup comme ça. »

Maggie réussit à tendre une jambe derrière elle. Elle cherchait le crochet.

« Franchement, c'est presque du gâchis de m'occuper de toi ici. » Il était tout proche maintenant, presque au-dessus d'elle. « J'aurais bien aimé voir de quoi t'es capable en chasse. »

Maggie se leva d'un bond. Tandis que Kev plongeait vers sa main droite, elle attrapa le crochet et le plongea dans la chair sous sa mâchoire.

Un sang chaud dégoulina sur ses mains. Elle enfonça encore le crochet et sentit l'os craquer. Elle lâcha, pendant que Kev prenait sa blessure dans ses mains en hurlant, courut jusqu'à la manivelle et la tourna, vite et fort. Les pieds de Kev décollèrent du sol et ses cris redoublèrent.

Maggie se retourna et vit la porte ouverte. Quelqu'un allait entendre Kev, si ce n'était pas déjà fait. Ses yeux se posèrent sur le couteau qu'il avait laissé tomber.

Elle le ramassa et, sans réfléchir ni douter une seconde, elle se hissa jusqu'à lui et lui trancha la gorge. Elle évita le geyser de sang, et l'espace d'un instant elle se retrouva au sommet d'un escalier plongé dans l'obscurité : une paire d'yeux écarquillés basculait à la renverse, une bouche s'ouvrait dans un cri mi-accusateur et mi-terrifié, et un sentiment bien trop familier s'emparait d'elle. Ensuite il n'y avait plus que le silence, un silence qui aurait dû être écrasant mais qui avait le goût neuf et enivrant de la liberté.

Tout sembla ralentir. Rien ne bougeait dans la remise, comme si le temps s'était arrêté. Le corps de Kev se balançait de plus en plus doucement, à mesure que ses contorsions s'espaçaient et que le mouvement de la chaîne se calmait.

Maggie se laissa glisser contre le mur, à bout de souffle. Elle n'était pas sûre qu'elle aurait la force de tenir debout, et encore moins de marcher. Elle ne ressentait ni culpabilité ni dégoût devant le cadavre de Kev, aucun poids ne la clouait au sol. Uniquement la satisfaction macabre d'avoir éliminé un obstacle. Comme la fois précédente.

Il fallait qu'elle file. Mais sans argent, sa situation ne serait guère plus enviable qu'elle ne l'était maintenant. Elle s'examina. Elle avait du sang sur les mains, mais rien sur les vêtements.

Il y avait un évier en acier dans un coin de la remise. Elle fit de son mieux pour nettoyer le sang ; la première personne qui la regarderait plus d'une seconde le remarquerait, mais elle n'avait pas l'intention de laisser quiconque la regarder plus d'une seconde. Elle frotta plus fort, consciente que sa respiration accélérait, et le rire de Kev continuait à résonner dans sa tête parce qu'elle connaissait ce rire pour l'avoir déjà entendu. Hamish, sur le rocher, tard le soir dans le bush, les bras écartés pendant que Ted, en caleçon, grelottait devant lui.

« C'est un petit saut de rien du tout, s'était moqué Hamish. Je le fais tout le temps, y a du fond.

— J'ai pas envie. » La voix de Ted se fêlait.

« Fous-lui la paix, Hamish, dit Maggie qui cassait du petit bois sous l'arbre. T'as jamais sauté dans cette mare.

— Va te faire foutre, dit Hamish. T'étais pas là.

— Ben a dit qu'on devait être revenus au feu pour le dîner, dit Ted. S'il te plaît, est-ce qu'on peut…

— Parce que tu crois que les tarlouzes ont le droit de dîner ? le coupa Hamish. Saute, putain. Tu bougeras pas d'ici tant que t'auras pas sauté. »

Maggie se leva, laissa tomber ses branches. Elle était surtout agacée. Plus tard, Ted allait pleurer et elle devrait le réconforter, tout ça parce que Hamish était infoutu de se rendre compte que ses blagues allaient trop loin. « Allez, laisse-le. »

Hamish fit un pas vers Ted. Dans l'obscurité, sa silhouette était menaçante, plus haute que son mètre quatre-vingts. « Saute, pédale. Vas-y. Tu peux le faire.

— Hamish, arrête.

— Saute ! »

Dans la remise, Maggie avait le regard perdu dans l'eau et le sang qui s'y répandait comme de l'encre.

« Hamish, arrête !

— Saute ! »

Maggie qui courait et la main de Hamish, dure, contre sa poitrine, qui l'envoyait bouler, le souffle coupé. Hamish qui chargeait et, avec un glapissement misérable, Ted qui reculait et trébuchait. Et puis le cri et ensuite le craquement, qui emplit la nuit et glaça Maggie jusqu'au tréfonds de son corps. Hamish était seul sur la pierre, grand et immobile, devant la toile de fond nocturne.

Une fois à peu près propre, Maggie empocha le couteau de Kev et, évitant de regarder les corps, elle se dépêcha de sortir et tira la porte derrière elle. Simon avait raison, même s'il était parti avant de vérifier à quel point. C'était au moins ça. Il était arrivé ici par la faute de Maggie, mais il en avait réchappé. *Pas comme Ted. Pas comme elle.*

Il n'y avait personne autour de la remise ni dans le champ. Les arbres avaient étouffé les bruits et, vu la distance, Maggie pouvait espérer que les cris de Kev n'aient pas porté jusqu'au village. Mais autant ne pas prendre de risques. Une main sur le couteau, elle se mit en route, veillant à bien se tenir droite pendant qu'elle traversait le champ jonché d'ordures et rejoignait la maison. *Tu rentres, tu prends l'argent, tu ressors.*

Les premières personnes qu'elle vit dans la grand-rue lui donnèrent envie de faire demi-tour et de détaler. Un couple la regardait et elle dut se répéter qu'il n'y avait rien dans leurs yeux qu'elle n'ait déjà vu. Elle pressa le pas.

En arrivant à la maison, elle était essoufflée et elle tremblait. Elle courut à la chambre et attrapa son sac. Elle jeta un coup d'œil à l'intérieur, davantage par habitude qu'autre chose. L'argent était toujours là.

Elle regagnait la porte quand elle entendit frapper.

Son cœur s'arrêta de battre.

Elle sortit le couteau de sa poche. Sa main ne tremblait pas. Elle s'approcha de la porte, on frappa encore. Elle tendit la main vers la poignée.

Elle s'immobilisa. S'ils savaient – ou suspectaient – ce qu'elle avait fait, ils n'auraient pas frappé aussi tranquillement. Considérant ce dont ce bled était capable, s'ils avaient découvert le corps de Kev ils auraient déjà défoncé la porte. Et si elle attaquait maintenant, en plein jour, elle était morte.

D'ailleurs, elle se rendit compte avec une bouffée de panique que si elle tentait quoi que ce soit en plein jour, elle était morte. Elle ne pouvait ni voler une voiture ni s'enfuir dans le bush. Parce que c'était exactement ce que les corps dans la remise avaient essayé de faire.

Elle ferma les yeux et refoula la nausée qui revenait. Pour le moment, sa peur et son dégoût allaient devoir la mettre en sourdine. Ils ne lui seraient d'aucune utilité si elle se faisait prendre. Plus tard, elle pourrait pleurer et vomir, trembler et être traumatisée par ce qu'elle avait vu. Mais pour ça elle devait d'abord s'échapper, et pour s'échapper elle devait se montrer rusée.

C'était une ville de chasseurs, or la chasse est un jeu. Les bons joueurs savent profiter des faiblesses de leurs adversaires, et il y a peu de faiblesses aussi handicapantes que la peur. La peur rend idiot et prévisible. La peur pousse à s'enfuir sur un terrain que les chasseurs connaissent comme leur poche. Son instinct lui hurlait de se faufiler par la fenêtre du fond et de disparaître dans les arbres. Elle devait donc faire exactement l'inverse. S'enfuir quand ses poursuivants ne s'y attendraient pas. Pour gagner à ce jeu, elle devrait se comporter comme si elle n'était pas terrorisée.

Elle entendit des pieds qui raclaient le sol du porche. Les coups à la porte avaient cessé. Elle réfléchit. La personne qui la cherchait l'avait probablement vue entrer dans la maison et savait par conséquent qu'elle était là et ne répondait pas, ce qui signifiait qu'elle se cachait ou bien…

Elle se retourna.

Ou bien qu'elle s'était échappée par la fenêtre du fond.

Rapidement et sans bruit, elle repartit dans la chambre, ouvrit la fenêtre le plus discrètement possible, puis revint se poster derrière la porte. Rien. Elle l'entrebâilla. La rue était déserte, mais elle entendit le froissement de l'herbe sèche et des buissons à l'arrière de la maison.

Le cochon apeuré est prévisible. C'est du moins ce qu'ils pensaient.

De l'autre côté de la rue il y avait un pick-up. Comme la plupart de ceux qu'elle avait vus dans ce village, sa benne contenait tout un fatras d'objets: des boîtes à outils, une bâche, deux ou trois bidons en métal. Elle se faufila à l'extérieur et tira doucement la porte derrière elle, puis se dépêcha de traverser la rue. Après un coup d'œil rapide sur le côté de la maison pour vérifier que personne n'était encore revenu, elle grimpa dans la benne du pick-up, se cacha sous la bâche crasseuse et s'allongea entre des boîtes métalliques. L'acier sous son dos était brûlant. À chaque inspiration elle avalait de la poussière. La lumière de fin d'après-midi qui s'immisçait sous sa fragile couverture l'obligeait à fermer les yeux.

Elle était consciente que c'était une idée suicidaire. Mais s'ils estimaient qu'elle s'était enfuie, alors toute la ville se mettrait à sa recherche, surtout si le corps de Kev avait été retrouvé. Et malgré toute leur expérience de la chasse, personne ne remettrait en question les instincts humains les plus élémentaires. Elle s'était enfuie, donc ils allaient la chercher dans le bush. Et pas au cœur de leur village.

Être là pendant que tous les yeux seraient tournés ailleurs était un bon point de départ, mais qui ne lui libérait pas pour autant la voie. Elle obligea son cerveau à se concentrer. Il n'y avait pratiquement aucun bruit dans la rue, Kev n'avait certainement pas été découvert. Son avantage n'était donc pas encore maximal. Pour ça, il fallait attendre que l'ennemi soit en colère. Car la rage pouvait être tout aussi handicapante que la peur.

13

Maintenant

Frank connaissait cette sensation. Il la connaissait et il la détestait.

C'était différent, autrefois. Quand il était allongé sous le couvert des arbres à côté de son copain Wayne, la lunette collée contre l'œil et le cœur donnant le rythme dans ses oreilles. Quand il attendait que le cerf traverse son champ de vision. Le doigt sur la détente, prêt à tirer.

« Tout est dans l'attente, lui avait dit Wayne plus tôt dans la soirée, en lui passant la bouteille avant de se préparer une nouvelle ligne sur la table. Faut rester immobile et concentré, et tout mettre dans le moment. Et ensuite… *bam !* » Il avait tapé dans ses mains et pris sa trace. Il avait inspiré à fond, nettoyé le tour de sa narine avec son petit doigt et fait un clin d'œil à Frank. « Le moment t'appartient. »

Le moment t'appartient. Frank s'était répété cette phrase, allongé par terre, pendant que l'alcool et le speed pulsaient dans ses veines, jusqu'à ce qu'il ne reste plus que l'attente du mouvement qui lui ordonne d'agir, qui l'aspire à un million d'années-lumière de chez lui, du bébé qui criait et d'Amber qui pleurait, de toutes les choses qui le rendaient furieux, ces choses qu'il imaginait parfois lorsqu'il pressait la détente et prenait possession du moment.

Adossé au mur, inspectant l'arrière du comptoir, Delilah muette auprès de lui, Frank essaya de faire le point. Attendre, c'était différent quand on ne maîtrisait pas la situation. Quand on n'attendait pas que son moment se présente mais plutôt qu'il nous tombe dessus. L'air était chargé, prêt à s'embraser. Les minutes défilaient, bien trop rapides. Cinq s'étaient écoulées depuis que l'ultimatum avait été fixé. Cinq précieuses minutes envolées, et il n'avait toujours pas le début d'une solution. Il se sentait piégé, dans l'impasse ; il ne voulait pas bouger de là au cas où les autres décideraient de raccourcir l'ultimatum.

« Alors, mon vieux ? fit la voix dehors. Ça fait cinq minutes. C'est pourtant pas un choix difficile à faire, si ? Je sais que t'as une gamine avec toi. T'es en train de lui foutre la trouille de sa vie à cause d'un clébard à piquer. »

Silence. L'homme attendait une réponse. Delilah et Frank se regardaient.

« Comme tu veux. Mais réfléchis vite. »

Recroquevillé dans la réserve, entouré par l'odeur de sa pisse, une étagère en métal qui lui cisaillait le dos, Greg pensait à Keith Echols. Arrogant, souriant et toujours poli quand Greg lui criait un ordre dans le bureau, mais avec un côté faux-cul, même si ça n'était pas flagrant. Greg était certain qu'il n'était pas net, mais il n'arrivait pas à le prendre sur le fait.

Au départ, il avait préféré ne pas y prêter attention. Keith avait moins d'expérience que lui, c'était probablement juste un fouteur de merde. Mais, à force, il n'avait plus réussi. Il remarquait les regards détournés, il entendait les gloussements qui cessaient dès qu'il arrivait. Greg avait toujours cru maîtriser les choses. Au bureau, à la maison, il maîtrisait, décidait, il était ferme mais juste et suscitait le respect, sinon l'admiration. Mais, avec Echols, c'était différent. Keith ne faisait jamais la moindre erreur, jamais la moindre gaffe, ne disait ou ne faisait jamais rien qui puisse fournir à Greg le prétexte dont il avait tant besoin pour foutre ce petit merdeux à la porte.

Quand Jane – la charmante et gentille Jane à qui Greg pensait plus qu'il n'était prêt à l'admettre – avait cessé de rire à ses blagues et commencé à prendre un ton où affleurait la pitié chaque fois qu'il lui demandait quelque chose, il avait su qu'il ne se faisait pas uniquement des idées. Il en avait perdu le sommeil. Les choses qu'il était parvenu à ignorer, dont il avait réussi à détourner le regard, prirent soudain une place gigantesque dans son champ de vision. Il remarqua ses premiers cheveux blancs. Sentit les premiers signes d'une fatigue qui lui fit abandonner le sport. En regardant Philippa, il se demandait depuis quand elle avait l'air aussi vannée. Et il devinait qu'il avait encore plus mauvaise mine.

Il se mit à boire davantage. Il avait toujours aimé s'accorder une bière après le travail, mais il passa bientôt à deux, puis à trois, et puis Philippa lui demanda s'il allait bien et même *elle* prit un air compatissant quand il lui rétorqua qu'il allait très bien. Et pendant ce temps, Keith rayonnait, plaisantait et détraquait le monde que Greg faisait naguère tourner autour de son petit doigt.

Le vide qui lui rongeait le ventre prenait la forme d'une question affreuse et persistante : *Est-ce que je suis vraiment fini ?* À quel moment lui, le mâle alpha, était-il devenu ringard et ventripotent ?

Greg était déjà pompette en arrivant à la fête du personnel. Pas assez pour que ça se remarque, mais suffisamment pour lui donner envie de boire encore plus lorsqu'il aperçut Keith et Jane qui parlaient dans un coin. Et plus il but, plus il se sentit courageux, et plus il se sentit courageux, plus il acquit la certitude qu'il pouvait tout arranger, qu'il lui suffisait d'un geste décisif pour remettre Keith à sa place, et alors tout redeviendrait comme avant.

Il n'envisageait néanmoins aucune action concrète. Puis vint un moment où Sam lui suggéra d'appeler un taxi, et où il vit Keith et Jane se rapprocher, leurs genoux se toucher. Alors il écarta Sam. En titubant, il marcha droit sur Keith et se moqua de son costume, celui qu'il portait tout le temps au bureau, son costume bas de gamme. Il dit à ce connard que, vu combien il était payé, il pourrait acheter mieux, à moins qu'il se juge trop bon pour ce travail et n'estime pas nécessaire d'être présentable. Ensuite, de plus en plus confiant et de plus en plus bruyant, il ajouta que Keith ne prendrait jamais sa place s'il n'était pas capable de s'habiller. De toute manière, il ne prendrait jamais sa place, point barre.

Et là – rien qu'à ce souvenir il fulminait –, ce sourire condescendant, cette petite tape sur le bras, cette gentille suggestion : « Je crois que tu ferais mieux de rentrer chez toi. » Alors Greg l'avait frappé.

Pendant un instant – un très court instant –, la pitié disparut du visage de Keith, remplacée par une violence hideuse dont Greg avait toujours soupçonné l'existence. Il était prêt, absolument prêt à le coucher et à voir tout le monde applaudir en comprenant qu'il avait repris les rênes.

Mais ça ne se passa pas de cette façon. Greg pouvait jurer qu'il l'avait encore touché avant que Keith ne l'expédie à terre, mais sa mémoire lui faisait défaut. Ce dont il se souvenait avec une netteté que cent bouteilles n'auraient pu entamer, c'était la facilité avec laquelle son jeune adversaire l'avait maintenu au sol, et l'inutilité de ses efforts pour le repousser, à croire que ses muscles s'étaient transformés en eau. Il avait eu beau grogner, se débattre et cracher, Keith l'immobilisait sans même daigner le frapper car ça n'en valait pas la peine, et pendant ce temps tout le monde les regardait, soit avec horreur, soit en filmant ouvertement.

Après ça, il fit ce qu'il pouvait. Tira les bonnes ficelles, s'assura que Keith soit muté, se débrouilla pour conserver son poste. Il dut puiser dans le capital qu'il avait amassé toutes ces années pour faire oublier l'incident. Et, si ses collègues ne firent plus jamais allusion à Keith ou à cet épisode, ils cessèrent aussi de le regarder. Les réponses à ses questions devinrent monosyllabiques. Les rires à ses blagues, brefs et forcés.

Son déclin ne s'était pas arrêté là. Les cheveux gris étaient toujours plus nombreux dans son peigne chaque matin. Sa détermination renouvelée à prendre soin de son corps s'était concrétisée par des séries de cinq pompes qui l'essoufflaient et lui donnaient le vertige. Philippa rentrait de moins en souvent après ses « soirées entre filles », et quand elle rentrait elle ne cherchait même plus à cacher l'odeur d'eau de Cologne qui empestait ses vêtements. Quant à ses enfants, qui autrefois essayaient au moins de lever les yeux de leur téléphone quand il leur parlait, ils lui accordaient désormais à peine un grognement. Greg avait perdu sa place dans sa propre vie.

Il y avait si longtemps qu'il pourrissait de l'intérieur, qu'il faisait semblant d'être Greg McRae. Il se racontait que ce n'était qu'une phase, un passage à vide dont il allait bientôt voir le bout.

Mais *ça* – cette réserve poussiéreuse au milieu de la pampa –, c'était la chute cruelle d'une blague pas drôle. Son ultime tentative de reprendre le contrôle, de leur montrer, de tout cramer pour voir ce qu'ils penseraient d'un monde débarrassé de sa présence, l'avait mené ici. Tout le long du trajet, il avait cherché ce qui pourrait lui donner le sentiment d'être à nouveau Greg McRae, ce qui lui manquait depuis si longtemps. Mais c'était l'inverse qu'il avait trouvé. Greg McRae ne signifiait plus rien. Il n'en avait plus rien à foutre de Greg McRae. Tout ce qui lui importait, c'était de s'échapper de ce cauchemar le plus vite possible.

Il se mit sur ses pieds. Il se dirigeait vers la porte du fond quand il entendit un mouvement et se retourna.

La fille, Delilah, était entrée dans la réserve ; elle le regarda, puis regarda la porte. Elle fronça les sourcils.

« Je… j'allais juste vérifier que c'était bien fermé, dit Greg.

— Je suis pas sûre que ça change grand-chose, dit Delilah. Mais allez-y, si vous voulez. »

Greg alla poser une main sur la poignée. Ce serait si facile de la tourner et de sortir. De se jeter aux lions en priant pour leur clémence.

Il y donna un petit coup puis revint à sa place. Il vit la trace humide laissée par son pantalon trempé de pisse et sa peur céda la place à une honte profonde et hideuse.

« Vous tenez le coup ? » demanda Delilah.

Comment pouvait-elle paraître aussi calme ? Sa voix était assurée, même si ses joues étaient un peu pâles. Il était peut-être le seul à se montrer aussi pitoyable.

« Ne vous inquiétez pas, dit Delilah. Au moins vous aviez une bonne raison de vous pisser dessus. Moi, ça m'est arrivé plein de fois quand j'étais bourrée. » Elle lui décocha ce qui ressemblait à un sourire de connivence.

« Qu'est-ce qui se passe ? » demanda Greg.

Le sourire de Delilah s'évanouit. « Il y a une… fille. Elle a débarqué ici, salement blessée. Couverte de boue et de sang. La jambe en lambeaux. On l'a emmenée chez Frank, derrière, et puis ces tarés sont venus la chercher.

— Ils veulent que vous la leur donniez. »

Delilah acquiesça.

Greg déglutit. « Franchement… »

Delilah secoua la tête. « Frank a déjà dit non.

— Et on est obligés de lui obéir ?

— On est chez lui.

— C'est quand même nos vies. »

Delilah le dévisagea un long moment. « On n'a aucune garantie qu'ils nous laisseront tranquilles même si on leur donne la fille. On est les témoins d'un truc pas clair. Si c'est eux qui lui ont fait ça… » Elle haussa les épaules. « On a un moyen de pression et le mieux à faire c'est de le garder.

— Ils sont plus nombreux que nous. Combien de temps est-ce qu'on va pouvoir se défendre ? »

Delilah ne répondit pas.

14

Plus tôt

Maggie savait rester immobile, faire taire les démangeaisons et les douleurs et résister à l'envie d'y remédier. Elle avait passé une grande partie de son enfance enfermée dans des placards, à essayer de se rendre invisible, les paupières serrées, les bras autour du corps, attendant que l'alcool agisse et apaise les coups dans les murs et les hurlements de son père exigeant qu'elle sorte de sa cachette et joue le rôle de cible mouvante dont sa mère l'avait privé en partant. Chaque fois, les larmes lui montaient aux yeux, accompagnées par une envie de lui sauter à la gorge – comme si ça allait arranger les choses. Déjà à l'époque, elle savait que ça ne servait à rien : le silence et l'immobilité étant sa meilleure chance, elle couvait le feu en elle et attendait.

Elle essayait de se persuader que c'était pareil aujourd'hui. Même si ça ne l'était pas. Parce que, si elle était capturée, l'issue ne serait pas une simple contusion qu'elle devrait justifier à l'école. Maggie respira profondément, tint fermement le couteau et tâcha de repousser la panique qui l'assaillait dès qu'elle entendait une voix dans les parages. Mais personne ne sonna l'alarme : des gens demandaient des cigarettes, proposaient des bières et parlaient de sujets d'une banalité absolue, comme s'il n'y avait pas, tout près de là, une remise pleine de corps en décomposition.

Et puis, au bout de deux ou peut-être trois heures, le ton changea. Il y eut des cris au loin et des réponses tranchantes.

« … pas pu aller loin. Vous allez me retourner toute la maison.

— Aucune chance qu'elle soit encore dedans, mais bon.

— C'est là qu'on l'a vue la dernière fois, non ? Je te dis d'aller jeter un œil, putain. »

Respire.

« Et si je la trouve en premier ?

— Changement de règles, sale gogol. Celle-ci, on la partage. »

Elle serra plus fort le couteau.

Il y eut encore des cris, des bribes de disputes, puis des claquements de portières. Une ou deux fois elle retint son souffle en entendant des pas à proximité du pick-up, mais personne ne souleva la bâche. Ils ne pouvaient pas s'imaginer qu'elle serait assez stupide pour se planquer en plein milieu du patelin, s'enfouir sous un objet qu'ils avaient constamment sous les yeux. En principe, le gibier fuit quand il est menacé.

Elle avait mal partout et elle mourait de soif. Elle avait envie de pisser, mais elle s'interdit de bouger. Pas tant qu'elle n'aurait pas senti la température baisser et que les dernières voix ne se seraient pas tues. Le soir finit par tomber et il n'y eut plus d'autres bruits que de rares cris d'oiseaux. Elle se demanda si c'était vraiment de bon augure. S'il n'aurait pas mieux valu entendre du désordre et de la fureur. Mais non. Lorsqu'un sanglier embroche un chasseur respecté, la tribu tout entière ne va pas le pourchasser, surtout pas la nuit. Elle envoie ses meilleurs hommes et les laisse faire le travail.

Maggie ferma les yeux. Toujours rien. Elle finit par écarter la bâche, couteau prêt à frapper.

La rue était déserte. Elle s'assura que la voie était libre, puis dérouilla ses membres engourdis, sauta de la benne et atterrit en douceur sur la terre battue. Elle écouta accroupie, guetta l'ouverture d'une porte ou d'une fenêtre, un cri. Rien. Terrorisée de se sentir à découvert, elle traversa vivement la route et courut sur le côté de sa maison, là où on l'avait cherchée plus tôt dans la journée. Elle veillait à ne pas marcher sur des branches ou des feuilles. Ses pas étaient aussi légers que ceux d'une danseuse, comme le lui avait appris Ben. *Aux aguets, pas crispée*. Derrière la maison, elle s'arrêta. Le ciel était clair et rempli d'étoiles et la visibilité était bonne, mais ce serait différent lorsqu'elle aurait dépassé les premiers arbres. Elle s'accorda un instant, puis elle s'élança vers l'obscurité. Quelques secondes plus tard, elle ralentissait le pas et évoluait à tâtons dans le noir complet, les bras écartés, à l'affût du moindre bruit suspect. Le sol était inégal, avec des creux et des bosses imprévisibles qui risquaient de la faire trébucher à tout moment. Elle réprima son envie de courir, enterra son instinct et s'obligea à rester calme, silencieuse, une ombre dans la nuit.

Elle avança ainsi pendant quelque temps, s'arrêtant chaque fois qu'elle entendait craquer une branche ou bouger un buisson. Bien que ses yeux se soient accoutumés à l'obscurité, elle avait toujours du mal à être certaine de ce qui se trouvait devant elle, à faire la différence entre un tronc, une branche et un bras qui tiendrait une arme. Elle y puisait un maigre réconfort : aussi sanguinaires soient-ils, les hommes qui la traquaient restaient des humains. Ils seraient aussi handicapés qu'elle, et à cette idée elle se sentit portée par une bouffée d'espoir.

Plus elle s'enfonçait dans les arbres, plus elle prenait conscience des odeurs : feuilles d'eucalyptus, déjections animales et, surtout, son corps, chaud et moite. Ses poursuivants la sentiraient-ils ? Elle ne pouvait que spéculer, et il y avait de nombreux facteurs qu'elle ignorait. Elle avait envie de croire que cette situation était inhabituelle pour eux aussi, mais c'était peut-être faire preuve d'arrogance. Les corps dans la remise avaient peut-être essayé de ruser avant elle. Elle n'alla pas plus loin dans ces réflexions pour préserver le vague sentiment de maîtrise qui la portait.

Elle s'arrêta, une main posée sur un tronc, pour tenter de calmer ses tremblements. Elle prit une grande inspiration et flaira l'odeur d'un cours d'eau.

Elle ne l'avait pas remarquée jusqu'alors. Et pourtant elle était là, fraîche malgré des relents de boue. À petits pas, Maggie la suivit jusqu'au moment où le sol s'inclina légèrement. Elle s'accroupit, continua à quatre pattes, et la terre devint molle et humide, avant de se changer en boue, et enfin en eau.

Maggie but sans se soucier du goût, puis elle s'arrêta et écouta à nouveau, ne sachant pas si elle avait réussi à rester discrète. Rien ne semblait sortir de l'ordinaire.

La boue avait aspiré sa main droite, elle la retira avec un grand bruit de succion qui la fit grimacer. Elle allait la nettoyer dans le ruisseau, puis se ravisa. Malgré sa vue qui s'améliorait et les rayons de la lune qui transperçaient la canopée, sa main boueuse était devenue invisible.

Pas la peine de se montrer trop méticuleuse. Même si son déguisement était imparfait, elle veilla seulement à se recouvrir de la tête aux pieds. La boue était froide et entravait ses mouvements, son goût s'immisçait dans sa bouche même quand elle serrait les lèvres. Quand elle eut fini, elle regarda ses mains ; elle distinguait leur mouvement, mais c'était à peu près tout. Elle était aussi noire que la nuit.

D'un pas lent et réfléchi, elle reprit sa progression entre les arbres. La boue séchait sur sa peau, l'air doux la rendait dure et friable – son camouflage avait une durée de vie limitée. Elle n'était pas sûre à cent pour cent de la direction à prendre, mais elle savait que le village était dans son dos et qu'elle devait s'en éloigner. Elle guettait toujours des coups de feu et des cris, le faisceau d'une lampe torche ou un reflet de la lune sur le canon d'une arme, mais rien ne troublait le calme de la forêt.

Lorsqu'elle vit la voiture, elle se planqua derrière le tronc le plus proche avant même de bien comprendre ce qu'elle avait devant les yeux. On n'avait pas essayé de la cacher, ça aurait été presque superflu tant l'obscurité était épaisse. Elle était à moins de deux mètres. Les yeux de Maggie se portèrent tout de suite vers le pare-brise, cherchant des formes humaines à l'intérieur. Le véhicule paraissait vide. Et il lui rappelait quelque chose.

Son estomac se noua quand elle l'identifia. Le break de Simon, abandonné entre les arbres. Elle attendit encore quelques minutes pour être bien certaine qu'il n'y ait personne à proximité, puis elle commença à contourner la voiture pour approcher par l'arrière. Un minuscule éclat de lune lui permit de voir une substance poisseuse et luisante sur le sol. Le cœur tambourinant, elle s'agenouilla. Tout autour de la voiture, la terre était imbibée de sang. Sa poitrine se serra.

Ses propres paroles résonnèrent dans ses oreilles, certaines, assurées et haineuses, une des dernières choses qu'elle avait dites à Simon avant qu'il s'enfuie.

T'es toujours aussi mélodramatique ?

Et puis, un écho, plusieurs années plus tôt.

Mais il est pas méchant. Arrête de faire attention à lui et il va se lasser.

Sa faute. Les deux fois.

Elle frappa le sol avec le poing. Tremblante, elle se releva et se dirigea vers le côté conducteur.

Dès qu'elle tendit la main vers la poignée, elle sut que quelque chose n'allait pas, une intuition immédiatement confirmée par la douleur, une douleur comme elle n'en avait jamais ressenti, brûlante et cinglante, dans sa jambe droite, qui la plia en deux. Elle dut mordre son poignet jusqu'au sang pour s'empêcher de crier. Elle tomba lourdement contre le métal de la carrosserie. Elle tenta de bouger mais quelque chose la retenait, quelque chose qui lui déchiquetait la jambe. Ses oreilles sifflaient. Elle se baissa et palpa sa cheville. Erreur. La douleur la cingla encore, elle sentit les mâchoires de métal et les dents acérées qui s'étaient refermées sur sa jambe. Un piège, destiné à toute personne qui chercherait à prendre cette voiture pour s'échapper. Et elle avait été assez bête pour essayer.

Les dents serrées, les larmes aux yeux, incapable de retenir ses gémissements, elle ouvrit le piège. Le métal arrachait la chair et elle frôlait l'évanouissement au plus petit effort pour poser la jambe par terre. Le mécanisme se réenclencha, et le piège reprit sa forme de cercle cranté. Elle s'en écarta, se releva en s'accrochant à la voiture, et c'est alors qu'elle entendit des grognements et des grondements sortis de nulle part. La masse du chien fondait sur elle, ses yeux furieux scintillant dans la faible lumière de la lune. Elle tentait de dégainer le couteau quand les mâchoires de l'animal claquèrent sur sa jambe blessée. La douleur explosa, aveuglante.

Elle tenta de retrouver son équilibre mais s'effondra au sol, et là elle se sentit traînée en arrière. *Le couteau*. Le manche qu'elle serrait à s'en blanchir les doigts. Elle se retourna, croisa le regard de Blue, et plongea la lame dans la jugulaire du chien, frappa encore et encore sans lui laisser le temps de glapir. Elle continua à le poignarder jusqu'à ce qu'il finisse par s'écrouler, son sang se mêlant à la boue qui la recouvrait.

Elle rampa vers la voiture. Évitant le piège, elle parvint à ouvrir la portière et à se hisser dans l'habitacle, mais lorsqu'elle fit glisser une main sur le volant elle découvrit ce dont elle aurait dû se douter : les clés avaient disparu. Elle se força à ignorer la douleur – *encore quelques secondes, juste quelques secondes* – et vérifia le frein à main. Il n'était pas mis. Soit ils avaient poussé la voiture depuis la route, soit Simon l'avait abandonnée ici.

Sa colère s'embrasa, aussi vive que sa douleur. Elle serra les dents et attendit que passe la vague de vertige et de souffrance. Fouillant l'obscurité du regard, elle sut.

Ils sont là.

La peur se joignit à la douleur. Elle voulut sortir mais retomba sur le siège. Les mains tremblantes, elle porta son tee-shirt à sa bouche et le déchira avec les dents pour fabriquer plusieurs bandes de tissu.

Elle enveloppa sa jambe et serra le plus fort possible en essayant de ne pas penser à la boue qui pénétrait dans sa plaie. Une fois certaine d'avoir endigué le plus gros du saignement, elle se prépara et, prenant appui sur sa jambe indemne, elle se leva. Elle chancela et sa tête tourna. Elle bascula en avant et atterrit sur les mains, juste à côté du piège. À plat ventre, haletante et en pleurs, elle se traîna jusqu'au cadavre du chien. Elle l'attrapa par la peau du cou et essaya de s'en rapprocher. Cette saloperie pesait son poids.

Le frottement du corps sur la terre était bruyant, trop bruyant. Elle tira et tira encore, centimètre par centimètre, jusqu'à se retrouver devant la voiture. Là elle s'arrêta et reprit son souffle, appuyée au pare-chocs. Elle épia le bush alentour. Toujours rien. Elle fit le tour de la voiture et revint au piège. Pas étonnant qu'elle ne l'ait pas repéré. Il fallait savoir où il était pour remarquer le zigzag de métal sombre et rouillé sur le sol. Avec les deux mains elle le ramena vers elle. Il était moins lourd qu'elle ne l'avait cru mais ses forces commençaient à décliner. Les secondes s'étiraient comme des heures mais, finalement, elle réussit à poser le piège devant le corps de Blue. Presque invisible dans l'ombre de la voiture.

Elle se leva. Sa jambe commençait à s'insensibiliser. Elle pensa à la route, à la liberté. Puis elle ouvrit grand la bouche et cria. L'écho se répercuta dans la nuit, comme provenant de toutes les directions à la fois, et la panique se referma sur elle en menaçant de broyer le peu de confiance qui lui restait.

La douleur n'importait plus. Le souffle court et rêche, elle boita jusqu'à l'arrière de la voiture. Elle se pressait autant qu'elle pouvait, mais c'était toujours trop lent. Elle venait d'atteindre le coffre de la voiture quand elle entendit un bruit de pas sur les feuilles sèches et les brindilles. Elle se figea. Elle vit la forme émerger des arbres et se précipiter vers le capot du break.

« Blue ? »

Puis le métal claqua et le hurlement de l'homme emplit la nuit.

Avec tout son corps et toutes ses forces, Maggie poussa sur l'arrière de la voiture. Elle poussa et poussa jusqu'à ce que le véhicule commence à rouler. Puis elle recula, entendit que l'homme tentait désespérément de se sauver, et ensuite un craquement, net et atroce. Elle se remit en mouvement, debout malgré les protestations de ses muscles et de sa jambe. Tombant à moitié, elle atteignit l'avant de la voiture et vit Matty, le milieu du corps coincé sous la roue, ses yeux qui trouvèrent ceux de Maggie, sa bouche ouverte, prête à crier encore.

Elle plongea le couteau dans son œil et l'enfonça jusqu'à ce que l'homme cesse de bouger. Ensuite elle dégagea la lame et se releva. Elle s'écarta de la voiture en titubant, voulut s'appuyer à un arbre, le manqua et s'étala de tout son long. Impossible de remettre la main sur le couteau. Aucun bruit à part le vent dans les arbres. Aucune trace de vie dans les alentours.

Son corps ne pesait plus rien et ses pensées vagabondaient. Elle pourrait se laisser dériver et dormir ici. Au moins, dans le sommeil, elle ne sentirait plus sa jambe. Mais quelque chose la rappela à la réalité, un bruit au loin, un…

« Magne-toi, Matty est parti par là. » La voix de Steve.

Elle essaya de se relever. Elle tomba encore, plus lentement cette fois, et réussit à se mettre debout. Les voix étaient de plus en plus fortes, elles se rapprochaient tandis que Maggie s'éloignait de la voiture et retournait vers la rivière en trébuchant régulièrement. Elle entendit des éclats de voix dans son dos – ils avaient trouvé Matty. Il fallait qu'elle coure, mais elle ne pouvait pas et son pansement était trempé. La douleur l'assaillit. Elle tomba tête la première dans la boue, l'odeur de la terre humide emplit ses poumons et le gargouillement paisible de l'eau recouvrit tous les autres bruits.

Elle se retourna sur le dos. Par une brèche entre les arbres elle vit les étoiles. C'était amusant que les astres puissent exister dans le même univers que les gens qui la poursuivaient. Elle tendit une main et trouva une pierre juste au moment où quelqu'un passait en courant – à quelques petits mètres d'elle – et elle se laissa glisser le long de la pente en direction de la rivière.

Elle n'arrivait plus à bouger. La douleur était une enclume qui la clouait dans la boue. L'homme allait faire demi-tour et la trouver et ce serait exactement comme le soir où elle était allée dans la chambre de Hamish et s'était jetée sur lui, où il l'avait plaquée au sol et l'avait cognée jusqu'à ce que Ben et Debbie viennent les séparer. Exactement comme la fois où son père lui avait fiché une trempe pour avoir laissé ses chaussures dans l'entrée et l'avait abandonnée, en sang, devant la porte.

Ces fois-là, comme maintenant, sa fureur s'était ravivée.

Elle se leva lentement. La douleur dans sa jambe était devenue un incendie qui envahissait tout son corps. Elle pivota juste au moment où Kayden faisait de même, écarquillant les yeux devant la créature qui surgissait de la boue. La pierre le cueillit au visage et ils tombèrent tous les deux. Maggie le frappa encore et encore, brisa les os et déchira la chair humide et molle au milieu de ses cris étouffés, jusqu'à ce que le sang lui chauffe la main et qu'elle ne puisse plus distinguer les traits du visage de Kayden parce qu'il ne restait rien à distinguer.

Plus de bruit. La nuit concernait quelqu'un d'autre, ailleurs. Maggie, elle, ne connaissait plus que la boue et l'eau, le sang et la pierre.

Quelque chose scintillait au bord de la rivière. Un fusil de chasse, que Kayden avait laissé tomber. Elle le ramassa, tomba deux fois avant de parvenir à se relever, puis elle s'éloigna de l'eau en boitant et retourna à la voiture. Elle avait déjà tenu un fusil, dans le bush, avec Ben. À cette époque elle le trouvait encombrant, trop lourd. Aujourd'hui, ce n'était plus le cas. Le sang de Kayden partout sur elle, Steve un peu plus loin dans le noir, l'arme entre ses mains. C'était en tout point parfait.

« Alors Kayden, tu l'as retrouvée, cette pute ? »

Elle ne ralentit pas, ne chercha pas à faire moins de bruit. Elle voyait la forme de la voiture, Steve droit devant elle.

« Réponds-moi, connard ! »

Maggie pointa le canon du fusil et tira.

La nuit vola en éclats. Steve fut propulsé contre la voiture. Sa batte de cricket s'envola. Il chancela, les mains serrées sur le ventre. Elles se couvrirent de sang.

Il lâcha un « putain ».

Maggie s'approcha lentement, l'arme toujours braquée, un doigt sur la détente.

Steve, presque écroulé contre la voiture, leva les yeux vers elle. Il toussa du sang.

« Est-ce que Simon est mort ? » demanda Maggie.

La voix de Steve, faible et vaseuse. « Qu'est-ce que ça peut te foutre ? Il t'avait abandonnée, cet enfoiré. »

Maggie marcha vers la batte. Sans cesser de viser Steve, elle s'agenouilla, ignorant la résistance de sa jambe.

« Tu vas perdre du sang, salope, articula péniblement Steve. Si t'essayes de… » Il toussa encore. « Si t'essayes de t'enfuir, ils vont te suivre. »

Baissant le fusil, Maggie ramassa la batte, puis se redressa.

« Est-ce que Simon est mort ? »

Steve essaya de rire, un bruit minable et étranglé. « Tu veux savoir ce qu'il nous a dit ? Il nous a dit que… »

Maggie lui balança la batte en travers du visage. Steve fut projeté violemment au sol. Il crachait, sa respiration sifflait. Il tenta vainement de se relever.

« Est-ce que Simon est mort ?

— Ils vont te buter, chuinta Steve. Ils vont te retrouver. Tout ce que tu me fais, Trent te le fera en pire. Il te… »

Maggie lâcha la batte, leva le fusil et tira.

Le genou droit de Steve explosa. Son hurlement inonda le bush, un vagissement de souffrance désespérée. Il essaya de ramper. Sa jambe resta derrière lui. Même dans la pénombre, le sol était rouge.

« Est-ce que Simon est mort ?

— Oui, croassa Steve. S'il te plaît. S'il te plaît, ramène-moi au village. T'es pas… » Il se tortillait dans le sang et la poussière. Son visage était livide. Ses paupières papillotaient. « T'es pas comme les autres. T'es… t'es comme nous. » Un filet de sang coulait par sa bouche ouverte.

Maggie tenait mal sur ses jambes, sa tête était lourde, mais elle s'en moquait ; tout ce qui comptait, c'était la chose par terre devant elle, dont les paroles déchaînaient sa colère, la rendaient incontrôlable. « Les clés de la voiture, elles sont où ?

— P… poche. »

Il ne mentait pas. Maggie fut envahie par une émotion qui s'apparentait à de l'extase. Une extase rapidement submergée par le bouillonnement de sa fureur.

T'es comme nous.

Les paupières de Steve se fermèrent. « S'il te plaît. Je veux rentrer chez moi. S'il te plaît. »

Maggie posa le fusil, ramassa la batte. « Non. »

15

Maintenant

Greg entendait le bourdonnement étouffé des voix derrière la porte donnant sur l'arrière de la station. Un filet de lumière s'infiltrait sous le battant. Il s'attendait à ce que quelqu'un entre à tout instant, mais pour le moment personne n'était venu.

Que savait-il ? Pas grand-chose. Il peinait à donner un sens à cette situation. Mais il devait malgré tout forcer son cerveau à cesser de se répéter qu'il allait mourir et chercher un moyen de s'en tirer, même si ça ne s'annonçait pas gagné.

Il y avait une fille. Il ne savait pas qui elle était, mais tout était à cause d'elle. C'était elle qu'ils voulaient. Or, Greg savait où elle se trouvait, en gros. Dans une maison, quelque part derrière. S'il leur donnait ce qu'ils voulaient, ils le laisseraient partir. La personne qui les aiderait serait épargnée du sort qu'ils réservaient aux autres.

Au fond, c'est ce qu'il faisait depuis des années. Il négociait des accords, identifiait les désirs de ses interlocuteurs et recourait à son intuition pour poser les termes d'un contrat qui l'avantageait.

Il pensa à Delilah, qui était ressortie. La frayeur dans son sourire. Il n'avait pas entendu s'ouvrir la porte de la boutique. Il l'imaginait dans le couloir, tremblante, essayant de se ressaisir. Elle avait aussi peur que lui. Il pensa au vieil enfoiré avec son fusil. Et à la fille anonyme qu'il allait livrer à ces gens. Cette embrouille ne le concernait pas. Il se hissa sur ses pieds.

Allie retint son souffle. Mobilisant tout son courage, elle serra le flingue, les yeux rivés à la fente sous la porte de la chambre.

Le plancher craqua encore. Plus près.

Très lentement, en veillant à ne pas faire de bruit, Allie s'enfonça encore plus loin sous le lit, jusqu'à ce que son dos touche le mur.

Nouveau craquement.

Elle braqua le canon sur la fente.

Encore un craquement, tout près.

La porte s'ouvrit. Allie ne sentait plus son ventre. Malgré l'obscurité elle distingua une paire de bottes.

Un pas, puis un autre. Les mains d'Allie tremblaient. Son cœur menaçait de s'échapper de sa poitrine. Elle essaya de viser la cheville, mais elle n'arrivait pas à stabiliser l'arme et était consciente que, si elle manquait sa cible, elle serait incapable de recharger. En plus, elle ne savait même pas si le fusil était chargé. Elle tremblait de plus en plus. Elle ferma les yeux. La crosse glissait entre ses mains.

Les pas se rapprochèrent, arrivèrent jusqu'au lit. Elle n'arrivait pas à ouvrir les yeux. Ne voyait pas ce qui était là. Peut-être que l'homme allait finir par s'en aller.

Et soudain…

Dans un courant d'air, le matelas fut arraché du lit. Elle voulut lever l'arme et heurta les lattes du sommier. Elle ouvrit les yeux.

Au-dessus d'elle, le visage de Reg, tout près, vicieux et railleur. « Coucou, mon cœur. »

Sa main fusa entre deux lattes et se referma sur le cou d'Allie. L'air ne passait plus. Elle étouffait. Elle lâcha le fusil. Tenta de se débattre. Reg arrachait toutes les lattes avec son autre main et les balançait, puis il la souleva par le cou. Sa vue se brouillait, elle avait l'impression que son crâne était rempli d'eau. Elle ne sentit presque rien quand il la plaqua contre le mur au-dessus du lit.

Il serra encore un peu plus fort. Elle ne parvint qu'à aspirer une minuscule goulée d'air et l'odeur épouvantable de l'homme lui envahit les narines : tabac froid, bière éventée et quelque chose d'autre, à la fois amer et malsain, entre le cuivre et la pourriture, qui lui donna envie de vomir.

« Tu devrais prendre l'habitude de fermer la porte du fond, dit Reg. On sait jamais qui se balade par ici, tu comprends ? »

Allie voulut appeler au secours, mais il l'étranglait trop. Du coin de l'œil, elle aperçut le fusil par terre. Il était trop loin, mais elle tendit tout de même le pied pour essayer de le rapprocher. Reg l'envoya loin derrière d'un coup de talon.

« N'y compte même pas, mon cœur, dit-il. Bon. Si je devine bien, tu caches quelque chose dans ton petit nid douillet. J'ai fait le tour du propriétaire et j'ai pas trouvé notre amie, mais ça veut pas dire qu'elle est pas là. Tu faciliterais vraiment la vie de tout le monde si tu me crachais le morceau. »

Même si elle l'avait voulu, Allie n'aurait pas pu desserrer les dents.

Le visage de Reg bouchait tout son champ de vision.

« M'oblige pas à me fâcher, mon cœur. Un joli petit minois comme le tien, ce serait dommage de l'abîmer. Mais tu sais comment c'est. Faut être solidaire avec ses amis. Surtout quand quelqu'un en a tué quatre. Dis-moi où est Maggie. »

Allie inspira l'air rance. Elle se força à croiser le regard de Reg. Elle ouvrit la bouche.

Mais, derrière l'homme, une voix la prit de vitesse.

« Elle est juste ici. »

Reg pivota. Maggie lui envoya la crosse du fusil de chasse dans le visage. Il lâcha Allie et recula en se tenant le nez, grognant et jurant. Maggie retourna le fusil, le pointa sur son visage et pressa la détente.

Le coup de feu assourdit Allie et un sang chaud éclaboussa son visage. Elle cria mais aucun son ne sortit.

Reg resta debout encore un instant. Puis il chancela. Au-dessus de sa mâchoire, il ne restait plus qu'une bouillie rouge de sang et d'os.

Il s'écroula.

16

Maggie avait deviné qu'elle était sur le canapé sans en avoir la certitude. La sécheresse dans sa bouche, le tissu rêche contre sa peau, la douleur dans sa jambe ; tout cela allait et venait au gré de sa dérive entre inconscience et bribes, fragments et mirages de souvenirs ou de rêves. Elle n'était sûre de rien. Les images avaient commencé à l'assaillir sur la route, s'enroulant autour de son esprit qui ralentissait tandis que sa vision vacillait. Qu'est-ce qu'elle fuyait ? Elle en était de moins en moins certaine. *Le bush. Le sang. Le couteau. La douleur.* Elle se rappelait la douleur mais ne la ressentait pas. C'était le premier avertissement. Le temps qu'elle en tire les conséquences, il était trop tard. Elle avait vu la station-service et s'y était engagée. Elle avait ouvert sa portière, était sortie, et l'obscurité s'était abattue.

Après ça, les fragments. Images déchirées et recollées ensemble au mépris de l'ordre ou du sens. S'en extraire était aussi douloureux que de traîner son corps sur du verre brisé. Mais, au milieu des fragments et de l'obscurité, elle ne perdit jamais de vue qu'il lui fallait se sortir de là. Il fallait qu'elle s'arrache de cet état, que ce soit le sommeil ou le murmure accueillant de la mort.

J'aurais mieux fait de te tuer.

Son père, sa voix rauque qui mangeait les mots à cause de l'alcool, sa main qui l'étranglait et son odeur rance. La haine qu'elle avait ressentie à cet instant, un incendie dont elle ne pourrait jamais s'échapper, attisé par cette poigne qu'elle connaissait trop bien et par l'instinct écœurant qui la poussait à se cacher et à laisser passer la raclée. Elle avait essayé de se contrôler mais les paroles de son père avaient fait l'effet d'une allumette lancée dans une cuve de kérosène.

J'aurais mieux fait de te tuer.

L'escalier. La nuit. Tous les deux seuls, sa main qui relâche sa prise, une chance à saisir. L'allumette tombant au ralenti vers le liquide miroitant. Sauf que cette fois-là, elle n'avait pas essayé d'éteindre le feu. Cette fois-là, elle l'avait laissé brûler.

De la lumière, un son plus distinct. Une voix où vibrait l'urgence. *On va appeler les secours*. Elle ne savait pas à qui appartenait cette voix, mais elle savait qu'il était hors de question d'appeler les secours, que cela signifierait la fin de la liberté, le retour des yeux qui l'épieraient en guettant le premier signe de faiblesse.

Y en a certains, tu serais surprise de voir combien de temps ils tiennent.

Elle allait faire partie de ceux qui tiennent.

Les bords tranchants des fragments avaient disparu, ou du moins elle ne les sentait plus. Les visages qu'elle voyait se déformaient et se troublaient dans la pénombre, les voix étaient des lambeaux de non-sens. Elle avait même oublié ce qu'avait été sa douleur. Tout était chaud, tout était doux, plus rien n'avait d'importance. Les échos s'estompaient, le silence l'envahissait et même son nom lui échappait. Elle était en sécurité. Pour la première fois de sa vie, elle se sentait en sécurité. Plus rien ne pouvait lui faire du mal car il ne restait plus rien, tout était terminé.

Je pense qu'on devrait fouiller la voiture.

Aussi net et sonore qu'un coup de cloche. Une pulsation, assourdie et lointaine, mais présente. Un fragment tellement soudain qu'il la secoua, le grondement d'un chien, des dents qui déchirent la chair. La pulsation empira. Les bords tranchants étaient revenus, ils se cachaient dans l'obscurité. Elle s'écorchait contre eux sans savoir où ils étaient ni ce qu'ils étaient.

Ces gens... j'aime pas cet endroit.

Simon, terrifié même s'il s'efforçait de le cacher, et puis Simon devint le petit Ted et quelque chose dans la poitrine de Maggie lui fit atrocement mal, beaucoup plus que la pression grandissante dans sa jambe...

Dehors, des pas.

La douleur était revenue. Cuisante, aveuglante. Une alarme.

Ses yeux s'étaient ouverts.

Ses membres comme étirés et distendus. À chaque respiration, sa gorge la brûlait. Elle ne voulait pas bouger. Et puis elle entendit tourner la poignée de la porte et elle sut qu'elle n'avait pas le choix.

Elle se redressa malgré les vrilles qui enserraient son cerveau, les mains qui cherchaient à la faire replonger. Elle se trouvait dans un salon qui tournoyait et tanguait devant ses yeux. Elle se laissa tomber du canapé, se rattrapa avec les mains et s'éloigna à quatre pattes aussi vite qu'elle put, ignorant la tempête de protestations qu'émettait tout son corps ankylosé. Elle rafla la trousse de premiers secours et la fourra sous le canapé. Elle pénétra dans l'ombre que projetait le côté du sofa et s'assit dos au mur, les jambes ramenées contre la poitrine. Elle essaya d'écouter malgré l'écho de son cœur dans ses oreilles. Rien. Le silence.

Un craquement, puis un autre, plus fort. Un souffle. Quelqu'un à l'entrée de la pièce, qui la fouillait du regard.

Puis à nouveau des craquements, de plus en plus faibles.

Un bruit de porte, à quelques mètres de là, traversant des cloisons en papier à cigarette.

Maggie se leva.

Encore le feu de la douleur.

Elle commença à marcher.

Frank entendait la voix, elle résonnait dans son crâne à intervalles réguliers. *Il te reste quinze minutes, mon vieux*. La joie malsaine qui avait hérissé ses poils. Il connaissait la vérité dissimulée derrière ces promesses de clémence. *Une fois qu'on aura la fille, on te fera la même chose qu'à elle. On peut pas se permettre de laisser des témoins*. Depuis le début, il savait que ça finirait de cette façon. Il connaissait ce genre d'hommes.

« Tu ferais mieux de pas attendre la dernière minute, dit la voix. Les gars vont s'impatienter et ça va pas être bon pour toi. »

Comme pour le confirmer, tous les moteurs se mirent à vrombir en même temps. Un rugissement sauvage et menaçant au milieu duquel étaient noyées quelques pétarades mécaniques.

Le vacarme retomba. Les oreilles de Frank sifflaient.

« On a pas toute la nuit, mon vieux. »

Allie suivit Maggie qui boitillait dans le couloir. Le sang de Reg était toujours chaud sur son visage. Elle était curieusement calme, ne ressentait rien hormis une profonde et merveilleuse gratitude.

Maggie ouvrit la porte d'entrée et sortit sous le porche. Tout était silencieux. Allie la rejoignit.

« Où est-ce qu'on est ? demanda Maggie.

— Chez Frank. Mon grand-père.

— Et où est-ce qu'il est, ton grand-père ? »

Allie ne répondit pas. Une gêne gagnait tout son ventre. Quand Charlie avait entendu le coup de feu, il avait couru vers Delilah. Elle, en revanche, n'avait même pas eu une pensée pour Frank. Elle avait été trop effrayée pour simplement se demander s'il était encore vivant. Et maintenant elle n'en avait aucune idée. Avec une clarté insoutenable, elle se vit rentrer chez ses parents et tenter de leur expliquer ce qu'elle avait fait. Elle déglutit. Ses parents. Ils ne savaient pas ce qui était en train de se passer. Ni qu'ils ne reverraient probablement jamais leur fille ni Frank.

« Hé », fit Maggie.

Allie pointa du doigt.

« Ça m'aide pas.

— La station.

— Où je me suis arrêtée. »

Allie acquiesça.

« Il est seul ?

— Je sais pas. » Sa voix était minuscule, terrorisée.

« Il est pas revenu, fit Maggie en regardant la station au loin. Donc il est sûrement pas seul. »

Derrière Frank, la porte s'ouvrit encore et Delilah le rejoignit à quatre pattes.

« Ils la veulent, leur réponse », dit Frank.

Delilah referma la porte et s'accroupit contre elle. Elle inspira un grand coup. « Faut qu'on leur donne la fille. On aurait dû le faire tout de suite. Je comprends bien pourquoi on l'a pas fait, je sais que c'est atroce, mais on peut pas… on va pas tous mourir pour quelqu'un qu'on ne connaît pas. Et qui a peut-être fait des trucs horribles. »

Frank ne répondit pas.

« On peut trouver une solution. Être malins. On leur dit de garder l'un de nous pendant que l'autre va à la maison. » Frank essaya de l'interrompre, mais elle n'avait pas terminé. « Vous, je veux dire. Vous allez à la maison. Comme ça, quoi qu'il arrive, vous pouvez protéger Allie. »

Leurs regards se croisèrent. Frank vit combien elle avait peur. Mais, à sa mâchoire serrée et à son visage, il comprit que cela n'avait plus aucune importance.

« Rien ne nous assure qu'ils ne vont pas nous tuer quand même.

— C'est sûrement ce qu'ils vont faire. Mais au moins comme ça on aura une petite chance. »

Silence.

« Frank, reprit Delilah. S'ils nous tuent ici, il n'y aura personne pour protéger Allie. »

Allie était sous le porche et Maggie revenait de la chambre. « Pas de téléphone dans ses poches.

— Alors on fait quoi ? demanda Allie.

— Il nous faut un plan. Mais d'abord, j'ai besoin de boire et de manger quelque chose, n'importe quoi. J'imagine qu'il y a pas de calmants dans la trousse de secours ? »

Elles retournèrent dans le salon. Maggie chercha dans la trousse pendant qu'Allie partait dans la cuisine, retrouvait sa bouteille d'eau vide près de l'évier, où elle l'avait laissée dans une autre vie, et la remplissait au robinet. Il n'y avait pas grand-chose dans le frigo. Le plus souvent, Frank rapportait leurs repas de la station. Elle vit la boîte de céréales sur la table, l'attrapa et l'apporta à Maggie.

Après avoir bu à grands traits et englouti quelques poignées de céréales, la jeune fille alla jeter un coup d'œil par la porte. Tout était calme et l'herbe était immobile, le monde retenait son souffle. « Si cet enfoiré est entré ici, ça veut dire qu'il a des copains dans le coin. Peut-être planqués dans l'herbe. Tu m'as dit que ton grand-père a pris les clés de la voiture ? »

Allie fit oui de la tête.

« Du coup, je vois pas comment on peut aller rapidement à la station. Et c'est pas demain la veille que je serai capable de courir un marathon. » Elle essaya de poser la jambe, la douleur la fit grimacer. « Faut qu'on trouve un moyen d'attirer leur attention. De les faire venir à découvert et d'attaquer.

— Comment ? »

Maggie but encore un peu d'eau. S'appuya au chambranle de la porte. Allie fut frappée par l'impression de faiblesse qu'elle dégageait. À croire qu'elle allait s'écrouler d'un instant à l'autre.

« On va se servir de ce qu'on a. On va se débrouiller. » Elle tourna la tête vers Allie. « Qu'est-ce qu'on a ? »

Allie fut distraite par un mouvement derrière Maggie.

Une paire de phares approchait derrière les herbes.

Et puis une autre. Et encore une. Les phares se changèrent en soleils et une muraille de lumière incendia la nuit.

Une main géante enveloppait Allie, se refermait sur elle en l'empêchant de bouger ou de respirer.

« Rentre, dit Maggie. Vite. »

Aucune trace de peur dans sa voix.

Allie se replia dans la maison. Devant la porte, Maggie restait seule, silhouette découpée sur la lumière aveuglante, fusil à la main.

Quelque part dans la tête de Delilah, toutes les valeurs en lesquelles elle avait toujours cru lui ordonnaient de ne pas cautionner ça, de refuser qu'une autre femme soit livrée à ces animaux. Le sort qu'ils lui réservaient était bien trop évident, autant que le sien s'ils la trouvaient.

Tout en sortant de la boutique à quatre pattes, elle tenta de se raconter que ce n'était pas son instinct de survie qui la poussait à donner la fille, qu'elle agissait par altruisme.

Charlie était quelque part, avec Allie. Elle ne pouvait pas les laisser mourir à cause d'une inconnue qui avait certainement fait quelque chose pour mériter…

Non. Elle refusait de réfléchir de cette façon. Si elle faisait ce choix, elle s'obligerait à y repenser chaque jour, sans compromis, ni justifications, ni suppositions commodes.

Elle se leva, prit une grande inspiration, et traversa le couloir jusqu'à la réserve. Elle allait expliquer son plan à Greg. Elle allait le regarder dans les yeux et s'assurer qu'ils soient bien conscients des conséquences de leur décision.

Seule sous le porche, Maggie faisait face aux voitures qui approchaient, bondissaient et plongeaient sur le terrain accidenté.

Le fusil ne serait pas suffisant. Loin de là. Son cerveau était embrumé et ralenti. Elle n'arrivait pas à se concentrer. Sa jambe lui donnait envie de hurler au moindre mouvement. Elle tenait à peine debout.

Sur quoi pouvait-elle compter ?

La première fois qu'elle s'était posé cette question, c'était plusieurs années auparavant. Quand elle vivait chez Ben et Debbie. Elle avait attendu qu'ils repartent camper, avait observé les mouvements de chacun, attendu que tout le monde ait le dos tourné et que Hamish s'occupe du feu. *Aux aguets, pas crispée*. Elle avait attendu qu'il s'avance. Alors elle avait agi. Elle avait tendu le pied et, avec un cri, il était tombé tête la première dans les flammes.

Elle ne pouvait compter que sur elle. Mais elle était rapide et elle n'hésitait pas là où les autres rechignaient, et elle regarda Hamish hurler et essayer de se relever, pendant que les cris inquiets de Ben approchaient dans les buissons. Le visage de Ted envahit son esprit. Et puis elle abattit sa botte, fort, sur la nuque de Hamish.

Sur quoi pouvait-elle compter ?

Une ado terrifiée. Une maison qui résisterait difficilement à un coup de vent. Un fusil et une poignée de cartouches. Quelques petites secondes avant que ces voitures n'arrivent à portée de tir.

Mais il y avait autre chose, une chose qui avait pris les rênes dans le bush, qui avait coulé dans ses veines pendant qu'elle fuyait pied au plancher, qui lui permettait de rester debout alors même que tout espoir l'avait quittée. La même chose qui l'avait poussée à s'échapper la première fois. Cette chose qui l'effrayait parce qu'elle n'arrivait pas à s'en défaire. Un fourneau, profond et chauffé à blanc, dans lequel brûlait un feu qu'elle avait toujours essayé de maîtriser car y céder signifiait devenir moins qu'humaine, devenir une bête sauvage.

Il y avait trop longtemps qu'elle luttait.

Elle rentra en clopinant et claqua la porte derrière elle.

Dans le dos de Frank, la porte s'ouvrit brusquement et Delilah apparut, à bout de souffle. « Il est plus là. »

Le sang de Frank se figea.

« Il est parti. J'ai vérifié dans la cuisine et… il est parti. Tout à l'heure je l'ai vu se diriger vers la porte du fond, mais… Oh putain. » Elle plaqua une main sur sa bouche.

Frank la saisit par l'épaule. « Est-ce qu'il est au courant ? Pour la maison ? »

Les yeux humides, Delilah acquiesça.

Soudain, plus rien n'avait d'importance. Ni le siège, ni les armes, ni les menaces. Plus rien n'avait d'importance parce que ces salauds connaissaient l'existence de sa maison et que son avantage avait disparu. Allie était coincée sans personne d'autre que Charlie pour la protéger et c'était sa faute, il n'avait pas livré la fille quand il en avait encore la possibilité. Il n'arrivait plus à respirer. Il commença à se lever.

« Qu'est-ce que vous faites ? » fit Delilah en lui empoignant le bras.

Frank se débarrassa de sa main. Il fallait qu'il sorte de là. Qu'il aille à la maison.

« Frank. »

Il la repoussa.

Et là...

Une grêle de plombs et une cacophonie de verre brisé. Frank se laissa tomber au sol pendant que les projectiles criblaient le mur derrière lui.

Le tir de barrage résonnait dans ses oreilles. Il n'était pas sûr qu'il continue, mais il l'entendait, et il entendait aussi des rires, des rires qui n'appartenaient pas à cet espace-temps mais aux ombres nocturnes des gommiers sous lesquels il avait couru pour fuir les coups de feu et les sifflets, couru au milieu des hurlements de rire de Wayne qui semblaient venir de partout à la fois et sans savoir s'il rentrerait un jour chez lui.

Les bras sur la tête et les paupières serrées, Delilah se balançait d'avant en arrière.

Les arbres et les rires s'étaient évaporés. Allie. Une seule chose comptait, la mettre en sécurité.

Il respira profondément, inhalant des vapeurs d'essence.

Il se décala sur le côté du comptoir et jeta un coup d'œil. Difficile d'être sûr à cause des projecteurs, mais il avait l'impression que des silhouettes se déplaçaient autour des pompes.

Et, tout à coup, il comprit.

Greg leur avait parlé de la maison. Ils n'avaient donc plus besoin de Frank ni de Delilah, mais ils n'avaient pas l'intention de donner la charge alors que Frank était armé. Alors, à la place, ils retournaient la station-service à leur avantage en répandant de l'essence pour y mettre le feu et les brûler vifs.

Sous la moustiquaire s'infiltrait une flaque luisante de liquide doré, déversé par ces salauds qui utilisaient ses propres pompes pour le tuer.

Il aurait le droit d'avoir peur plus tard. De se sentir coupable. Pour le moment, il devait agir. Il se concentra. Retrouva un état d'esprit qu'il avait remisé depuis très longtemps. Un état d'esprit où la mort ne comptait pas et où tout ce qui se mettait en travers de son chemin était un obstacle à éliminer ; un état d'esprit dans lequel il était le seul juste, les autres étant des coupables à châtier. L'unique état d'esprit permettant d'assurer sa sécurité derrière les barreaux. Il avait tenté de s'en débarrasser mais il lui collait à la peau, tant et si bien qu'il avait dû se terrer loin du monde et de tout ce qui pouvait le déclencher.

Quand cet état d'esprit se raviva en lui, plus chaud que les bras de n'importe quelle amante, tout devint clair.

Il attrapa Delilah par l'épaule. « Donnez-moi votre briquet.

— Quoi ? » Des larmes roulaient sur les joues.

« Allez. »

D'une main tremblante, elle le lui tendit. Frank ouvrit la porte intérieure. « À l'arrière. Vite.

— Mais ils y sont. » Sa voix était stridente, épuisée.

Frank secoua la tête. « Je ne pense pas. Mais si jamais. » Il lui mit le pistolet dans la main. Sentit sa surprise. Elle fixait l'arme avec l'air de ne pas bien saisir ce qu'elle avait sous les yeux.

Frank lui releva le menton. L'obligea à le regarder. « Vous n'hésitez pas. Si vous les voyez, vous les tuez. Et s'ils ne sont pas là, vous courez. Dans l'herbe. Aussi loin que vous pouvez.

— Qu'est-ce que vous allez faire ?

— Allez-y. »

Delilah ne se fit pas prier. Elle se faufila par la porte et disparut.

Il attrapa Delilah par l'épaule. « Donnez-moi votre briquet.

— Quoi ? » Des larmes roulaient sur ses joues.

« Allez. »

D'une main tremblante, elle le lui tendit. Frank ouvrit le joint, intérieure. « À l'arrière. Vite.

— Mais ils y sont », s'exclama-t-elle, paniquée.

Frank secoua la tête. « Je ne pense pas. Mais si jamais. » Il lui mit le pistolet dans la main et sentit sa surprise. Elle fixait Frank avec l'air de ne pas bien saisir ce qu'elle avait sous les yeux.

Frank lui releva le menton et l'obligea à le regarder. « Vous n'hésitez pas. Si vous les voyez, vous les tuez. Et s'ils ne sont pas là, vous courez dans l'herbe. Aussi loin que vous pouvez.

— Qu'est-ce que vous allez faire ?

— Allez-y. »

Delilah ne se fit pas prier. Elle se faufila par la porte et disparut.

17

La benne du pick-up brinquebalait sous les fesses de Greg. Il s'accrochait comme il pouvait tout en évitant de croiser le regard de l'homme assis en face de lui.

Le type en question était mince et devait avoir une soixantaine d'années. Ses cheveux étaient blancs et clairsemés, ses joues creuses et ses yeux caves. Il portait un débardeur et un jean déchiré. À son épaule était suspendue une longue carabine. Dans une main il tenait une cannette de bière. Son rictus ne l'avait pas quitté depuis l'instant où il avait poussé Greg dans la benne. Et depuis cet instant, il n'avait pas non plus cessé de le fixer.

Greg leva la tête et emplit ses poumons d'air chaud. Le ciel était dégagé, vibrant d'étoiles. Déconnecté des événements.

Greg avait saisi sa chance. Il était sorti à toute vitesse par la porte du fond, les mains en l'air, prêt à supplier, à crier qu'il avait des informations à leur donner. Il s'était attendu à découvrir des armes braquées sur lui, à ce qu'on lui dise de se coucher, et peut-être à sentir une douleur soudaine juste avant l'obscurité. Au lieu de ça, il avait été accueilli par des rires.

Il avait bredouillé « Me faites pas de mal » et les hommes avaient commencé à le siffler. Ils étaient répartis dans deux pick-up, assis sur les plateaux et debout dans les cabines, tous en chemise à carreaux et jean déchiré, armes vers le ciel. Aucune n'était braquée sur lui.

Greg baissa lentement les bras. Les battements effrénés de son cœur résonnaient dans tout son corps. Il déglutit. « Je peux vous aider.

— Tu m'en diras tant », fit un jeune homme, barbe touffue et un œil paresseux. Le canon de son arme descendit tranquillement se pointer sur Greg.

Greg recula d'un pas. « Il y a une maison. Tout droit derrière vous, je ne sais pas où exactement, mais, mais la… » Il déglutit et tenta de ne pas regarder le fusil. « La fille est là-bas. »

Silence. Il se rendit compte qu'il avait abattu sa seule carte, le seul atout qui pouvait les retenir de le tuer sur-le-champ. Il pensa à Philippa. À ses enfants. Et il comprit avec une clarté insupportable qu'il avait agi comme un abruti. « J'ai des informations. » Sa voix était fébrile. « Je peux vous dire qui se trouve à l'intérieur de la station. Je peux vous dire ce qu'ils m'ont dit. On peut s'entraider. J'ai rien à voir avec tout ça, d'accord ? Si je vous dis tout ce que je sais, vous me laisserez rentrer chez moi ? »

Le barbu s'était contenté de répondre : « Monte à l'arrière. »

De chaque côté, d'autres pick-up avançaient. Au moins sept, presque en escadron. À cause de l'obscurité, il était difficile d'estimer le nombre de personnes entassées dans leurs bennes. Mais les formes dures des fusils, elles, étaient facilement identifiables. L'autre homme continuait à le fixer. Greg tourna la tête vers l'avant. Au loin, il apercevait la silhouette de la maison, petite et fragile au milieu de cette étendue d'herbe.

Quand la porte claqua, Allie sursauta et recula dans le salon. Maggie la rejoignit et commença à tirer les rideaux.

« Ils vont te voir, dit Allie.

— Ils savent qu'on est là. Ils ont allumé leurs phares pour nous aveugler. Pour pouvoir nous observer sans qu'on les voie. On doit profiter de tout ce qui peut nous donner un avantage. Apporte-moi un couteau.

— Pour quoi faire ? » Allie était perdue. Maggie avait déjà un flingue.

« Tout de suite. » Sa voix ne laissait aucune place aux hésitations.

Allie retourna en courant dans la cuisine, farfouilla dans les tiroirs et rapporta la lame la plus affûtée qu'elle trouva. Maggie lui arracha le couteau des mains et se mit à découper le rideau d'une fenêtre. Elle y fit trois ou quatre longues entailles, puis passa aux fenêtres suivantes. La lumière des phares pénétrait en fins rayons par les fentes.

« Qu'est-ce que tu fais ? demanda Allie.

— Ils auront du mal à voir les déchirures à cause des plis des rideaux. Et même s'ils les voient, ils pourront pas surveiller toutes les fenêtres en même temps. Ils sauront pas par où on les observe. » Elle leva l'arme. « Ni par où on va tirer.

— Mais d'ici on voit seulement l'avant de la maison, objecta Allie.

— Exact. C'est pour ça que tu vas aller faire la même chose dans la cuisine. Et après tu vas aller dans le couloir et tu vas écouter. Si tu entends une fenêtre grincer, ou un bruit à l'extérieur, tu m'appelles. Tu cries fort. Et une dernière chose. »

Allie s'arrêta au milieu de la pièce.

Maggie épiait par une des fentes. « Quand t'auras fini avec les rideaux, garde le couteau.

— Pourquoi ?

— On sait pas jusqu'où ça va aller. S'ils approchent et si tu as le couteau, tu pourras peut-être t'en servir. Au moins les blesser. »

Allie ne savait pas quoi répondre. Elle se sentait minuscule et pitoyable face à Maggie et à son pragmatisme. Cette femme, qui maniait naturellement des fusils et pensait tout de suite à faire des entailles dans les rideaux, cette femme estimait qu'elle était capable d'une chose pareille, que lorsque le moment viendrait elle n'essaierait plus de se cacher sous le lit. Elle en éprouvait une honte bien pire que tout ce que Hannah Bond avait pu lui infliger.

Maggie tourna la tête. « Tu peux être forte si tu t'autorises à l'être. » Puis elle reprit sa surveillance.

Allie disparut dans la cuisine.

Les voitures s'étaient arrêtées. Trois d'entre elles en éventail devant la façade et les autres à l'arrière. Elles encerclaient la maison, piégeant les occupants à l'intérieur comme un peu plus tôt à la station. Dans l'éclat des phares, tout paraissait éteint. Aucun bruit. Greg espéra qu'elle soit aussi abandonnée qu'elle en avait l'air. Puis il songea à ce que cela signifierait pour lui, et cet espoir s'évapora instantanément.

Des portières s'ouvrirent et des gens sautèrent des pick-up, Greg entendit des mouvements lourds et le froissement des herbes longues. Il regarda alentour en se demandant si on allait lui dire quelque chose, lui donner des instructions, mais non. L'autre homme descendait de la benne.

« Hé », fit Greg.

L'homme s'arrêta, le regarda. Sourire toujours vissé aux lèvres.

« Je vous ai aidés, couina Greg. Je vous ai dit où elle était. Est-ce que… j'ai rien à voir avec ça… est-ce que je peux m'en aller ? »

L'homme lui fit signe d'approcher.

Maggie observait par une des fentes, le canon du fusil collé au rideau.

Allie restait en arrière. La peur était toujours là. Elle n'avait pas diminué. Mais elle paraissait curieusement un peu plus lointaine.

« Allez, bande de merdes, marmonna Maggie. Venez me chercher. »

Sous le comptoir Frank dénicha un vieux chiffon, anciennement beige mais désormais gras et noir. Il en fit une boule, qu'il entoura avec un élastique pour qu'elle reste bien compacte. Il regarda le Zippo dans le creux de sa main. Son cœur cognait et son sang chauffait. Dans un coin de sa tête, une prière tentait de s'imposer, mais il la fit taire parce qu'elle n'allait rien changer à la suite des événements.

Il ouvrit le briquet. Une flamme minuscule apparut. Il la colla au tissu qui prit feu en quelques secondes. Il lança le chiffon par-dessus le comptoir, tira la porte et s'engouffra dans le couloir. Il réussit à se relever à l'instant où le rugissement de l'essence qui s'enflamme et une bourrasque d'air chaud envahissaient la boutique. Il traversa la réserve pendant que, dehors, des cris annonçaient que le feu avait remonté la mare d'essence jusqu'à la pompe.

Il sortit en défonçant la porte de derrière, pendant que les flammes engloutissaient tous les bruits, les cris, le métal arraché et le béton déchiqueté.

Il courut à l'aveugle. Il courut tandis qu'une chaleur infernale calcinait la nuit, et alors l'onde de choc lui percuta le dos et l'envoya voler. Il cria peut-être, mais il n'entendit rien. Il s'écrasa sur le sol, et même la douleur était assourdie. Il voulut reprendre son souffle mais ce qu'il avala lui brûla la gorge. Tout était noir.

Ben alors, t'as flippé ?

La voix de Wayne dans son oreille. Il savait que ce n'était pas réel, mais elle était aussi précise et froide que s'il avait remonté le temps. Et, tout aussi précisément, il s'entendit répondre : « J'ai plus envie de faire ça. »

Il ne pouvait pas leur expliquer. Ils ne comprendraient pas.

« Je peux pas. » Impossible de déterminer si c'était un souvenir ou s'il venait de le dire à voix haute. « Je peux pas. Faut que je rentre chez moi. Faut que je rentre. »

Je veux pas retourner dans le noir, Frankie. Le bush, c'est pas cool la nuit. Et on voit pas sur quoi on tire.

Encore des rires, leurs rires à tous. Électrifiés par le speed, le rhum et l'adrénaline de la chasse. Pupilles dilatées, paupières tombantes. Ensuite il y avait eu les coups de feu, la fuite et la nuit infinie tout autour de lui, sans la moindre lumière pour le guider.

Plus tard, il s'était dit qu'ils avaient seulement voulu lui faire peur. Mais il était loin d'en être sûr.

Frank.

Ce n'était pas Wayne.

« Frank ! »

Dans ses oreilles, le crépitement de l'incendie. La chaleur le plaquait au sol. Il ouvrit les yeux. L'herbe. La station. *Allie*.

Il y avait des mains sous lui, qui essayaient de le relever. Il tenta de se mettre debout, tomba, puis réussit. Il voyait flou. Devant lui, Delilah prononçait des mots qu'il n'entendait pas et ne comprenait pas.

Derrière lui, des flammes grimpaient vers le ciel dans les ruines de la station. L'arrière, encore à peu près intact, laissait voir le feu par les fenêtres brisées, un feu qui commençait déjà à s'apaiser car il ne restait plus rien pour l'alimenter.

« Qu'est-ce que vous avez fait ? » demanda Delilah.

Frank déglutit. Sentit un goût de sang. Il voulut avancer mais dut s'arrêter, sa tête le lançait et ses idées étaient confuses. Son champ de vision se précisa, mais restait flou sur les côtés.

« Frank ?

— J'ai fait sauter la station. » Sa voix était lointaine et détachée. Il inspira lentement, grimaçant quand la fumée âcre lui brûla les narines. « Passez-moi le flingue.

— Ils n'étaient pas là. Il n'y avait personne. » Delilah lui tendit l'arme.

Frank s'en doutait. Il leva l'arme et partit vers la droite, contournant la boutique. Sa démarche était hasardeuse. Il n'était pas certain de pouvoir viser convenablement s'il voyait quelqu'un. Mais ça n'avait pas d'importance. Il voulait vérifier.

L'avant de la station n'était plus qu'un cratère fumant. Le béton avait été arraché quand les citernes avaient explosé. Il distingua avec peine les restes du comptoir derrière lequel il s'était caché, coquille noire dans les décombres carbonisés, tordus, éventrés de ce qui avait été son gagne-pain. De petits foyers continuaient à flamber, projetant une lumière jaune et vacillante sur les gravats. La chaleur était insoutenable.

Mais ce n'était pas la boutique qui intéressait Frank.

Au milieu des crevasses et des trous, là où se trouvaient autrefois les pompes, il y avait le squelette de cinq véhicules : la camionnette de Charlie et Delilah, la voiture de Greg et, à en juger par leur forme, trois pick-up.

Seulement trois.

Leurs assaillants étaient bien plus nombreux que ça.

Greg fut mené jusqu'à deux personnes qui surveillaient la maison, dissimulées entre un fourgon et un pick-up. L'une des deux, un grand homme mince, se retourna en les entendant approcher. Il avait les cheveux courts et le front lourd. Un couteau à la ceinture et un fusil entre les mains. La femme qui l'accompagnait était petite, avec des cheveux gris et fins qui lui tombaient aux épaules, et de grosses poches sous ses yeux caves. Elle était vêtue d'un jean et d'un sweat-shirt délavé et serrait une cigarette entre ses dents. Elle n'eut pas un regard pour Greg. Elle n'avait d'yeux que pour la maison.

« C'est quoi, ce que tu m'apportes, Mal ? demanda le grand type.

— Il s'est échappé de la station, Trent. C'est lui qui nous a dit où est la fille. »

Trent examina Greg. « Citadin ? »

Greg fit oui de la tête.

« Je me disais bien que j'avais senti une odeur de pisse. »

Mal laissa échapper un gloussement aigu.

« Je vous… je vous ai renseignés, dit Greg. À propos de la fille. »

Tous l'entendirent en même temps : un fracas à faire trembler la terre qui ne pouvait être qu'une explosion. Ils se retournèrent. De hautes flammes dansaient au loin.

« Dommage pour le vieux qui voulait jouer au héros », dit Trent.

Greg tâcha de ne pas penser à Delilah ni à l'homme qui avait pointé un revolver sur lui. « Je vous ai donné ce que vous vouliez. »

Trent recommença à observer la maison, la carabine sur l'épaule.

« On devrait y aller. » C'était la femme. « Même si cette pute est encore en vie, on est plus nombreux.

— Elle est en vie, dit Trent. Sinon, Reg serait sorti quand on est arrivés. Apparemment, la petite Maggie sait encore se défendre.

— Je vous ai donné l'information », geignit Greg sans pouvoir s'en empêcher.

Trent fut sur lui en un instant, une main autour de son cou, le visage collé au sien. « Tu m'as donné que dalle, gronda-t-il. Tu m'as donné trop peu et trop tard. Si t'étais sorti dès le début, j'aurais pas perdu un de mes amis. Donc, là, je crois que je te dois rien du tout. En fait, je crois même que tu devrais t'estimer très chanceux que je te fasse pas éclater la tête. Je crois que tu devrais me dire merci. »

Greg était trop terrifié pour répondre.

« Alors ? fit Trent.

— Merci », marmonna Greg.

Une dernière pression, brève mais forte, et Trent l'envoya valdinguer.

« Tu bouges pas d'ici. Tu peux encore nous servir. On sait jamais. »

Greg se releva en chancelant. Il avait du mal à respirer. Son soulagement se mêlait de confusion.

« Peut-être que Reg est en vie mais blessé, dit la femme.

— Dans le même état que Steve, tu veux dire ?

— Steve a dû la provoquer. Il a dû... » Sa voix se fêla.

« C'est possible, dit Trent. Reg est plus malin que Steve. C'est pas dur d'être plus malin que Steve.

— Attention à ce que tu dis, cracha la femme.

— Parce que c'est pas vrai, Janice ? » Trent paraissait presque s'ennuyer. « Je t'avais prévenue. J'avais prévenu Kev. Je vous avais dit que ça se terminerait mal si c'était lui qui menait la chasse. Parce qu'on arrête pas la chasse tant qu'elle est pas finie. Jamais. Mais Steve a trouvé quelque chose qui brillait et il a voulu nous le ramener pour faire le malin. Et regarde où ça nous a menés. La petite mignonne a buté ton fils et ses connards de copains et c'est à nous de nettoyer les dégâts. » La fureur perçait dans sa voix, vive et difficilement contenue. Il souffla. « Allez, c'est bon. Ce qu'il faut, c'est qu'on ait une idée plus précise de ce qu'on a en face de nous. » Il se tourna vers Mal. « Va voir à l'arrière de la maison.

— Reste dans l'ombre, continua Trent. Va rejoindre les gars qui surveillent la porte. Quand t'y seras, trouve une pierre et balance-la dans une fenêtre.

— Compris. » Mal disparut dans la nuit.

« Qu'est-ce que tu fais ? demanda Janice.

— On sait pas si y a du monde avec la fille. Si elle a dix mecs qui couvrent toutes les fenêtres, on va passer une sale nuit. Si elle est toute seule, ben. » Haussement d'épaules. « Ça change la donne. On pète une fenêtre et on voit comment elle réagit. Ça va nous dire ce qu'on a besoin de savoir. »

Il leva une main. Un murmure parcourut l'air tiède, rapidement suivi par le silence. Il baissa son fusil et s'avança à la limite de la lumière des phares. Autour, les silhouettes se mirent en position sans que Trent ait besoin de parler. Il ferma le poing.

Le silence était pesant.

Alors, faible et étouffé par la maison, on entendit un bruit de verre brisé.

Maggie se concentrait sur la douleur. Elle lui offrait toute son attention, la laissait mordre, brûler et exiger. Parce que c'était la douleur qui la maintenait en éveil et en vie. Elle était consciente de la situation. Elle avait entendu la détonation, elle avait senti la terre trembler et elle avait assuré à Allie que ce n'était certainement rien, en sachant pertinemment qu'elle lui mentait. L'énergie apportée par l'adrénaline refluait et le sommeil menaçait, l'assaillait de plus en plus violemment, faisait tomber ses paupières et ramollissait ses pensées. Mais chaque fois la douleur – vivante, bouillante – la tirait de sa torpeur.

« Qu'est-ce qu'ils font ? » demanda Allie, à la porte du salon.

Maggie n'avait pas de réponse, mais les yeux d'Allie, brillant de peur, étaient une autre bouée à quoi se raccrocher. Une autre raison de rester alerte et de se battre même si elle doutait d'en être encore capable.

Soudain le bruit retentit, bien trop fort ; l'impact d'une pierre dans une vitre, suivi du carillon des éclats de verre tombant sur le sol. Maggie se redressa – la douleur fusa –, puis une intuition, une prise de conscience, une idée encore informe traversa son esprit embrumé.

« À terre ! » cria-t-elle à Allie.

Elle tira deux balles à travers les rideaux.

D'un pas chancelant, elle prit dans le couloir en dépassant la forme recroquevillée d'Allie. Sa jambe ne la portait plus ; elle eut un mal de chien à lever encore une fois le fusil trop lourd, à charger à tâtons les balles trouvées dans la poche de Steve, et à presser la détente pour tirer dans la porte du fond. Elle toucha le sol à l'instant où les coups de feu envahissaient la maison, faisaient éclater les vitres et exploser le bois. Elle essaya de respirer. S'agenouilla avec effort. Putain, elle était épuisée. Les tirs avaient cessé.

« Maggie. » Dans son dos, la voix d'Allie, effrayée, sourde. « Ils vont venir nous tuer. »

Maggie secoua la tête. En grimaçant, elle recula jusqu'au mur. « Écoute. »

Accroupie à côté d'elle, Allie tendit l'oreille.

« Y a personne dans la maison, dit Maggie. La pierre, c'était pour nous tester. Pour voir d'où on allait tirer. »

La peur dans les yeux d'Allie. Comme dans ceux de Ted. Comme dans ceux de Simon.

« Et maintenant... » Allie déglutit. « Maintenant ils pensent qu'on est plus nombreux.

— Je sais pas ce qu'ils pensent, dit Maggie, mais ils attaquent pas. »

Le rideau qui pendait devant la fenêtre était réduit en lambeaux fumants. Tout était calme. Greg avait un sifflement dans les oreilles et les jambes en bouillie.

« Tu crois qu'on l'a eue ? fit Trent.

— Non », répondit catégoriquement Janice.

Trent étudia l'avant de la maison. Les restes du rideau se balançaient dans la petite brise qui se levait.

Un bruit de course et une respiration chuintante. Mal était de retour, à bout de souffle. « Cette sale pute a tiré dans la porte, dit-il, les mains sur les genoux. Elle a touché le pick-up de Jay. Elle a failli m'avoir.

— Donc ils couvrent les deux entrées, dit Janice à Trent. T'es content ? »

Trent continuait à observer la maison. « À ton avis, il s'est passé combien de temps entre les deux coups de feu ?

— Je sais pas, fit Janice. Quelques secondes. Qu'est-ce que ça change ? Elle est pas toute seule là-dedans.

— Peut-être. Sauf s'il y a un couloir central qui relie l'avant à l'arrière de la baraque. Dans ce cas elle peut couvrir les deux issues.

— Eh ben, t'as qu'à aller voir toi-même, dit Janice. Ça change que dalle. Elle est toujours là-dedans et nous on est dehors. C'est ça, ton plan ? Faire des essais et l'agacer toute la nuit jusqu'à ce que tu saches exactement où elle est ou que les flics débarquent pour voir ce qui se passe ? »

Trent ne tomba pas dans le piège, resta calme et focalisé sur la maison. « Mon plan, c'est de buter tout le monde là-dedans sans qu'on ait de pertes. Sauf si tu préfères que je fasse comme Steve. » Son visage était impassible. Ses yeux lançaient des éclairs. « Quatre, Janice. Des cousins, des oncles, des frères, des amis. Cinq en comptant Reg, parce que je suis pratiquement sûr qu'il est mort. Si t'as envie de chialer en pensant à Steve, pas de souci, mais ça change rien au fait qu'il nous a laissés dans la merde.

— Ben alors bouge-toi le cul au lieu de perdre du temps. »

Ils se toisèrent un moment, puis Trent fit : « OK. On va essayer l'appât. À toi l'honneur. »

Terrorisé, Greg se demanda si c'était de lui qu'ils parlaient.

Janice s'avança. Elle restait derrière le halo des phares, invisible de l'intérieur de la maison.

« T'es encerclée, lança-t-elle d'une voix dure et froide. Tu sais qui je suis ? »

Silence.

« Je m'appelle Janice. Kev, c'était mon mec. Et Steve, c'était mon fils. »

Silence.

« Comme tu veux. On peut t'attendre, on est pas pressés. Et plus on t'attendra, plus ça fera mal, Maggie. »

Aucun mouvement dans la maison.

« Et d'ici là, on va voir ce que ça te fera quand les gens qui ont essayé de te protéger vont y passer à ta place. »

Trent grimpa dans le pick-up le plus proche et enclencha la marche arrière. Greg ne comprenait pas ce qui se passait. Il remarqua que le véhicule de Trent était équipé d'une petite grue à l'arrière, d'où pendait un crochet.

La seule chose qui le rassurait était que, au moins, il n'avait jamais essayé de protéger Maggie.

Delilah s'agrippait à Frank sur le quad qui rebondissait dans les herbes. Garé loin derrière la station, il avait échappé à l'explosion. Delilah craignait que le bruit du moteur les trahisse, mais plus ils approchaient et plus elle comprenait que personne ne se souciait d'eux.

Vue du monticule sur lequel ils se trouvaient, la maison apparaissait submergée de lumière, cernée par des véhicules qui braquaient leurs phares sur elle. Malgré la distance, ils entendaient les grondements et les vrombissements des moteurs, bientôt noyés sous une rafale de coups de feu.

« Chier », souffla Frank.

Il ralentit. Ils étaient à quelques centaines de mètres, et malgré leur position surélevée ils ne voyaient pas grand-chose.

Frank se prit la tête entre les mains. Delilah n'avait pas besoin de voir son visage pour savoir à quoi il pensait.

« Elle est vivante, dit-elle. Sinon ils ne tireraient pas sur la maison. »

Frank recommença à accélérer.

« Attendez, fit Delilah en lui serrant le bras. On peut essayer de faire diversion, mais on est sûrs de tous y rester. Faut qu'on soit plus malins. »

Frank se retourna vers elle. L'obscurité ne suffisait pas à cacher l'épuisement sur les traits de la jeune fille. « Et du coup, vous avez une meilleure idée ? »

Delilah allait répondre quand son regard fut attiré par quelque chose. Elle descendit du quad et fit quelques pas dans les herbes hautes, en croisant les doigts pour que ce ne soit pas ce qu'elle croyait. Pour que ce soit une erreur et que la panique qui enflait dans sa poitrine soit infondée.

Un des pick-up s'était détaché du cercle et reculait dans la lumière. Lentement, parce que quelqu'un marchait juste devant.

« Non, murmura Delilah. Non. »

C'était lui. Ses vêtements, ses cheveux. Il titubait et avait les mains attachées. Et…

Comme un coup de poing dans le ventre. Elle recula.

Au-dessus de la tête de Charlie, une petite grue fixée à l'arrière du véhicule. De cette grue pendait une corde. Qui était attachée autour de son cou.

« Non », fit Delilah, plus fort.

Derrière elle, Frank lui plaqua une main sur la bouche.

« Malins, dit-il. On doit être malins. »

Delilah le mordit.

Frank recula en jurant. Delilah se mit à courir. Elle criait quelque chose, elle ne savait pas quoi. Aucune importance. Elle devait les arrêter. Elle trébucha, tomba. Une pierre lui écorcha les mains, la terre la piqua. Elle se releva. Plus près, pas encore assez. Elle vit des têtes pivoter à son approche, mais elle s'en fichait. Elle ne pensait qu'à Charlie, si près. Il se tourna vers elle. Ils l'avaient tabassé, il était couvert de sang, le visage contusionné.

Il cria : « Delilah ! »

Et d'un coup la grue se leva, la corde se tendit et Charlie fut arraché du sol. Ses cris cessèrent net.

Elle n'était plus qu'à quelques mètres, mais des mains l'agrippaient de tous les côtés, la forçaient à s'agenouiller. Elle griffa un visage. Donna des coups de pied. Mordit à l'aveugle et sentit de la peau et du muscle. Elle mordit plus fort, il y eut un cri, un goût de sang, et puis on la frappa. Elle vacilla, sonnée. Elle voyait encore Charlie et elle l'appela. De toutes ses forces, elle lutta contre les monstres qui l'immobilisaient, contre les cordes avec lesquelles ils la ligotaient, des monstres d'autant plus horribles qu'ils paraissaient si humains – le garçon avec des cicatrices d'acné, l'homme âgé au chapeau, celui qui mâchouillait sa cigarette sans cligner des yeux. Plus rien n'avait d'importance.

« Quand on l'a trouvé, il courait vers la station. » Une voix de femme au milieu des véhicules. « Il t'a abandonnée, Maggie. On a à peine eu besoin de le chatouiller pour qu'il nous raconte tout. Comment il t'a aidée. Juste quelques coups, et il nous a *suppliés* de te prendre. De lui laisser la vie sauve, à lui et à sa chérie. Mais ils vont jamais s'en aller d'ici, Maggie. Et c'est ta faute. »

Un tissu répugnant enfoncé dans la bouche de Delilah pour l'empêcher de crier. Un ronronnement mécanique provenant du pick-up. La grue monta encore plus haut. Charlie se tortillait et cherchait de l'air. Il avait la bouche ouverte, le visage écarlate, les yeux prêts à jaillir de leurs orbites.

« Regarde bien, Maggie, cria la femme. Regarde comme il se balance. Le gentil garçon qui t'a soignée. »

Charlie se démenait avec une énergie futile.

« C'est ta dernière chance. Si tu sors, on l'achève. Il t'a sauvée. Tu lui dois bien ça. »

Rien ne bougeait dans la maison.

La respiration de Charlie n'était plus qu'un sifflement atroce. Ses yeux avaient roulé sous ses paupières.

« S'il vous plaît ! » voulut crier Delilah, mais elle ne put émettre qu'une plainte étouffée. Elle ne savait pas à qui elle s'adressait et ça n'avait aucune importance. À quelqu'un qui pouvait mettre un terme à ça. Qui pouvait sauver son Charlie. Ils n'avaient qu'à la prendre à la place. Lui faire ce qu'ils voulaient. Mais pas à Charlie…

« Dernière chance ! » lança la femme.

Toujours aucun bruit dans la maison.

Après une dernière convulsion, Charlie cessa de bouger. Son corps oscillait lentement dans la brise.

Vidée de toutes ses forces, Delilah s'effondra, rattrapée par les hommes qui l'entouraient. Elle ne pouvait détacher son regard de Charlie.

Un homme vint coller son visage au sien. « *God Save the Queen*, hein ? Parce que, tu vois, même Dieu aurait pas pu sauver ton petit merdeux. »

18

Quand Delilah s'était mise à courir, Frank s'était précipité sur le quad. Il avait aperçu les silhouettes qui arrivaient. Et elles l'avaient forcément vu. Il fallait qu'il s'éloigne. Qu'il trouve un moyen de sauver Allie.

Il bondit sur la selle et mit les gaz. Le moteur toussa. Frank jura. *Pas maintenant*. Les hommes arrivaient. Il distinguait leurs armes. Derrière eux, Delilah était traînée vers les voitures. Mais ces trois-là étaient là pour lui. Et le moteur qui ne se lançait pas.

Frank mit pied à terre et courut.

Le claquement d'un coup de feu. Une balle siffla près de son oreille.

Il se jeta au sol, atterrit sur les avant-bras et roula sur le dos. Au-dessus de lui, les étoiles, bordées par les herbes qui remuaient. Derrière lui, les pas qui ralentissaient, les hommes se mettaient à marcher. Frank savait qu'ils allaient uniquement voir de l'herbe dans toutes les directions, haute et agitée par le vent. Ils ne devineraient jamais où il était.

Il n'avait plus que six balles. Autant de signaux qui les attireraient vers lui. Et plus il attendait…

Il roula sur le ventre. Il y avait un creux juste devant. Il rampa en tirant sur ses bras et se laissa tomber au milieu des touffes de plantes épineuses qui réussissaient à percer malgré la terre dure comme la pierre. À genoux, il retrouva l'endroit par où il était arrivé. Il fit le vide.

Ils ont attaqué ma maison. Menacé ma petite-fille. Essayé de me brûler vif.

Des pas, tout près.

Frank se dressa d'un coup. Il percuta l'abdomen de l'homme et le tira vers lui. Un cri, qui s'étrangla lorsque Frank referma sa main gauche sur la gorge de l'homme en le plaquant au sol. Ils atterrirent en même temps. Frank prit son arme par le canon et l'abattit sur le visage de l'autre, fort, jusqu'à ce que quelque chose cède. Il entendit un os craquer, et l'homme cessa de se débattre.

Frank guetta les bruits de ses autres assaillants. Le sang était poisseux sur ses mains. Il en avait aussi sur le visage.

Ses yeux se posèrent sur la jambe de l'homme. Sur le couteau de chasse qui y était attaché.

Frank attrapa le manche et commença à dégainer le poignard, quand il entendit bouger au-dessus de lui, à quelques mètres. Il eut tout juste le temps d'esquiver le coup de feu ; l'homme était arrivé en rampant à la manière d'un commando, exactement comme Frank l'avait fait. Par pur instinct, il bondit sur ses pieds et courut vers le bruit. Il entendit un nouveau coup de feu, mais ne sentit pas d'impact.

L'homme allongé dans l'herbe leva son fusil mais Frank envoya sa botte dans le canon et dévia le tir. Emporté par son arme, l'homme exposa l'avant de son corps. Le pied de Frank vint s'écraser sur son diaphragme. L'homme eut le souffle coupé. Il était jeune. Il y avait de la peur dans ses yeux. Frank plongea le couteau dans sa poitrine.

Le garçon mit longtemps à mourir. Frank avait espéré toucher son cœur, mais ses cris rauques et les bulles de sang dans sa gorge lui indiquèrent qu'il avait perforé un poumon. Frank serra le manche du couteau et se força à croiser le regard du garçon en se rappelant qu'il était prêt à le tuer. En se rappelant qu'il *méritait* ce qui lui arrivait. Il retira le couteau d'un coup sec, puis frappa encore, en visant le cœur. Ses mains étaient complètement rouges. Ses vêtements détrempés et collants. Il faillit se relever, se souvint que c'était une mauvaise idée. Il restait encore un homme, quelque part.

Il s'immobilisa, écouta la nuit. Il entendit des cris en provenance de la maison.

Il fallait qu'il y retourne.

Devant, un mouvement dans l'herbe.

L'homme se jeta sur lui. Frank leva le couteau, mais l'autre était rapide. Il attrapa le poignet de Frank et le rabattit vers le sol en entraînant Frank avec lui. Un coup de poing le cueillit à la tempe. Sa vision se brouilla. Le poing cogna encore, et encore. Frank ne savait plus où il était. Il ne tenait plus le couteau. Une main lui enserrait le cou. Quelque part au fond de lui, il savait qu'il avait eu un flingue. Mais il ne l'avait plus.

Allie, dans la maison.

Il leva les mains, trouva les côtés de la tête de l'homme. Ses pouces glissèrent jusqu'aux yeux et appuyèrent. L'homme hurla. Frank poussa plus fort et une nouvelle giclée de sang éclaboussa ses mains. Ensuite, il enfourcha son ennemi aveuglé, et même s'il ne voyait pas ce qu'il faisait il pouvait encore sentir, et ce qu'il sentait c'était son poing qui martelait le visage de l'homme.

Greg s'efforçait de ne pas regarder le corps suspendu à l'arrière du pick-up qui reculait dans l'obscurité. Mais il ne savait pas quoi regarder d'autre. Il songea à courir en direction de la station. Ils étaient distraits. Il n'aurait probablement pas de meilleure occasion de s'enfuir.

Delilah avait été appuyée contre un pick-up, un peu à l'écart, pieds et poings liés. Ses yeux horrifiés et injectés de sang n'avaient pas quitté Charlie une seule seconde. Elle était bâillonnée par un chiffon sale. Greg était tenté de le lui retirer, mais il n'osait pas.

Il sursauta quand Trent passa devant lui. L'homme vint se camper devant Delilah, les mains sur les hanches, et la toisa de toute sa hauteur. Le regard de la jeune femme restait rivé au corps de Charlie.

« Il s'est passé quoi à la station ? » demanda Trent.

Delilah ne réagit pas. Trent s'agenouilla et arracha le chiffon. Elle toussa, cracha, mais n'accorda toujours pas un regard à Trent. L'autre l'étudia. Renifla. « Essence brûlée. Donc, toi et le vieux, vous avez foutu le feu à la baraque, c'est ça ? *Boum.* » Il claqua des mains juste devant le visage de Delilah. Elle ne broncha pas. Trent saisit une poignée de cheveux qu'il enroula dans sa main. Elle poussa un cri de douleur. Trent colla son visage au sien. « C'est bien ça qui s'est passé ? »

Delilah le regarda un long moment. Elle avait dans les yeux quelque chose d'indéchiffrable. Ce n'était peut-être rien. Greg espérait simplement qu'elle n'avait pas une idée stupide dans la tête.

« Détachez-le », dit-elle enfin. Sa voix était creuse.

« Nan, fit Trent. T'es pas en position de donner les ordres. Ni d'exiger quoi que ce soit. La seule chose qui me retient de t'arracher la gorge avec mes mains, c'est que t'as des choses à me dire. Alors vas-y, je t'écoute.

— Détachez-le », répéta Delilah.

Greg jeta un coup d'œil par-dessus son épaule. Le pick-up avait fini son demi-tour. Le corps de Charlie n'était plus qu'une forme dans la nuit. Greg se sentit soulagé de ne plus le voir, et s'en voulut aussitôt.

« Écoute, fit Trent. Ça va être simple, parce que j'en ai ras le cul de tourner autour du pot. Tu vas mourir cette nuit. Tout ce bordel est allé beaucoup trop loin, et vous allez tous mourir. C'est comme ça que ça va se passer à partir de maintenant. Mais ce que tu peux encore décider – et je te conseille de bien m'écouter parce que c'est la dernière fleur qu'on te fait –, c'est comment on va te tuer. Je peux te coller une balle dans la tête tout de suite et t'envoyer rejoindre ton copain. Un éclair, et ensuite c'est le noir. Ça peut se passer comme ça si tu fais ce que je te dis. »

Delilah ne bougea pas, ne dit rien.

« Ou bien, reprit Trent, on peut s'amuser un peu plus. On peut te ramener chez nous. Te planter un crochet dans l'épaule et te laisser te vider de ton sang dans la remise. On sait exactement où l'enfoncer pour couper les tendons. Tu pourras pas te libérer. Mais tu resteras *longtemps* en vie. Tu resteras longtemps en vie et nous, on s'amusera bien. Tu seras à nous. On pourra te faire tout ce qu'on voudra. Moi, je te casserai les doigts. Un par un. » Il agita les doigts devant les yeux de Delilah. « Toutes tes articulations. Avec une pause entre chaque, évidemment. Le temps que la douleur se calme. Avec la douleur, ça sert à rien d'en rajouter. Et après, une fois que tous tes doigts seront tordus et cassés, je commencerai à découper des morceaux. D'accord, c'est une menace qui marche mieux sur les mecs, mais l'avantage quand on est pas pressé, c'est qu'on a tout le temps d'inventer des trucs. Et je m'en priverai pas. Je peux être très imaginatif quand je m'y mets. »

Silence. Greg avait l'impression que tout en lui s'était évaporé, ne laissant qu'une enveloppe vide.

« Détachez-le, dit Delilah.

— Toi, quand t'as une idée dans la tête, tu l'as pas ailleurs, hein ? fit Trent en se levant. D'accord. Je respecte ça. » Il se tourna. « Les gars. Descendez le Rosbif. »

Il y eut de l'agitation autour de la forme sans vie qui peu avant était Charlie. Son corps fut descendu au milieu d'un groupe de gens. Pendant que Greg les regardait faire, il eut tout à coup un goût amer dans la bouche, l'envie d'agir, de faire n'importe quoi pour mettre fin à ce cauchemar, mais alors des hululements réjouis s'élevèrent et un des plus jeunes se détacha du groupe en portant dans ses bras une chose qu'il jeta sur les cuisses de Delilah. Des rires comme des lames rouillées envahirent la nuit.

Greg se couvrit les oreilles pour ne pas entendre les cris de la jeune fille. Elle essaya de se lever, se débattit dans ses liens, les yeux écarquillés et rivés à ceux, sans vie, de la tête coupée de Charlie.

Frank se détacha du mort. Sa respiration était courte et hachée. Il n'entendait pas ce qui se passait autour de la maison. Il n'arrivait plus à bouger. Jamais il ne s'était senti aussi fatigué.

Allie. Concentre-toi sur Allie.

Mais ses pensées lui échappèrent et repartirent vers une clairière plongée dans le noir, uniquement éclairée par le faisceau ridicule d'une lampe torche. En son centre, une forme tressaillait et gémissait, une forme couchée dans une flaque de sang qui s'élargissait. Frank s'approcha, fusil braqué. Un cerf. Un gros. Il baissa son arme. Il l'avait touché au flanc. Au moment où il posa la main sur son couteau, l'animal tordit le cou vers lui.

Frank en resta pétrifié. Le cerf planta son œil dans celui de Frank pendant que sa bouche inondée de sang cherchait en vain à aspirer de l'air. Et puis à nouveau ce son, cette plainte sourde, désespérée, perplexe, d'un animal qui ne comprenait pas pourquoi cela lui arrivait, ni même qu'il allait mourir, mais qui savait, par sa peur, sa douleur et son incapacité subite à bouger, que quelque chose de mauvais était en train de lui arriver. Et c'était Frank qui en était responsable.

Il avait lâché le fusil. Son cœur s'était mis à battre plus vite. Il était tombé à genoux. La tête du cerf s'était affaissée, mais l'animal continuait à le regarder. Frank aurait presque préféré voir une accusation dans son œil.

Frank toucha sa tête. Quelques secondes plus tôt, il avait pressé la détente et poussé un cri de victoire en entendant la chute de l'animal. Il s'était approché dans l'obscurité, prêt à raconter à Wayne et aux autres ce qu'il avait tué. Prêt à se soûler avant de s'écrouler dans sa tente. Il rentrerait le lendemain quand ça lui chanterait, et Amber pourrait râler autant qu'elle voudrait.

Il souleva la tête du cerf. Elle pesait lourd. Un poids mort, même si l'animal bougeait encore faiblement. Il posa la tête sur ses cuisses. Il avait les larmes aux yeux. À quand remontait la dernière fois qu'il avait pleuré ? Il en avait souvent eu envie. Père à dix-sept ans, il avait perdu tous ses vieux copains, qui étaient partis pendant qu'il restait coincé dans un bled qu'il détestait, en compagnie d'une fille avec qui il avait eu une amourette de vacances et d'un fils jamais désiré. Alors, la rage. La rage qui l'avait poussé à blesser les autres pour essayer de se sentir moins mal. Le cerf mourut entre ses mains et il s'autorisa à pleurer.

Tout à coup, très loin de là, à des années de là, il entendit des cris.

Un grand type sortait de l'obscurité entre les voitures. Il tenait une carabine à lunette. Il dominait tout le monde, même Trent. Il était chauve et ses yeux étaient enfoncés dans son visage ridé. Greg se dit qu'il paraissait trop vieux pour être là. Mais le torse musclé que l'on devinait sous sa chemise signalait le contraire.

Trent laissa Delilah, prostrée sur la tête de Charlie. « Mick. Tu veux bien faire un truc pour moi ? »

Le grand type, Mick, ne répondit pas. Il attendait.

Du menton, Trent indiqua les hautes herbes derrière lui. « Le vieux a foutu le camp. Des gars sont partis le chercher, mais ils sont pas revenus. Y a des chances que cet enfoiré les ait eus. Je peux pas être sur tous les fronts.

Je veux que tu le trouves et que tu m'apportes sa tête. Faut qu'on fasse sortir la pute de la maison, qu'on bute la gamine et qu'on soit rentrés avant le lever du jour. Et t'es le seul à qui je fais confiance pour pas tout foirer royalement. »

Mick se mit en mouvement. Trent le retint.

« Baisse-toi, dit-il. Avance en regardant par ta lunette. Si tu vois quelque chose bouger, tu tires. Et si tu peux, démerde-toi pour qu'il souffre.

– C'est pas toi qui vas m'apprendre ce que j'ai à faire, Trent », grommela Mick.

Et il disparut dans les hautes herbes.

Trent claqua des doigts pour attirer l'attention d'un des jeunes, puis il lui désigna Delilah. « Éloigne-la de ma vue. Je vais voir si on peut en faire quelque chose. Sinon, elle est à toi. »

Frank s'assit, lentement. Les cris s'étaient tus. Il continuait à penser à Allie. Au moins, les cris ne venaient pas de la maison, mais c'était un maigre soulagement.

Il retrouva le pistolet et le couteau. Il se concentra pour se relever. Il avait l'impression de sortir d'un hachoir à viande. L'adrénaline refluait et tout son corps lui ordonnait de se rallonger, de fermer les yeux et de se laisser dériver jusqu'à un endroit où rien de tout ça n'existait plus. Sauf que tout ça existait bel et bien, et il était obligé de l'admettre, même si c'était difficile. Il fallait qu'il retourne vers la maison. Qu'il protège sa petite-fille jusqu'à son dernier souffle. C'était sa mission.

Il se redressa et s'accroupit. La maison était loin, seulement visible grâce aux phares des véhicules. Il avait l'élément de surprise avec lui et ce n'était pas rien. Il se leva.

Il tomba avant même de sentir l'impact et d'entendre la détonation. Il était sur le ventre. La balle l'avait projeté au sol. Ensuite il y eut la douleur, qui irradiait de son épaule gauche, un incendie empêchant toute réflexion rationnelle. Il essaya de bouger, mais c'était trop. *Chier.* Il roula sur le dos. Il haletait, la douleur avait expulsé tout l'air de son corps. Le chaud alternait avec le froid. Il jeta un coup d'œil à son épaule. Il ne vit pas le point d'entrée de la balle, il y avait trop de sang. Il avait lâché le pistolet et le couteau. Pendant qu'il tentait de s'asseoir, une forme emplit le ciel au-dessus de lui. Un homme, équipé d'une carabine de chasse. *Wayne*.

« Je pensais que ça serait plus difficile. »

Pas Wayne. La voix était grave, lente, posée. Âgée. L'homme s'accroupit. Ses yeux sombres considérèrent le corps de Frank, l'évaluèrent.

« T'as été bon. » Aucune inflexion, il exposait simplement des faits. « T'as tué plusieurs gars à nous. Probablement plus que la fille. Mais Trent, c'est Trent. Quand il a une cible dans le viseur, y a rien qui le fait changer d'avis. » Il s'approcha encore un peu. Il y avait quelque chose de presque clinique dans son regard. « C'est douloureux ? »

Ça l'était. Frank n'allait pas dire le contraire.

L'homme plongea un doigt dans la blessure.

Frank hurla. L'espace d'un instant, tout devint blanc.

« C'est ce que je pensais. » L'homme retira son doigt. « Elle a traversé. C'est le choc qui te tuera. » Il avança un objet devant les yeux de Frank. Un long couteau à lame recourbée. « Dans d'autres circonstances, je prendrais mon temps. Mais là on est pressés. Donc je vais te couper la tête et la rapporter à Trent. » Il posa le tranchant de la lame sur la gorge de Frank. « C'est un peu dommage. Vu comment tu t'es démerdé, tu t'intégrerais parfaitement. T'as su exactement ce qu'il fallait faire. Et comment t'y prendre. T'as gâché ta vie ici alors que t'aurais pu trouver une famille chez nous. »

Il attrapa Frank par le cou et le tira sèchement vers le haut. Frank ne le sentit même pas. Sa main droite, tendue en avant, atterrit sur quelque chose de dur.

L'homme planta son regard dans le sien. Pressa la lame un peu plus fort. La peau de Frank se fendit.

« T'aurais mieux fait de nous donner Maggie quand tu le pouvais encore », dit l'homme.

Les doigts de Frank se refermèrent sur le manche du couteau.

« Parce que maintenant, ta petite-fille va cramer avec elle. »

Frank frappa et le couteau s'enfonça dans la tempe de l'homme. Il écarquilla les yeux. Ouvrit la bouche. Un bruit étrange et étranglé en sortit.

Frank poussa sur le couteau. Le sang jaillit.

« Non. » Sa voix avait retrouvé sa fermeté.

Il retira le couteau. L'homme s'effondra sur l'herbe.

Frank se releva et s'éloigna en chancelant. Il ramassa son pistolet. Il laissa la carabine où elle était, il n'aurait pas eu la force de la porter. Il se retourna une dernière fois vers l'homme, encore agité par quelques soubresauts. Dans sa tête, le rire s'était tu.

19

Le mur était criblé de balles. Recroquevillée contre le canapé, Allie essayait de les compter. Par endroits, les impacts étaient si proches qu'ils formaient de grands trous calcinés. Impossible de dire combien de balles il y avait. Elle lança un coup d'œil en direction de Maggie. La jeune femme était assise sous la fenêtre, dos contre le mur, sa jambe blessée tendue devant elle, le fusil entre les mains.

« Ils voulaient m'appâter, dit Maggie. Voir d'où je tirais. Si j'allais essayer de couper la corde… » Elle secoua la tête. « Je vise trop mal pour ça.

— Moi, j'ai l'impression que ça va. »

Maggie la regarda. « T'aurais préféré que je prenne le risque et que je te laisse seule ici ?

— Tu m'as sauvé la vie. Tu… je m'étais cachée sous le lit. T'es arrivée et tu l'as tué. T'es la personne la plus courageuse que je connaisse. Ils te font même pas peur. »

Maggie la considéra un long moment. Lorsqu'elle répondit, sa voix s'était radoucie. « J'ai jamais eu aussi peur de ma vie. »

Allie fut prise de court. Le courage et la fureur de Maggie étaient devenues deux choses auxquelles elle se raccrochait, un espoir né de la présence de cette personne qui la protégeait et qui allait les garder en vie jusqu'au matin. Si Maggie était aussi terrifiée qu'elle, si elle n'était en réalité qu'une fille salement blessée qui savait se servir d'un fusil de chasse, alors cet espoir s'évanouissait.

« Mais j'ai pas l'intention de le leur montrer », reprit Maggie.

Allie leva les yeux.

« Ils *veulent* que j'aie peur. Ils savent comment les proies se comportent quand elles ont peur. Et eux, ils se nourrissent de cette peur. Ça leur donne l'impression d'être puissants. D'être des dieux. Je suis sûre que c'est plus addictif qu'une drogue. » Maggie raffermit sa prise sur le fusil. « Tu sais, c'est pas la première fois que je me retrouve dans une situation de merde. Et je vais tout faire pour survivre. Mais si j'y arrive pas, le minimum – le strict minimum –, c'est de pas leur montrer à quel point je flippe.

— C'est qui, ces gens ? demanda Allie après un moment de silence.

— Aucune idée, fit Maggie. Je voyageais avec quelqu'un, on a pris un chemin, et on est tombés sur eux. C'était pas ce que je cherchais. Pas le genre de personnes que j'avais l'intention de croiser dans ma vie. Ils vivent dans un trou isolé qui a été oublié assez longtemps pour mal tourner.

— Ils ont plus que mal tourné, non ? »

Maggie acquiesça. Elle pencha la tête, leva les yeux au plafond. « Tu veux mon avis ? Ça devait être un ancien élevage de moutons, un gros. Ou un camp de mineurs. Le filon s'est tari, les gens ont arrêté de venir. Ceux qui vivaient là depuis longtemps avaient nulle part où aller. Vu que le reste du monde avait oublié qu'ils existaient, ils pouvaient aussi bien oublier le reste du monde. Et après... Difficile à dire. Peut-être une bagarre qui a dégénéré. Il y a eu un mort. Ils se sont rendu compte que personne allait faire appliquer la loi. Donc ils s'en sont chargés eux-mêmes. Et ils y ont pris goût. Et ensuite c'est devenu la norme. » Son regard revint sur Allie. « C'est une vieille blague. Tu prends tous les pires criminels du monde, tu les mets sur une île et tu les abandonnes pendant cent ans. Tu sais ce qu'ils vont te dire quand tu vas revenir ? »

Allie n'en avait aucune idée.

Maggie sourit. « Moi non plus, mais je te parie qu'ils auront l'accent australien. »

Ils avaient laissé Delilah derrière un pick-up. Elle était toujours attachée, mais ce n'était plus vraiment nécessaire. Allongée sur le flanc, elle regardait dans le vide.

Greg avait envie de lui parler, mais il ne savait pas quoi lui dire et restait donc planté comme un idiot. Pas loin de là, Trent s'entretenait à voix basse avec Janice et une autre femme.

« Je m'en branle de ton avis, Rhonda, raillait Janice. On s'en va pas tant qu'on a pas chopé cette pute. Et elle, on va prendre tout notre temps pour la finir. »

Manifestement, tout le monde avait plus ou moins oublié Greg, mais il soupçonnait que ça n'allait pas durer. Soit ils allaient donner l'assaut, soit ils allaient tenter d'attirer Maggie à l'extérieur. Et, même en sachant qu'il serait vain de l'utiliser comme appât, il ne faisait aucun doute qu'ils allaient essayer.

Pendant que Trent et les deux femmes continuaient à se disputer, Greg se rapprocha lentement de Delilah et s'accroupit dans l'ombre de la voiture. Elle ne parut pas sentir sa présence. Il lui toucha l'épaule. Pas de réaction.

Il chuchota : « Delilah. »

Pas de mouvement.

« Je suis désolé. Je suis désolé pour… pour tout ça.

— Il était infirmier, dit calmement Delilah. Il voulait seulement aider les gens. C'est à cause de ça qu'il est mort. Parce qu'il a essayé d'aider. »

Greg s'approcha encore un peu. À voix basse, il dit : « Ce sont de vrais démons. Il faut qu'on s'en aille d'ici. »

Pas de réponse.

« Personne fait attention à nous, insista Greg. Ils sont occupés par la maison. Si on… si on s'enfuit maintenant, on a une chance d'atteindre la route avant qu'ils s'en aperçoivent. On n'est pas leur priorité. On pourrait appeler la police. On pourrait aider les autres. »

Delilah tourna la tête vers lui.

« Delilah. »

Elle hocha la tête.

Une sensation dangereusement proche de l'espoir réchauffa son ventre. Il se pencha sur elle et entreprit de défaire ses liens. Les nœuds étaient serrés et ses mains moites, mais, après quelques essais, deux ou trois minutes plus tard, la jeune femme était libre.

Elle s'assit, se massa les poignets.

« OK, fit Greg. On y va.

— Et on aide les autres ?

— Oui. Mais avant il faut…

— C'est pour ça ? »

Greg fronça les sourcils. « Pour ça que quoi ?

— Que vous êtes parti. Que vous leur avez parlé de la maison. C'était pour essayer d'aider ?

— Je… On parlera de ça plus tard, bafouilla Greg, gêné.

— Ils auraient jamais trouvé Charlie si vous les aviez pas envoyés ici. » Une froideur nouvelle était apparue dans sa voix.

« C'est pas… Delilah, il faut que vous… »

Tout se passa très vite. Delilah attrapa la corde qui l'entravait quelques secondes plus tôt. Greg était trop surpris pour réagir, et quelques instants plus tard Delilah avait enroulé la corde autour de son cou et serrait. Il essaya de se libérer, mais elle serra plus fort. Les yeux de Delilah, morts et vides, étaient ce qu'il avait vu de pire de toute sa vie.

Elle serra encore plus fort.

Greg sentit ses mains faiblir. Sa poitrine le brûlait. Il tenta en vain d'aspirer de l'air, et chaque fois la douleur empirait, lui donnant presque envie d'abandonner, de se laisser glisser.

Soudain, au loin, des applaudissements.

« Ça suffit, ma belle, arrête ça. »

Le visage de Delilah fut arraché au champ de vision de Greg. Il put à nouveau respirer. Il remplit ses poumons, toussa, se frotta le cou. Se redressa.

Une jeune femme tirait Delilah par les cheveux. Elle devait avoir dix-huit ou dix-neuf ans. Elle portait un tee-shirt trop grand et un jean déchiré. Une épaisse tignasse blonde masquait presque entièrement ses traits pâles.

« Lâche-moi, salope », grogna Delilah.

La fille la projeta sur le côté et Delilah alla s'écraser par terre.

« Vous êtes pas des lumières, tous les deux, dit-elle. J'étais assise juste au-dessus, dans la benne. J'ai tout entendu. C'était marrant. Je l'aurais bien laissée te tuer, mon gros, mais je pense pas que Trent aurait apprécié. »

Delilah essaya de se relever. La fille lui expédia sa botte dans le visage.

« Gentil cochon », dit tranquillement la fille. Puis elle se tourna vers Greg. « Alors comme ça on voulait filer en douce ? Ça va pas être possible. T'as choisi de te rendre. Ça veut dire que tu nous appartiens. On revient pas sur ce genre de marché.

— Y a pas eu de marché, protesta Greg. J'ai rien à voir avec tout ça. Laissez-moi partir et je dirai rien à personne. »

Derrière son rideau de cheveux, la fille souriait. « Exactement comme tous les autres. Tu crois vraiment qu'on va te faire confiance ? Là, c'est la peur qui parle, mais d'ici quelques jours ton côté bon Samaritain reprendra le dessus. Et ça, pour nous, c'est un problème. Tiens, regarde. » Du doigt, elle montra Delilah, à quatre pattes et le visage en sang. « On a pendu son copain. Ça l'a un peu énervée. Je la comprends, hein. Parce que la pute qui est dans la maison, elle a buté mon Steve. Je peux pas laisser passer ça. Donc tu vois, je sais ce que c'est. Et si notre amie ici présente promet de rien dire à personne, est-ce qu'on doit la croire ? »

Greg ne répondit rien.

Delilah s'était hissée sur les genoux et tentait de respirer malgré son nez cassé.

La fille se pencha derrière elle. Tout en douceur, elle prit la tête de Delilah entre ses mains. Lentement, presque avec tendresse, elle fit glisser une main sur sa joue pendant que l'autre allait caresser son cou.

« Alors ? susurra la fille. Est-ce qu'on doit te faire confiance ?

— Tu vas crever, fit Delilah, les dents serrées. Ça, tu peux le croire. »

Le sourire de la fille s'élargit lorsqu'elle brisa le cou de Delilah.

Frank ignorait quelle quantité de sang il avait perdue. Ses idées se défilaient mais il était certain d'une chose : il ne pouvait pas rejoindre la maison en ligne droite. Connaissant les risques, il avait décrit un long arc de cercle, courbé dans les herbes, jusqu'à l'arrière de l'habitation. Il avait bandé son épaule comme il avait pu, au moyen d'un vieux chiffon trouvé sous la selle du quad qui ne démarrait plus. Les nœuds étaient au mieux rudimentaires et se desserraient sans arrêt.

La douleur avait reflué. Il ne savait pas trop quoi en penser. Cela signifiait peut-être qu'il avait perdu beaucoup de sang. Et c'était en soi une bonne raison d'accélérer. Plusieurs fois il avait senti ses doigts lâcher le pistolet et avait dû raffermir sa prise et lever l'arme, afin de rester en alerte. Mais peu après sa concentration recommençait à décliner. Des idées parasites dansaient dans son esprit, entre raillerie et jubilation. Combien d'hommes avait-il tués cette nuit ? Et combien encore avant que le soleil ne se lève ? D'ailleurs, à ce stade, verrait-il le soleil se lever ? Le voulait-il seulement ?

La réponse à ces dernières questions était simple, malgré les nuages qui obstruaient son cerveau. Il connaîtrait le même sort qu'Allie. Il n'imaginait pas appeler son fils pour lui annoncer qu'il l'avait perdue.

Droit devant lui apparut l'arrière de la maison. Et aussi deux véhicules garés en V, éclairant la porte. Il s'arrêta et s'accroupit, manquant de basculer en avant. Il distinguait deux silhouettes entre les véhicules, deux hommes qui surveillaient la baraque. Il pouvait y en avoir d'autres dans les voitures, mais ils mettraient un moment à en sortir. Plusieurs autres véhicules étaient stationnés sur les côtés et devaient sans doute se concentrer sur les fenêtres, guetter des signes de vie. S'ils n'avaient pas encore donné l'assaut, c'est uniquement parce qu'ils ne savaient pas d'où pouvaient venir les tirs. Au moins, c'était un petit soulagement : il y avait quelqu'un dans la maison – ce qui signifiait qu'Allie y était probablement aussi.

Il devait se rapprocher au maximum avant de tirer. Le bruit attirerait les hommes des côtés, qui seraient sur lui en quelques secondes. Il essaya de bouger le bras gauche, la douleur lui fit serrer les dents. Le poids de l'arme le déséquilibrait. Il allait lui falloir de la chance pour toucher ses deux cibles. Pas question de traîner : plus il attendait, plus il serait handicapé.

Il avança, toujours accroupi. Il essayait de ne pas faire de bruit, mais c'était peine perdue avec ses blessures. Tant pis. Il se redressa, à peine. Les deux silhouettes étaient plus nettes ; des hommes, selon toute probabilité. Il en visa un. Son bras tremblait. *Chier.* Il ralentit, s'arrêta. Il n'était qu'à quelques mètres. Un tir facile. Il se concentra.

L'homme se retourna.

Frank tira.

Il le toucha au cou. Avec un gémissement étranglé, l'homme tomba en arrière. L'autre pivota et Frank tira. La balle alla se planter dans la maison. L'autre commença à lever son fusil. Frank tira encore, deux fois. Il le toucha au ventre, le projetant contre sa voiture.

Frank se mit à courir. Ses grognements de douleur et les cris qu'il entendait n'avaient aucune importance. Ça ne servait plus à rien d'être discret. Il courut entre les voitures, dépassa les blessés qui bougeaient encore, avala les marches du perron en béton et, alors que des coups de feu éclataient de tous les côtés, il poussa la porte, plongea et s'écrasa au sol en repoussant le battant derrière lui.

20

Allie entendit la porte du fond qui s'ouvrait brusquement, suivie par des coups de feu. Déjà debout et le fusil en main, Maggie courait vers le couloir. Allie la suivait ; elle savait que c'était terminé, ils étaient entrés et…

Elle vit le corps étendu à plat ventre dans le couloir. Elle vit le sang. Maggie mit en joue.

« Non ! » cria Allie.

Le souffle court, Frank se traînait avec un bras. Il y avait un pistolet par terre à côté de lui. Allie courut jusqu'à son grand-père, le retourna sur le dos et, avec difficulté, l'aida à s'asseoir.

« La porte », croassa Frank.

Maggie était déjà en position devant la porte, fusil levé. Mais il n'y avait plus de bruit. Les tirs avaient cessé.

Allie remarqua que la chemise de Frank était en lambeaux et imbibée de sang.

« Emmène-le au salon, dit Maggie sans quitter la porte des yeux. La trousse de secours est là-bas. Vous avez été touché ?

— Ouais », dit Frank en essayant vainement de se lever. Allie passa le bras valide de son grand-père sur son épaule et réussit à le soutenir malgré son poids. En coordonnant leurs mouvements, ils parvinrent à se mettre debout.

« La balle ? demanda Maggie.

— Ressortie de l'autre côté, dit Frank.

— Bien. »

Allie et Frank clopinèrent vers le salon. Une nouvelle terreur enflait dans la poitrine d'Allie. *Si Frank meurt…*

« Je vais bien, dit ce dernier comme s'il lisait dans ses pensées. À peu près. »

Allie le guida jusqu'au canapé.

« Toi, tu as l'air d'aller bien, dit-il.

— Elle m'a sauvée. Y a un homme qui est entré mais elle l'a tué. »

Frank ne répondit rien. Allie se dépêcha de chercher les pansements. Frank commença à arracher les chiffons imbibés de sang qui lui bandaient l'épaule, puis il retira difficilement ce qui restait de sa chemise.

Maggie arriva en boitant, le pistolet de Frank coincé sous le bras. Elle tenait le fusil dans une main et, dans l'autre, un verre d'eau. Elle tendit le verre à Frank et posa le pistolet à côté de lui. « Vous êtes encore capable de tirer ?

— J'y suis arrivé pour venir jusqu'ici, mais je vais devoir me contenter du pistolet. »

Allie revint, les bras chargés de bandages. Elle hésita en voyant le trou qu'avait laissé la balle, mais elle se ressaisit rapidement, s'agenouilla et commença à panser l'épaule de Frank.

« Serre bien, dit Maggie. Vas-y franchement.

— Facile à dire, dit Frank avec une grimace. La jambe, comment ça va ?

— Ça va, merci. Écoutez, ils vont pas tarder à en avoir marre. Ils veulent que j'aie une mort lente, mais…

— Ils ont perdu trop d'hommes. » Les rideaux déchirés se balançaient doucement dans la brise. Le vent ne leur apportait l'écho d'aucune voix. Quoi que les autres fassent dehors, ils le faisaient en silence et ça ne rassurait pas du tout Frank.

« Alors, qu'est-ce qu'on a comme possibilités ? demanda Maggie.

— Pas grand-chose, répondit Frank. S'ils décident de dire au revoir à la prudence et de donner l'assaut, on est foutus.

— Et ça, ils vont le faire avant le lever du jour. Ils vont pas risquer que la police s'en mêle. »

Allie, qui entamait la deuxième épaisseur de bandages, avait l'impression d'entendre deux généraux discuter un plan de bataille.

« J'imagine qu'ils couvrent toutes les sorties ? demanda Maggie.

— Presque, dit Frank après un temps de réflexion.

— Presque ?

— Il y a une cave. Je ne m'en sers presque jamais, mais elle donne sur le côté de la maison. Par une trappe, presque invisible si on ne sait pas qu'elle est là. De l'extérieur, on dirait un carré d'herbe sèche. Je ne l'ai pas ouverte depuis des années.

— Ça, dit Maggie, ça aurait pu être utile de le savoir avant. » Elle lança un regard noir à Allie, qui fit une moue d'impuissance. Elle en ignorait totalement l'existence.

« Pas sûr, dit Frank. Elle ne débouche pas très loin. Elle nous fera sortir en plein dans leur ligne de mire. Ou bien juste en dessous d'eux. Aucun intérêt d'arriver par surprise si c'est pour se faire réduire en bouillie.

— Non, mais c'est un point de départ, dit Maggie. OK. Il faut qu'on réfléchisse. Qu'est-ce qu'on a à disposition et comment est-ce qu'on peut s'en servir ? »

Le corps de Delilah s'écrasa au sol, son cou abominablement tordu.

La blonde était si mince qu'elle en paraissait presque fragile. Incapable de faire ce que Greg venait de la voir faire. « Mais c'est quoi, votre problème ? » Il entendit les larmes dans sa voix et s'en voulut.

« Notre problème ? Regarde-toi dans une glace, mon vieux. T'es un *homme*. »

Elle le gifla. Les oreilles de Greg sifflèrent, sa joue le piquait. La fille lui chopa le cou et colla son visage contre le sien. « Un *homme*. Un homme, ça pleurniche pas, ça se pisse pas dessus et ça chiale pas comme une tafiole. Tu m'étonnes que le pays parte en couille quand on voit comment vous êtes dans les villes.

— Moi, au moins, je tue pas des gens, parvint seulement à dire Greg.

— Des petits cochons qui couinent et qui sont incapables d'assurer leur sécurité et celle de leurs proches. En se débarrassant des petites merdes comme toi, on rend service au monde.

— Et Maggie ? J'ai l'impression qu'elle se débrouille bien, elle. »

La fille se tut. Greg se prépara au pire. Une partie de lui, chaque seconde plus importante, voulait qu'elle le fasse. Qu'elle en finisse.

« Les chasseurs, ils se contentent pas de tuer les cochons, finit par dire la fille. Ils tuent aussi les dingos. »

Greg inspira fort et s'efforça de maîtriser le tremblement de sa voix. « Pas si le dingo vous tue en premier. »

L'entrée du sous-sol se trouvait dans le couloir, sous un tapis. Allie et Maggie le roulèrent. Frank, le bras gauche dans une écharpe improvisée, lança la clé à Maggie ; la jeune femme déverrouilla la trappe et ils la soulevèrent tous les trois. Immédiatement, une odeur de poussière et de moisi sauta au nez de Frank. Il alluma sa lampe torche en la gardant basse, de sorte qu'elle n'éclaire que le sous-sol, et la tendit à Maggie.

« Passez en premier, dit-il. Je vais être plus lent. »

En faisant attention à sa jambe, Maggie s'engagea dans l'escalier du sous-sol.

« Tu veux bien rester ici le temps qu'on voie ce qu'on a là-dessous ? » demanda Frank à Allie.

Elle n'était pas rassurée, mais elle acquiesça.

« Si tu entends quelque chose, n'importe quoi, tu cries et on arrive, ajouta Frank.

— Est-ce qu'on va s'en sortir ? »

Frank la considéra un long moment. Il avait envie de lui dire que tout allait bien se passer, qu'il avait un plan. Il se borna à lui serrer l'épaule. « On va essayer. Jusqu'ici on s'en tire pas mal. »

Allie tenta un sourire.

Frank descendit les vieilles marches poussiéreuses, qui craquèrent sous son poids. Il y avait des années qu'il n'était pas venu. Partout, des piles de cartons. Une seule ampoule au plafond. Sur sa gauche, l'issue qui débouchait à l'extérieur. Il refusa d'y penser. Ça ne servait à rien pour le moment. Lampe torche en main, Maggie inspectait le désordre. Elle s'arrêta devant un carton. Frank le reconnut et la honte lui retourna le ventre. Il vit Maggie en sortir la bouteille de whisky, puis se tourner vers lui.

C'était idiot, ce besoin soudain de se défendre. Idiot vu la situation, et vu que Maggie ignorait tout de son passé, et aussi des nuits dans ce sous-sol à fixer cette bouteille en se demandant s'il allait enfin craquer. Ces fois où, incapable de fermer l'œil, il pensait à la brûlure de l'alcool et à la détente qui suivrait immédiatement, une idée si douce qu'elle lui donnait envie de pleurer.

« Beaucoup de poussière. » Maggie remit la bouteille à sa place.

Frank opina.

« Ça fait longtemps ?

— Depuis que je suis arrivé ici. »

Elle le regarda encore une seconde, puis elle continua à fouiller les cartons.

« Ça m'étonnerait qu'on trouve quelque chose d'utile ici, dit Frank. Toutes les armes étaient à la station.

— Vous avez besoin de beaucoup d'armes par ici ? demanda Maggie.

— Manifestement oui.

— À part cette nuit, je veux dire. » Elle se tourna vers lui. « Vous avez déjà eu à vous en servir ?

— J'aime bien me sentir en sécurité. »

Un voile de tristesse ou de colère, ou un mélange des deux, se posa sur le visage de Maggie, et Frank fut frappé par sa jeunesse. Elle ne devait pas avoir plus de vingt-cinq ans. L'absence d'émotion dans ses yeux empêchait d'estimer plus précisément son âge.

« Qu'est-ce que vous faites dans le coin ? demanda Frank. Pourquoi vous ne vouliez pas qu'on appelle la police ?

— J'étais en plein délire. Je savais pas ce que je disais.

— Sauf que c'est la seule chose que vous avez dite. »

Dans le noir, il distinguait mal son visage. « Je suis désolée. Désolée d'avoir amené ce bordel chez vous. Je voulais vraiment pas... Je suis désolée. Putain. Je voulais pas que ça arrive.

— Comme ça on est deux, dit Frank. Mais, pour ce que ça vaut, je ne pense pas que ce soit le genre de situation qu'on provoque exprès.

— Ça change rien. J'aurais dû accepter pour les secours. »

Elle ne disait pas tout. Frank le devinait à l'inclinaison de ses épaules, à sa manière de garder le visage bas et dans l'ombre. Il songea que, malgré sa maigreur, elle n'était pas fragile. Ce qu'elle portait en elle était aussi lourd que tout ce qui avait pesé sur lui.

« Le problème avec la culpabilité, dit Frank, c'est qu'elle a ses limites. L'important, c'est ce qu'on décide d'en faire. Sinon, c'est une émotion inutile. »

Maggie leva la tête, à peine.

« C'est qui, ces gens ? demanda Frank. Qu'est-ce qu'ils vous veulent ? »

C'était la question au centre de tous les événements de la nuit, mais Frank fut surpris par son insignifiance. Savoir le pourquoi n'allait rien changer. Cela étant, s'il devait mourir, il préférait en connaître la raison.

« Ils font des chasses à l'homme. » Cette fois, elle le regardait en face. Dans la faible lumière de l'ampoule, son visage était fait d'ombres et de lignes dures. « Pour le plaisir. Toute la ville participe. »

Frank s'appuya au mur. « Putain de merde.

— Ouais. »

Maintenant qu'il savait, tout cela lui paraissait absurde. Cette révélation confirmait tout ce qu'il avait vu, mais c'était une réalité trop invraisemblable, lointaine et épouvantable pour se résoudre à l'accepter.

« Je voyageais avec un mec, Simon. » Sa voix flancha en prononçant son prénom. « Ils l'ont tué. J'ai essayé de m'enfuir. Ils ont cherché à m'en empêcher. J'ai dû en tuer quatre pour m'échapper. » Elle énumérait une simple liste de faits, rien de plus.

« Et ils vous en veulent.

— Ouais, je crois qu'ils ont pas capté l'ironie du truc. Mais hésitez pas à le leur faire remarquer, si vous avez l'occasion. » Son sourire était faible, épuisé.

La poitrine de Frank se serra. Cette fille… si jeune, si esquintée, et pourtant si forte. Cette fille qui s'était évadée de l'enfer, avait failli y laisser la vie et s'était relevée pour se battre, avait protégé Allie et se tenait maintenant à leurs côtés, jusqu'au bout. Il se fichait de savoir ce qu'elle cachait et ce qu'elle fuyait. L'important était que, même si elle avait traversé des horreurs auxquelles personne n'était préparé, elle ne baissait pas les bras. Et ça, pour Frank, c'était une lueur d'espoir au cœur de la nuit.

« Je suis désolée, dit Maggie. Même si ça sert plus à grand-chose, au point où on en est.

— Vous savez quoi, je vous pardonne si vous tuez encore quatre de ces tarés.

— Va falloir en tuer beaucoup plus que ça si on veut voir le soleil se lever.

— Si vous êtes partante, je le suis aussi.

— Tout va bien ? fit Allie, au rez-de-chaussée, d'une voix minuscule et effrayée.

— Ça va, dit Frank. On remonte dans une seconde. »

Maggie soupira et tourna la tête vers la sortie. « Si on déboule et qu'on les attaque…

— Ils seront sur nous en une seconde. Ils sont encore beaucoup plus nombreux que nous.

— On va peut-être devoir prendre le risque de sortir.

— C'est trop dangereux.

— Mais je vois pas d'autre solution. »

Frank secoua la tête. « C'est pas parce qu'on la voit pas qu'on a pas d'autre solution.

— Alors OK, je vous écoute. »

La fille positionna sa main sur le cou de Greg, quand…

« Je peux savoir ce que tu fous ? »

Elle le lâcha brusquement et se releva.

Derrière Greg, Trent, accompagné par Janice, regardait la fille, puis le corps immobile de Delilah.

« Tiens, Trent, dit la fille. J'ai pensé que… »

Le poing de Trent la réduisit au silence. Elle recula en chancelant, trébucha sur le corps de Delilah et bascula en arrière.

« Pauvre conne, cracha Trent. Elle aurait pu nous servir. »

La fille se redressa. Aucune trace de douleur sur son visage. Elle montra les dents, du sang plein la bouche. « À quoi ? Le dernier otage a servi à que dalle.

— J'avais dit de pas y toucher. C'est moi qui donne les ordres, Kate.

— Ah ouais ? » Kate se releva d'un bond, s'essuya la bouche avec le dos de la main. « C'est marrant, moi j'ai plutôt l'impression que c'est Janice qui te tient par les couilles.

— Tu me cherches ? fit Trent. T'es bien placée pour savoir que c'est une idée de merde.

— L'idée de merde, c'est d'essayer de l'attirer dehors en butant des otages alors qu'elle en a rien à branler. Et pendant ce temps, elle tue des gens à nous. Il faut qu'on se *bouge*. »

Trent regarda ailleurs, l'air renfrogné. « On va le faire. On va foutre le feu à cette baraque et danser en l'écoutant crier. »

Kate leva un sourcil. Elle se tourna vers Janice. « Et ça te suffit ? »

Janice ne dit rien.

« Parce qu'elle va en chier, ça c'est clair, mais après ce qu'elle a fait à Steve et aux autres, moi je veux *voir* qu'elle en chie.

— On a pas toujours ce qu'on veut, dit Trent. C'est comme ça, point final.

— Nan, fit Kate. Je crois pas.

— T'as envie de cramer avec eux ? Tu vas les rejoindre dans le feu si tu la boucles pas.

— Ou sinon tu peux m'écouter, répliqua Kate. Y a mieux à faire. Plus malin. Le vieux qui est là-dedans, il a un point faible. Et les points faibles, ça peut rendre les gens très gentils quand on sait où appuyer. Assez gentils pour nous donner ce qu'on demande. »

C'était le type de silence qui ne peut que précéder une action. Alors ils attendirent. Maggie dans le salon, assise sous une des trois fenêtres avec le fusil. Allie blottie dans la cuisine, serrant le couteau à sa ceinture. Et Frank, debout dans le couloir, surveillant la porte du fond, pistolet armé. L'éclat des phares s'infiltrait par toutes les fentes, comme un monstre prêt à entrer.

La douleur palpitait dans l'épaule de Frank. Il se sentait faible et fragile, mais un peu mieux qu'auparavant. Même si c'était dérisoire. Il avait toujours la même terreur nauséeuse au creux du ventre ; la conscience qu'une nouvelle attaque était pour bientôt et qu'il ne savait pas à quoi s'attendre. Il jeta un coup d'œil par-dessus son épaule, puis il alla dans la cuisine.

Allie était près de la table sur laquelle il avait servi le petit déjeuner ce matin-là. Le bol vide était toujours là, intact.

« Tu n'as rien mangé, dit Frank.

— J'aime pas les céréales. »

Frank haussa un sourcil. « Oh. Ton père m'avait dit que…

— Papa sait rien de moi. » Un silence. « Ils vont divorcer. Papa et maman. »

Malgré tout ce qui s'était passé, Frank fut pris de court par cette nouvelle. « J'en avais aucune idée. »

Allie haussa les épaules. « En fait, je suis pas non plus censée le savoir. Mais je suis pas débile. C'est pour ça qu'ils m'ont envoyée ici. »

Nick était venu déposer Allie alors que Frank avait proposé de venir la chercher. C'était la première fois qu'ils se voyaient en presque dix ans. Frank n'avait pas su quoi dire ; Nick ne téléphonait même pas régulièrement. Mais son fils était entré dans la boutique et s'était extasié sur la décoration, là où Frank ne voyait que de la tristesse et du renfermé, et regrettait de ne pas avoir fait le grand ménage qu'il avait programmé un mois plus tôt. Quand ils s'étaient assis sur le banc à l'extérieur, Frank s'était senti minable. Il avait à peine écouté Nick, qui, d'une voix hésitante, sans cesser de regarder ses mains, lui avait expliqué combien il appréciait le geste de Frank car cette distance leur ferait du bien à tous. Pas une seconde Frank n'avait imaginé que son fils avait peut-être autre chose à lui dire. Une chose justifiant qu'il se soit coltiné toute la route jusqu'ici.

« Fait chier, murmura Frank.

— Quoi ? fit Allie.

— Il n'a pas réussi à me l'annoncer. » Frank se passa une main dans les cheveux. « Mais c'est normal. Je lui avais dit de ne pas se marier, quand il était jeune. Et il ne m'a pas écouté. Remarque, pourquoi est-ce qu'il m'aurait écouté ? Il m'a répondu qu'il ne ferait pas les mêmes erreurs que moi. Résultat des courses, il n'arrive même pas à me demander de l'aide. Parce qu'il ne veut pas que je pense qu'on se ressemble, tous les deux. Tête de mule. »

Allie le fixa plusieurs longues secondes. « Qu'est-ce qui s'est passé ? Pourquoi ils veulent même pas me parler de toi ? »

Frank songea à une ou deux fausses excuses, mais à quoi bon. À présent, au moins, il pouvait être honnête.

« Je n'ai pas été un bon père. J'avais dix-sept ans quand ta grand-mère est tombée enceinte. Ça ne m'a pas empêché de réaliser des grands projets ni rien, mais d'un coup mon avenir a arrêté d'être une page blanche et il s'est transformé en journées de boulot pour payer le loyer, et en soirées avec un gamin qui braille et une femme qui me déteste. Et, tu sais, ta grand-mère, Amber... Ce n'était pas non plus une sainte, mais elle valait beaucoup, beaucoup mieux que moi. » Il regarda un instant vers la fenêtre, plongé dans ses souvenirs. « Quand on est enfant, on a toute la vie devant soi. Généralement, il faut un moment pour se rendre compte que les portes se ferment les unes après les autres. Mais, pour nous, ça s'est fait comme ça. » Un claquement de doigts. « Et quand tu t'en rends compte, c'est trop tard, tu ne peux plus rien faire. Comme je refusais d'être le genre de père qui abandonne sa famille, je suis devenu quelque chose de pire. Parce que même si je savais, une partie de moi... » Il ne parvint pas à aller plus loin.

Allie lui prit la main. Frank la retira. Il ne méritait pas qu'elle le réconforte, pas maintenant. Mais il s'obligea à la regarder et, malgré la honte, à ne pas baisser les yeux.

« Une partie de moi haïssait ma famille. »

Ni surprise ni rejet sur le visage d'Allie. Elle attendait la suite.

« J'ai fait tout ce que j'ai pu pour me le cacher. Je me suis entouré de gars qui n'aimaient rien dans la vie à part se soûler et chasser. Pour moi, c'était une façon de m'évader, et surtout de… je sais pas… d'expulser toute la colère dont je ne savais pas quoi faire. Sauf que la haine, le seul moyen de s'en débarrasser c'est de la laisser s'envoler, et ça peut être très difficile. Impossible.

— Alors comment t'as fait ? demanda Allie.

— J'ai… J'ai essayé plein de choses. Même si ça ne servait à rien.

— Comment ça, à rien ? »

La bouteille, en bas, dans le noir.

« Chaque fois que j'essayais de me réconcilier avec ta grand-mère, elle croyait que j'avais une idée derrière la tête. Donc j'ai arrêté. Je me suis installé ici. Je me disais que, si je m'isolais, si je mettais mes idées au clair, si je prouvais que j'essayais de m'améliorer et que j'étais de bonne foi, alors peut-être… » Allie prit encore sa main. Cette fois il ne la retira pas. « Et quand j'ai fini de faire toutes ces choses, elle était déjà malade.

— T'as pensé à le dire à papa ? À lui raconter tout ça ? »

Frank fit non de la tête.

« Tu devrais peut-être. »

Il s'essuya les yeux avec le dos de la main. Allie vint le prendre dans ses bras. Frank la serra contre lui, enfouit son visage dans ses cheveux.

« T'es revenu me chercher, dit Allie. T'aurais pu partir, mais t'es revenu. »

Tout doucement, Frank la recula juste assez pour que leurs regards se croisent. « On n'abandonne pas la famille, Allie. C'est aussi simple que ça. »

Elle sourit et alors il en eut la certitude : quoi qu'il arrive cette nuit-là, la bouteille au sous-sol ne serait jamais ouverte. Il attira Allie contre lui.

C'est là qu'une voix d'homme, grave et forte, se fit entendre devant la maison.

« Ça suffit comme ça. »

Frank se tourna. Allie le lâcha.

« On tourne en rond, continua la voix. Vous avez tué pas mal de gens à nous. Vous savez que vous êtes en infériorité, et vous savez qu'on peut foutre le feu à la baraque. Mais nous, on a pas envie de ça. Et je parie que vous non plus. Donc on va causer. On va envoyer quelqu'un de chez nous pour parlementer. Avant de nous envoyer chier, jetez un coup d'œil par un des trous que vous avez faits pour nous mater. Si vous lui tirez dessus, pas de négociation, on vous crame direct. »

Sans bruit, Maggie regarda par une des entailles du rideau. Frank vint la rejoindre avec une grimace de douleur.

Une jeune femme se tenait devant le mur de lumière. On aurait pu la prendre pour une adolescente. Maigre, vêtue d'une chemise et d'un jean amples, le visage dissimulé derrière une épaisse masse de cheveux.

« Elle est pas armée », fit la voix.

Comme pour bien le montrer, la fille tourna sur elle-même en écartant les bras.

« Voilà ce qui va se passer. Vous avez cinq minutes pour vous décider. Quand les cinq minutes seront écoulées, vous nous direz oui ou non. Si vous dites rien, on fout le feu. Si vous dites non, on fout le feu. Si vous dites oui, Kate vient parlementer avec vous. Vingt minutes, pas une de plus. Si on entend des coups de feu ou n'importe quoi pendant ce temps, on fout le feu. Vous allez devoir discuter vite et réfléchir encore plus vite. C'est votre seule chance d'en sortir vivants. »

Frank et Maggie se regardèrent.

« Ils accepteront qu'une seule proposition, dit la jeune femme. Vous en êtes conscient. »

Frank ne répondit pas.

« S'ils mettent le feu, on peut aller au sous-sol, reprit Maggie. Sortir par là.

— Ils nous tueront, dit Frank. C'est le même problème qu'avant, sauf qu'on aura un incendie au-dessus de la tête.

— Vous savez bien qu'ils vous tueront dès qu'ils auront mis la main sur moi. Ils envoient la fille uniquement pour vous convaincre de me lâcher, histoire de pouvoir me torturer. Mais quoi qu'il arrive, on est tous morts.

— Ils ne vont pas mettre la main sur vous.

— Alors vous avez pas écouté ce qu'ils viennent de dire. Soit vous me remettez à eux, soit ils foutent le feu. Si vous acceptez de parlementer, ça veut dire que vous y réfléchissez.

— Ça nous fait gagner un peu de temps.

— Du temps qui nous avance pas à grand-chose.

— Tout dépend de ce qu'on en fait », trancha Frank. Par la fenêtre, il cria : « Envoyez-la. »

21

Maggie était campée auprès de Frank, face à la porte, les mains serrées sur le fusil. Elle relâcha un peu sa prise. *Aux aguets, pas crispée*. Prête à ce qui allait arriver.

« J'aime pas ça, chuchota Allie derrière eux.

— Ça va aller, dit Frank. Je te le promets. »

Des mots qu'il risquait de regretter. Mais Maggie n'allait pas les lui reprocher. Il essayait simplement de protéger sa petite-fille, ce qu'il n'aurait pas eu à faire si elle n'avait pas déboulé dans leur vie.

La porte d'entrée s'entrouvrit. Maggie leva le canon. Prête à se jeter dans le piège.

La fille poussa la porte. Là, découpée contre la lumière, elle paraissait incroyablement délicate.

« Entrez, dit Frank. Tout de suite. »

Elle pénétra dans la maison et referma la porte derrière elle. Son regard sauta de Frank à Maggie puis à Allie, avant de revenir sur Frank, qui la tenait en respect.

« Me faites pas de mal, s'il vous plaît, murmura Kate.

— Elle est bonne, celle-là, répondit Frank.

— Vous avez tué beaucoup de gens à nous, dit Kate.

— Parce que vous m'avez attaqué, répliqua Frank. Vous m'avez attaqué chez moi. »

Kate secoua la tête, comme une enfant. « Moi, je voulais pas ! Je… j'ai rien à voir avec tout ça, ils m'ont forcée à les accompagner, et maintenant je suis obligée de… » Elle laissa échapper un sanglot, plaqua une main sur sa bouche comme pour essayer de le ravaler. Elle jeta un coup d'œil en direction de la porte à sa droite. « Je peux m'asseoir ? »

Frank acquiesça. En traînant bizarrement les pieds, sans jamais le quitter du regard, Kate alla jusqu'au canapé du salon. Maggie la suivait de près. Allie resta en arrière, sur le pas de la porte.

Kate s'assit. Prit sa tête entre ses mains. « J'ai pas demandé à être là.

— Vous pouvez toujours vous en aller, dit Frank. Nous, on n'a pas le choix.

— Je peux pas trahir ma famille, dit Kate.

— Ce que je crois, moi, c'est qu'on est jamais obligé de cautionner quand la famille tue pour le plaisir », intervint Maggie.

Kate la fixait.

« On n'a pas beaucoup de temps, dit Frank. Qu'est-ce qu'ils veulent ? »

Kate pointa Maggie du doigt.

« Hors de question, répondit Frank.

— Si vous la leur donnez, ils vous laisseront tranquilles, vous et la petite. Sinon, ils vous brûleront.

— Elle n'a fait que se défendre, dit Frank.

— Elle les a assassinés, rétorqua Kate. Kev, Matty, Kayden. Steve.

— Je me suis enfuie, dit Maggie. Ils ont tué Simon. J'ai trouvé la… » Ces images lui retournaient encore l'estomac. « La *remise*. Où vous entreposez les corps. »

Kate recommença à nier furieusement. « J'y ai jamais mis les pieds. Jamais. Je déteste tout ce qu'ils font. » Elle se leva.

Frank et Maggie la mirent en joue.

Kate leva les deux mains, lentement.

« Ils vous tueront aussi, dit Maggie à Frank. Vous le savez. »

Frank soutint son regard quelques secondes.

« Vous… Donnez-leur la fille », insista Kate, presque implorante. Elle fit un pas vers Frank, puis bifurqua vers la fenêtre, la démarche hésitante. « Je peux pas… Reg, Mal et les autres… c'est mes amis, ma famille, ils sont morts et ça va continuer si vous ne leur donnez pas la fille. S'il vous plaît. Je vous en supplie. »

Les autres la laissèrent parler.

« S'il vous plaît. Je veux pas qu'il y ait encore des morts.

— À part moi, dit Maggie.

— C'est pas moi qui décide », dit Kate. Elle s'écarta des fenêtres, recula vers la porte du couloir. « Je voulais pas qu'on en arrive là. Je vous le jure. Mais si vous dites non, ils vont mettre le feu à la maison et… » Elle se mit à pleurer. « S'il vous plaît. Je veux rentrer chez moi. Je veux juste rentrer chez moi.

— Dites-leur de partir, dit Frank.

— Ils refuseront. » Elle était presque à la porte. « Vous savez bien qu'ils refuseront.

— Ce que je sais, c'est qu'ils vont nous tuer dès qu'ils auront Maggie, dit Frank. J'ai fait autant de morts qu'elle.

— Ils tiendront parole, dit Kate. Je vous le promets.

— Je ne vous crois pas, dit Frank. Maggie reste avec nous. »

En entendant ça, la jeune femme ressentit un mélange de surprise et de gratitude.

« Alors vous savez comment ça va finir, dit Kate.

— Je sais comment vos copains veulent que ça finisse. Et j'ai pas l'intention de leur laisser ce plaisir.

— Sauf que vous avez pas le choix. Parce que maintenant vous avez plus qu'une seule solution. »

Kate était vive. Prenant tout le monde de vitesse, elle bondit dans le couloir et attrapa Allie, mit une main sur son cou et l'autre sur son menton, et la poussa dans le salon. Frank laissa échapper un bruit inhumain. Il tenait Kate dans sa ligne de mire, doigt sur la détente.

Les yeux écarquillés, Allie tremblait de tout son corps.

« Que tout le monde garde son calme, souffla Kate. Un seul coup de feu, un seul bruit louche, et c'est fini pour vous. Vous faites un seul geste, et je brise le cou de cette petite conne. Pareil qu'à l'Angliche dehors.

— Lâchez-la. S'il vous plaît », dit Frank.

Allie se tortilla légèrement, des mouvements saccadés, incertains. Kate resserra sa prise. Les yeux d'Allie trouvèrent ceux de Maggie.

« *S'il vous plaît*, railla Kate. Combien de fois je vous ai dit s'il vous plaît ? Vous avez refusé. Qu'est-ce qui m'empêche de faire comme vous ? Qu'est-ce qui m'empêche de lui faire ce que je veux ?

— Arrêtez », dit Frank.

Il fit un pas en avant. Maggie tendit une main pour l'arrêter. Elle sentit le regard de Frank, sa colère et sa peur, mais elle n'y prêta pas attention. Elle remit sa main sur le fusil. Allie continuait à la fixer. Maggie lui adressa un petit hochement de tête presque imperceptible.

« Je vais pas la tuer. » D'un mouvement de la tête, Kate désigna la porte d'entrée. « À condition que Maggie pose son fusil et sorte. »

Allie ferma les yeux.

« Alors, on rigole moins ? continua Kate. Ça joue les gros bras quand ça a des flingues braqués sur moi, mais maintenant que j'ai la petite on t'entend moins, le vieux. Regarde, Maggie. Regarde-le bien. Regarde sa gueule. Il est prêt à te balancer dehors. Si on lui demandait, il te casserait en deux à mains nues, rien que pour sauver la petite. On abandonne jamais la famille. »

Presque inconsciemment, Maggie sentit le fusil tressaillir entre ses mains.

« C'est ça, fit Kate. Tu sais que je dis la vérité. Tu sais comment ça marche. Alors, Maggie, il se passe quoi maintenant ? Est-ce que tu vas lui mettre une balle, lui casser le crâne comme t'as fait à Steve ? Est-ce que tu vas tous nous faire tuer au lieu de te rendre et d'assumer tes actes ? »

Allie posa une main sur sa taille. Elle lança un nouveau regard à Maggie.

« Laisse partir la petite, dit Maggie.

— Tu rêves. Je vais la garder bien serrée contre moi. C'était comme ça quand j'allais chasser avec Steve, moi je les cassais et lui il les découpait. » Un silence, les yeux plantés dans ceux de Maggie. « Et des fois on baisait dans le sang.

— Tu ferais mieux de laisser partir la petite, Kate.

— Tu vois, salope, c'est ça ton problème. T'apprends jamais rien. T'aurais dû savoir qu'on allait venir te chercher. T'aurais dû savoir que tu pouvais pas nous échapper. Mais t'as quand même essayé et maintenant ça va être mille fois pire. Donc, pour une fois, retiens la leçon. Boucle-la.

— Dernière chance », dit Maggie.

Allie parut convulser. Dans le noir, un bref éclat métallique. Kate hoqueta et recula. Allie se dégagea et courut jusqu'à Frank, le couteau toujours dans la main.

Maggie pointa le fusil sur Kate.

Kate agrippait son ventre avec les deux mains. Elles étaient déjà couvertes de sang. Elle baissa les yeux sur sa blessure, les releva, avança d'un pas et s'écroula.

Allie était comme paralysée. En douceur, Maggie lui prit le couteau ensanglanté.

« Au sous-sol, souffla-t-elle. Vite.

— Vous allez cramer, parvint encore à dire Kate. Vous allez tous cramer.

— Peut-être, dit Maggie. Mais tu vas cramer avec nous. »

Attrapant Allie par le bras, Frank ouvrit la voie. Maggie les suivit aussi vite que sa jambe le lui permettait.

« Elle va crier, dit Frank.

— Pas si elle a envie de vivre », dit Maggie.

Frank souleva la trappe. Avant de descendre, Allie se retourna vers Maggie.

« T'as été super, lui dit la jeune femme en lui caressant la joue. Encore mieux que super. »

Allie avait les yeux pleins de larmes.

« Dépêche-toi », dit Maggie.

Allie descendit la volée de marches.

« À vous, dit Frank.

— C'est la merde avec ma jambe. Passez devant. »

Et, sans lui laisser le temps de protester, elle ajouta : « Allez. »

Frank rejoignit sa petite-fille. Maggie fit d'abord mine de les suivre, mais elle rabattit la trappe sur eux, se laissa tomber à genoux, sortit la clé de sa poche et verrouilla. Quelques coups sourds résonnèrent en dessous, mais rien de plus. Ils ne pouvaient pas prendre le risque de se faire entendre.

Maggie se releva lentement. La douleur avait connu plusieurs accalmies au fil de la nuit, mais elle faisait rage à nouveau. Comme dans les bois.

Maggie se retourna. À l'entrée du couloir, Kate avait réussi à se redresser. Elle s'appuyait contre le mur, les yeux braqués sur Maggie. Ses vêtements étaient trempés de sang.

Maggie ne bougea pas.

Encore un coup sous la trappe, et puis plus rien.

Kate se jeta sur elle.

Assis contre le flanc du pick-up, Greg attendait. Il n'avait plus peur. Il ne ressentait plus rien. Il était vidé. Il avait été stupide. Stupide de fuir tout ce qu'il avait de bien à la maison. Stupide de croire que Keith Echols méritait qu'il gâche sa vie. *Stupide*. Même s'il en sortait vivant, rien ne serait plus jamais comme avant. Pas après ce qu'il avait vu. Ce qu'il avait fait.

Personne ne parlait. Tous les yeux étaient tournés vers la maison. On n'entendait que le ronron des moteurs. Tout le monde attendait un coup de feu, un cri, n'importe quoi qui brise ce silence.

Devant lui, Trent consulta sa montre. « Ça fait presque vingt minutes.

— Attends encore un peu, dit Janice. Kate a les choses en main.

— Non. Je pense pas. Je pense que la pute l'a tuée exactement comme elle a tué Steve, Kev, Reg et les autres. Et je refuse qu'on perde encore du monde à cause d'elle. »

Janice voulut s'approcher, mais il la repoussa. Il cria : « Apportez l'essence. Foutez le feu. On rentre.

— S'il te plaît, Trent, insista Janice. Encore quelques minutes. Juste... »

Ils l'entendirent tous. Du mouvement à l'intérieur. Puis de nouveau le silence tandis que tous les regards se tournaient vers la maison.

La porte s'entrouvrit.

Greg retint son souffle. Il avait envie de se remettre debout, mais ses jambes refusaient d'obéir.

La porte finit de s'ouvrir. Kate sortit dans la lumière.

Des mèches rouges au milieu de sa crinière blonde. Ses vêtements étaient imbibés de sang. Elle tenait un fusil de chasse en travers du torse. Elle s'immobilisa, tituba un instant, puis elle s'avança.

Personne ne vint à son secours.

Un pas, puis un autre.

« Kate ? » fit Janice.

Elle continua à marcher sans répondre. Un pas chancelant après l'autre. Elle dépassa la ligne des phares, s'enfonça dans l'obscurité entre les véhicules. Là elle s'arrêta, s'appuya à la voiture qui faisait face à Greg.

Janice s'approcha d'elle. « Kate. Katie, mon cœur. Tu l'as eue ? T'as buté la pute ? »

Kate ouvrit la portière et monta péniblement à bord.

« Qu'est-ce qu'il y a, Kate ? » Janice se pencha sur elle, et alors le couteau de Kate lui cisailla la gorge.

Janice recula en trébuchant, incrédule, du sang jaillissant de sa blessure. Elle tomba en arrière. Elle essaya de parler mais le sang gargouillait dans sa bouche, et son regard se troubla.

La chevelure de Kate toucha le sol en même temps qu'elle.

Greg eut à peine le temps d'apercevoir son visage. Luisant de sang. Terrible et plein d'une rage froide. Comme sorti du pire de ses cauchemars.

Trent poussa un hurlement. Les coups de feu saturèrent la nuit. La voiture s'éloigna en marche arrière, pied au plancher.

22

Plus rien n'avait d'importance. Ni la vitesse à laquelle elle roulait, ni les coups de feu derrière elle, ni le sang qui la recouvrait intégralement parce qu'elle avait scalpé une fille quelques minutes plus tôt – aussi facile que d'écorcher un lapin – pour enfiler ses cheveux sur son crâne. Plus rien n'avait d'importance parce que la chose qui s'était réveillée au sommet de l'escalier à Melbourne, cette chose qu'elle avait réussi à maintenir à distance jusqu'à son retour dans le bush cette nuit-là, cette chose était sous contrôle. Elle vibrait en elle à la façon d'un puissant courant électrique. Elle vibrait *avec* elle. La chose voulait qu'ils la rattrapent afin de pouvoir les affronter.

Maggie aperçut la route et la carcasse incinérée de la station. Elle donna un brusque coup de volant, la voiture dérapa sur le bitume, elle redressa et accéléra, fila loin de tout ça sous la lumière des étoiles.

Elle vit leurs phares dans le rétroviseur. Elle les vit et elle cria, mais ce n'était pas un cri de peur.

La voiture disparut dans les herbes et tout le monde s'activa en même temps. Trent s'agenouilla près du corps de Janice. Les autres mitraillèrent la voiture qui n'était plus qu'un reflet dans la nuit.

Greg observait l'éventail de cheveux collés par le sang. L'image d'un couteau sciant le crâne de Kate s'incrusta dans son esprit, mais elle ne suscita en lui aucun dégoût. Elle ne suscita rien du tout. Il n'oubliait pas le craquement du cou de Delilah.

Trent se relevait. La violence que Greg avait vue dans ses yeux précédemment n'était rien comparée à ce qu'il y voyait maintenant. Il lui fit signe de monter à l'arrière de son pick-up. Greg faillit refuser, inviter la balle qui mettrait un terme à ce cauchemar. Mais Trent était déjà en train d'ouvrir sa portière et d'aboyer des ordres.

« Gus, Zack, avec moi. Joe, tu crames tout, et tu bouges pas d'ici tant qu'il reste quelque chose. »

Greg fut poussé de force dans la benne par un jeune homme sec et chauve portant un fusil à l'épaule. Il se cala à côté d'un tas de briques. D'autres montèrent à côté de lui, prêts à faire feu. Dans la lumière crue, il voyait des hommes se diriger vers la maison, munis de bidons de kérosène.

Puis les voitures se mirent à reculer et Greg s'accrocha. Le pick-up fit demi-tour et s'élança à la poursuite de Maggie, ballotté dans tous les sens par les cahots du terrain. La peur n'était plus là. Plus vraiment. Greg regarda, au-delà des hommes avec lui dans la benne, au-delà des véhicules qui roulaient avec eux, les murs de la maison qui commençaient à s'embraser.

Dans l'obscurité du sous-sol, Frank attira Allie à lui. Dehors, les tirs et les cris continuaient. Les bruits résonnaient dans sa tête. Quelle quantité de sang avait-il perdue ?

« Qu'est-ce qu'elle a fait ? » chuchota Allie.

Frank n'en savait pas plus qu'elle.

« Pourquoi… pourquoi elle nous a enfermés ? Qu'est-ce qu'elle fait ? »

Frank n'arrivait pas à voir l'autre issue et il n'allait pas risquer d'allumer sa lampe torche. « Soit quelque chose de très bête, soit quelque chose de très intelligent. » Il lâcha Allie et se dirigea au jugé vers la trappe qui donnait sur l'extérieur. Il monta les marches et colla son oreille contre le bois couvert de toiles d'araignée. Les bruits s'éloignaient. Il entendait encore bourdonner des voix qu'il ne comprenait pas, puis elles diminuèrent à leur tour et seul demeura un silence inquiétant. Frank se tourna vers Allie. Elle était une forme vague dans l'obscurité, mais il savait qu'elle aussi le regardait.

« Est-ce qu'ils… est-ce qu'ils sont partis ? » demanda-t-elle.

Frank n'était pas sûr. C'était peut-être une ruse pour les faire sortir. L'absence de bruits de pas à l'extérieur ne signifiait pas grand-chose. Sa poitrine se serra.

« Ils sont partis, reprit Allie, soulagée. Ils sont partis, pas vrai ?

— Je sais pas, dit Frank. Pour le moment on va rester cachés. Il faut qu'on… » Il n'acheva pas sa phrase. Quelque chose n'allait pas. Il lui fallut un instant pour comprendre.

Ce qu'il sentait, c'était une odeur de fumée.

Une balle fit éclater le rétroviseur côté conducteur. Maggie donna un coup de volant. La voiture fit une embardée. De chaque côté, les coups de feu faisaient exploser le bitume. Elle jeta un coup d'œil dans le rétroviseur central. Six phares. Trois véhicules à sa poursuite. Elle estima la distance à deux cents mètres. Impossible d'être plus précise.

Sur le siège passager, son fusil de chasse et un petit bidon de kérosène.

Une balle traversa la lunette arrière, fila si près de son oreille qu'elle en sentit la chaleur, et ressortit par le pare-brise dans un craquement assourdissant. Le verre tint le coup. En plein milieu, le trou et un réseau de fissures. Si le pare-brise cédait, elle était foutue. Le vent serait trop fort et l'empêcherait de conduire – sans parler de la douche d'éclats de verre. Du coin de l'œil, elle regarda la bouteille de kérosène. Évalua son bouchon, sa taille.

Des balles sifflèrent à quelques centimètres de la voiture.

Elle ne pouvait pas accélérer davantage mais elle essaya quand même.

Allie aussi avait compris. Elle recula, paniquée, en murmurant. « Non. Non, non, non… »

Malgré son bras gauche toujours attaché à son torse, Frank courut jusqu'aux marches qui menaient à la trappe côté maison. En s'y engageant, il vit les premières langues de fumée s'infiltrer par les fentes. Au travers du bois, il entendit les craquements des flammes. « Les enfoirés. Putain, les enfoirés.

— Il faut qu'on s'en aille, dit Allie en tirant sur son bras droit. S'il te plaît, il faut qu'on s'en aille. »

Le cœur de Frank battait de plus en plus vite. La fumée lui laissait un goût âcre dans la bouche. Son épaule palpitait de douleur. Il se sentait prêt à s'évanouir.

« On s'en va ! cria Allie.

— Ils sont peut-être encore dehors, répondit Frank. Et là… »

Allie toussa. Elle recula pour s'éloigner de la fumée. La chaleur se refermait sur eux. En moins d'une minute, elle était devenue étouffante. Frank redescendit les marches et rejoignit Allie. Il dégagea le pistolet coincé dans la ceinture de son jean.

Greg s'accrochait comme il pouvait. Ses oreilles sifflaient. Autour de lui, les tirs étaient étouffés et comme distants de plusieurs kilomètres. Ses lèvres articulaient une prière muette, presque inconsciente. Il n'avait jamais cru en aucun dieu, mais il aurait fait n'importe quoi pour sortir de ce pétrin. Pour être loin de là et débarrassé de ces souvenirs.

Maggie fit un nouvel écart et une balle érafla la carrosserie. Elle conservait son avance, mais à ce rythme la voiture ne serait bientôt plus en état de rouler.

Elle tendit la main vers le bidon de kérosène. Le cala entre ses jambes et dévissa le bouchon. L'odeur lui sauta au visage. Une balle se planta dans le coffre.

Elle ouvrit la boîte à gants et fouilla à l'intérieur. Elle trouva un briquet, un vieux Bic. Encore des balles. Viser une cible mouvante quand on est soi-même en mouvement n'est pas une mince affaire, mais il suffisait d'un coup de chance. Elle n'avait pas un instant à perdre.

Une main sur le volant qui partait dans tous les sens, elle attrapa l'ourlet de la chemise de Kate, fourra le tissu dans sa bouche en essayant de ne pas prêter attention au goût du sang, et elle tira un coup sec. Une bande. Pile ce qu'il lui fallait. Elle finit de l'arracher, la plongea dans le bidon et la retira quand elle fut complètement imbibée.

Une nouvelle balle raya le toit. Le métal malmené hurlait et protestait.

Elle laissa pendre la bande de tissu à l'extérieur du bidon et revissa le bouchon. Le volant tira sur la droite. Elle le saisit avec les deux mains et redressa. Une balle lui brûla le sommet de l'épaule. Elle laissa tomber le briquet. D'un coup de volant, elle se remit au milieu de la route, et là un bruit plus fort, plus proche. La voiture partit sur le côté avec un gémissement métallique. Maggie avait du mal à contrôler sa trajectoire. Ils avaient touché un pneu.

Elle ramassa le briquet et l'alluma.

C'était dangereux ; pire, c'était suicidaire. Il suffisait d'un écart, d'une secousse, d'une seconde. Mais elle n'avait pas le droit d'y penser. Elle approcha la flamme du tissu, qui s'enflamma instantanément. Elle lâcha le briquet et, pendant que le feu consumait la bande, elle lança le bidon par la fenêtre à l'instant où un deuxième pneu explosait, envoyant la voiture vers les herbes du bas-côté.

Frank savait suivre son instinct. C'est ce qu'il faisait depuis le début de la nuit. Il pouvait réagir immédiatement à une modification soudaine de la situation. Mais alors que la fumée envahissait le sous-sol et que ses poumons commençaient à se bloquer, il s'arrêta. Il ne pouvait se servir que d'un seul bras, or il aurait besoin de toutes ses forces pour pousser la double trappe de sortie. S'il y avait quelqu'un dehors, cette personne la verrait s'ouvrir et, le temps que Frank puisse lever son arme, Allie et lui seraient morts.

« Ils sont peut-être partis, dit Allie d'une voix étranglée. Ils sont peut-être... » Elle se mit à tousser et ne put finir sa phrase.

« Mais s'ils sont là...

— Faut qu'on prenne le risque, dit-elle en serrant la main de Frank. On va pousser la trappe ensemble. Un de chaque côté. Dès qu'elle sera ouverte, on redescendra en bas des marches. S'ils commencent à tirer, on saura qu'ils sont là.

— Je ne suis même pas sûr qu'elle s'ouvre, dit Frank. Elle est couverte de terre et elle n'a pas bougé depuis des années...

— Faut qu'on essaie quand même. » La pression de sa main, l'urgence dans ses yeux. Frank ne reconnaissait plus la fille maussade et renfermée qui était arrivée quelques semaines plus tôt. Alors il comprit avec une clarté effrayante que, s'il avait été seul, il aurait jeté l'éponge. Il se serait tiré une balle dans le crâne avant que les flammes ou les couteaux ne puissent l'atteindre. Mais s'il avait une chance, même infime, de sortir Allie de là, de la ramener à la vie qu'elle méritait, alors la question ne se posait pas.

La fumée était devenue tellement épaisse qu'ils n'y voyaient presque plus rien.

« Je peux y arriver, continua Allie. On peut y arriver. »

Ils n'avaient plus de temps à perdre. Ils montèrent ensemble jusqu'à la double trappe. Frank prit une seconde pour écouter, guettant des voix à l'extérieur, mais il ne pouvait pas perdre plus de temps. Il coinça le pistolet entre ses dents, détesta son goût métallique. Il appuya sa main et son épaule droites contre un battant. De l'autre côté, Allie l'imita.

Elle murmura : « À trois. »

Greg ne comprit pas tout de suite de quoi il s'agissait : une petite forme enflammée, surgie de la voiture de Maggie, qui tourbillonnait dans les airs. Sans le faire exprès, il poussa un cri. La voiture fit une embardée mais il tint bon malgré le vent qui faillit le projeter sur l'asphalte. L'objet passa à quelques centimètres de sa tête. Il le suivit des yeux jusqu'au moment où il s'écrasa au sol.

Soudain, la nuit se changea en feu. Les flammes jaillirent du cocktail Molotov et ne firent qu'une bouchée de la voiture qui les suivait. Ensuite il y eut les cris, la chaleur cuisante et, tandis que Trent quittait la route à la suite de Maggie, une explosion ébranla le sol, déchira la nuit et engloutit la dernière voiture qui fonça droit dans la fournaise, incapable de virer à temps.

Tout se déroula au ralenti, avec une clarté de cauchemar dont Greg ne pouvait détacher le regard. L'explosion fit décoller la voiture de queue, qui tournoya au-dessus de l'autre avec une forme de grâce pendant que les flammes dévoraient la carcasse et ses occupants. L'odeur d'essence brûlée et de métal fondu était omniprésente.

Greg crut entendre Trent pousser un grondement de rage, crut entendre hurler tout autour de lui, mais il n'avait d'yeux que pour la voiture: elle retomba à l'envers et glissa sur la chaussée avec une plainte déchirante, laissant derrière elle un sillage de feu et transformant la route en un brasier qui, à cette distance, aurait presque pu être une balise de détresse.

Frank titubait dans la nuit. La chaleur était atroce, mais il essayait de ne pas y penser et il avançait, l'arme en main. Devant lui, un homme se retourna et commença à crier. Frank pressa la détente. L'homme s'écroula au milieu des tourbillons de fumée qui ne laissaient filtrer que de rares étoiles troubles.

Il avait du mal à respirer. La fumée obscurcissait sa vision, mais il savait qu'il y avait aussi autre chose, qu'il allait bientôt perdre connaissance.

Alors Allie vint se glisser sous son bras et le soutint tout en le guidant. Elle lui dit que le break de Maggie était juste devant, dans les herbes, là où ils l'avaient laissé. Il palpa sa poche. Les clés y étaient toujours.

Maggie. La voix était forte et lointaine à la fois. *Il faut qu'on aide Maggie*.

Ils mirent le cap sur la voiture.

La voiture était foutue. Maggie n'arrivait plus à la contrôler et le capot vomissait de la fumée. Elle s'arrêta après un demi tête-à-queue. Sur sa gauche, malgré la lumière des flammes, elle vit des phares qui approchaient. Une seule paire. C'était déjà ça.

Elle attrapa le fusil, ouvrit sa portière et sortit dans les herbes hautes. La douleur éclata dans sa jambe comme si elle avait marché sur une mine, mais elle parvint à s'accroupir derrière le capot. Elle visa la voiture qui arrivait, posa le doigt sur la détente. Elle tenta d'estimer où se trouvait le conducteur et tira.

Le pick-up s'arrêta et Trent en descendit à l'instant où une balle traversait le pare-brise et terminait sa course dans son siège. Il jeta un coup d'œil à l'impact puis se tourna vers la forme sombre de la voiture de Maggie. « Je vais lui arracher la tête.

— Qu'est-ce qu'on fait, Trent ? demanda le jeune maigrichon assis à côté de Greg. On va quand même pas rester ici et lui tirer dessus.

— Non, c'est pas du tout ce qu'on va faire, dit Trent. Cette pute a plus nulle part où se planquer. » Puis, à Greg : « Passe-moi une brique et dégage. Y a assez de pisse comme ça dans ma benne.

— Une brique ? » fit Greg.

D'un bond, Trent le chopa à la gorge et le frappa si brutalement que Greg ne vit plus rien pendant un instant, n'eut même plus l'impression d'exister tant la douleur était grande.

« Une brique, répéta Trent. Une putain de brique. C'est quoi que tu comprends pas là-dedans ? »

Greg attrapa une brique et la lui tendit.

« Dégage, maintenant », dit Trent en le lâchant.

Il fit le tour jusqu'à la portière conducteur. Les trois autres attendaient, observaient avec une excitation malsaine.

Le regard de Greg glissa vers les briques restantes.

La route chancelait sous ses yeux. Les formes des voitures, atrocement nettes dans l'incendie. Frank crut d'abord que c'étaient les flammes de l'enfer, qu'il avait fini par mourir et que c'était ce qui l'attendait. Et puis il entendit la voix d'Allie à côté de lui, il sentit la chaleur du volant entre ses mains, et il comprit que cette longue nuit n'était pas encore terminée.

L'obscurité gagnait son champ de vision. Allie poussa un cri, lui saisit le bras. La douleur, quelque part. La route et les feux. Et aussi Amber, la dernière fois qu'il lui avait téléphoné avant sa mort, sa voix faible et éraillée mais au fond toujours sa voix, aussi douce et ferme qu'à l'époque où il s'autorisait à l'aimer malgré tout.

Tu peux tout arranger.

Non, voulait-il répondre. C'était impossible.

Et Allie encore, qui lui secouait le bras. *Allez, Frank. Tiens bon.*

Embusquée derrière la voiture, Maggie observait. Ils n'approchaient pas, ne tiraient pas. Ça la rendait nerveuse. Elle n'avait pas beaucoup de balles et ne pouvait pas les gâcher en tirant au hasard, mais s'ils avaient un plan…

« Éloignez-vous de la caisse ! » aboya Trent.

Les trois hommes reculèrent vers Greg. Trent était accroupi près de la portière conducteur, un bras dans l'habitacle, puis il retira sa main et s'éloigna d'un bond comme si le pick-up avait pris feu. Greg ne comprit pas tout de suite, et puis la voiture se mit à avancer, de plus en plus rapidement, l'accélérateur bloqué par la brique.

Les phares se rapprochaient. Vite. Trop vite. Maggie tira, tira, tira. Elle savait qu'elle touchait le pare-brise et le conducteur, mais la voiture ne ralentissait pas et elle ne voyait plus que les phares et…

Le pick-up de Trent percuta la voiture de Maggie avec un hurlement de métal broyé et déchiré. Enchevêtrés l'un dans l'autre, les deux véhicules roulèrent sur plusieurs mètres avant de s'immobiliser dans l'herbe, une épaisse fumée noire se déversant dans le ciel limpide.

Plus aucun bruit.

« Vous pensez qu'on l'a eue ? » demanda Trent, les mains sur les hanches.

Les autres poussèrent des cris de joie. Greg ferma les yeux.

Et alors tout disparut. La peur, le désir de sauver sa peau, le dégoût. Tout s'évacua de lui comme l'eau d'un évier, et il rouvrit les yeux. Il tenait une brique dans la main. Il la considéra, évalua son poids et sa rudesse. Il pensa à Philippa et aux enfants. Il aurait dû répondre à leurs coups de fil. Il aurait dû rebrousser chemin. Il aurait dû faire un tas de choses différemment.

Il se tourna vers l'homme le plus proche et lui balança la brique en pleine tête, de toutes ses forces.

Un silence abasourdi, juste assez long pour laisser le temps à Greg d'attaquer le suivant, de sentir son crâne céder et se fendre sous la brique.

Le troisième leva son arme et tira. Le ventre de Greg se mit à brûler mais il réussit quand même à jeter la brique ensanglantée qui atteignit sa cible. Il y eut un cri bref, interrompu par un choc humide.

Greg vacilla. Il vit les étoiles. Vit la fumée qui s'élevait des pick-up. Sentit la chaleur de la nuit qui se refermait sur lui.

Pendant une seconde, rien qu'une seconde, Greg McRae fut vivant. Pendant une petite seconde, il eut envie de rugir de triomphe.

Je t'emmerde, Keith.

La balle perfora son cerveau et ressortit de l'autre côté dans une éruption de sang épais.

Frank ne bougeait plus. Une panique furieuse et glaciale s'emparait d'Allie. *Non, il est pas mort, c'est pas possible, pas maintenant, pas après tout ça.*

La voiture était à l'arrêt. Frank l'avait stoppée sur l'herbe, à l'écart des carcasses enflammées et des derniers cris. Il s'était laissé retomber contre le dossier et avait fermé les yeux.

« S'il te plaît ! » cria Allie. Elle avait encore le goût de la fumée sur la langue. Sa bouche était sèche, sa gorge à vif. Elle secoua Frank. « S'il te plaît. »

Son poignet. Elle attrapa son poignet. Elle se concentra, chercha son pouls. Et après quelques instants...

Elle le trouva. Régulier. Frank était vivant.

Elle manqua de s'effondrer. La peur était encore là et malmenait ses fragiles défenses, prête à l'engloutir et à l'emporter pour de bon. Mais il y avait autre chose.

Maggie.

Le pistolet sur le tableau de bord. Elle le ramassa avec précaution, ouvrit la portière et sortit dans la nuit étouffante. La puanteur de la gomme brûlée et de l'essence, les craquements de l'incendie, c'était derrière. Devant, une étendue d'herbe avec, au loin, la silhouette d'un arbre.

La peur grandit encore. Elle cherchait à l'étrangler.

Le minimum, le strict minimum, c'est de pas leur montrer à quel point je flippe.

Sur quoi pouvait-elle compter ?

Maggie tendit une main. Trouva le sol et tira. Traîna son corps sur la terre dure et sèche, dans les herbes qui lui écorchaient le visage.

Elle avait sauté à temps pour échapper à la collision, mais le capot de la voiture volée avait heurté sa hanche en la projetant dans les herbes, et le choc irradiait dans tout son corps en vagues de douleur. Elle ne savait pas si elle avait quelque chose de cassé et de toute façon ça n'aurait rien changé. Tout ce qui comptait, c'était de bouger. De ne pas prêter attention aux cris, là-bas, et au coup de feu qui les avait fait taire. De mettre une main devant l'autre et d'essayer de se mettre en sécurité, même si elle savait qu'elle n'y arriverait pas.

Malgré la peur et la panique, elle restait sûre d'une chose : elle ne devait pas abandonner. Pas après ce qu'elle avait traversé. Pas après toutes ces vies perdues à cause d'elle. La nuit serait bientôt finie. Le soleil allait se lever et elle serait là pour le voir et…

Une main l'attrapa par les cheveux et elle se mit à avancer plus vite, tractée sur le sol, chaque pierre et chaque bosse provoquant des pics de douleur dans sa hanche et dans sa jambe. Elle essaya de se débarrasser de cette main, y plongea les ongles. Mais quelque chose s'abattit et un goût de sang se répandit dans sa bouche.

Elle aperçut des choses. Les étoiles. L'herbe. La terre. L'arbre, de plus en plus grand. La silhouette de l'homme qui la traînait. *Simon*. Une corde. *Frank*. Le canon d'un fusil. *Allie*. Un nœud coulant. *Sa mère*. Le miroir obscur d'une retenue d'eau à proximité.

Son visage percuta le sol. L'homme l'avait lâchée. Elle tenta de se relever malgré la douleur dans sa hanche, mais un coup de botte dans le ventre la renvoya à terre, à bout de souffle.

« J'aurais dû foutre le feu à la baraque, dit Trent. J'aurais dû le faire dès qu'on a su que t'étais dedans. Connerie. De la connerie, tout ça. Combien de personnes j'ai perdu maintenant ? Tout ça à cause de toi. Parce que t'as essayé de t'enfuir. »

Sa main autour de son cou. Son visage tout près du sien.

« T'aurais pas dû t'enfuir. Regarde-toi. Regarde ce que t'as fait. T'aurais été comme un poisson dans l'eau avec nous. T'aurais fait une putain de chasseuse. T'aurais pu sentir la chaleur du sang, entendre les cris, faire partie d'une famille. » Nouveau coup dans le ventre. La vision de Maggie se troublait. Elle avait du mal à respirer. Ce n'était plus la main de Trent qui lui enserrait le cou, c'était autre chose. Elle sentit la morsure de la corde.

« On vit dans un beau pays sauvage. Et ce qu'il lui faut, c'est des gens beaux et sauvages. Des gens comme toi et moi. Des gens qui connaissent la terre et qui aiment chasser. »

Un grognement d'effort, et Maggie fut tirée brutalement vers le haut, étranglée par le nœud. Ses pieds cherchèrent le sol mais ne trouvèrent que le vide, sa gorge se boucha, un bourdonnement emplit ses oreilles, et…

De nouveau le sol sous ses pieds. Elle avala une goulée d'air. Sa vision revint. La silhouette de l'homme lançait la corde pardessus une branche et…

Trent tira sur la corde. Maggie quitta le sol, battit des pieds, les mains crispées sur le nœud coulant. Plus d'air. Son cou la brûlait. Et encore le sol. Elle pouvait respirer. Elle était debout.

« Tu devrais te sentir flattée, dit Trent. Pendue comme Ned Kelly, comme un vrai de vrai Australien, avec vue sur toute cette terre brûlée. » Il admira un instant l'herbe et la retenue d'eau. « Tu trouves pas que c'est beau ? »

Et puis il tira sur la corde. La pression augmenta dans le crâne de Maggie. Son cou ne tiendrait pas longtemps. Elle se tortilla et se débattit, chercha le sol avec ses orteils, mais il n'y avait plus rien… Et puis il y eut à nouveau le sol et elle put respirer… mais la corde se tendit et lui tordit le cou, sa peau se déchira, ses poumons s'enflammèrent.

Et ensuite elle était par terre. Elle essaya de parler mais c'est un râle qui sortit de sa gorge.

« Tu mérites même pas ça. Tu devrais me remercier. Vas-y. Je veux t'entendre me dire : "Merci, Trent." Allez. » Il l'attrapa par le menton. La força à le regarder. Approcha son visage. « Dis-le. »

Maggie inspira péniblement. « Va te faire foutre, Trent.

— Tu continues à jouer les dures, hein ? fit Trent avec un sourire. J'ai toute la nuit. Je peux continuer aussi longtemps que j'en ai envie. Tu vas pas mourir tout de suite, Maggie. Je vais peut-être te laisser pendre un peu, et puis je te ramènerai au village. Et là, tout le monde va vouloir participer. Et tout le monde va avoir le droit de participer. Je pense qu'on te gardera en vie un moment. Ouais. Tu seras un cas très particulier. » Il fit un pas en arrière. « Et tu sais quoi, je vais… »

Une détonation. Un trou dans le front de Trent. La surprise dans ses yeux pendant qu'il s'écroulait.

Le nœud fut desserré. Maggie arracha la corde et put enfin remplir ses poumons d'un air délicieux. Elle essaya de marcher, mais ses jambes se défilèrent et elle tomba sur le côté au moment où Allie venait la rattraper. Elles touchèrent le sol ensemble.

23

Les étoiles scintillaient. Un brin de lumière s'était infiltré dans la nuit, le noir virait au bleu marine. Frank s'assit sur une pierre près de l'arbre. Son épaule le lançait, ce qui n'avait rien d'étonnant. Il se sentait extrêmement faible, et la tête lui tournait, mais il était en vie. À côté de lui, Allie surveillait la route, pistolet en main. Derrière eux, Maggie nettoyait dans la retenue d'eau la crasse et le sang qui la recouvraient.

Frank regarda sa petite-fille. Elle paraissait aller bien. Si tant est qu'on puisse aller bien après une nuit pareille. Personne n'avait envie de vivre ça, mais ils l'avaient vécu, ils s'en étaient tirés, et c'était tout ce qui comptait.

« Tu crois qu'ils vont revenir ? » demanda Allie.

Frank s'était posé la même question. Après avoir passé plusieurs heures à couvert, il lui semblait stupide, sinon suicidaire, d'être aussi exposé. Mais au moins personne ne pourrait approcher sans qu'ils le voient. Du reste, il allait bientôt faire jour et la route allait retrouver son animation. La police serait appelée sur ce tronçon isolé. Des corps partout, une maison et une station-service détruites, des carcasses de voitures jonchant la chaussée comme des animaux écrasés.

« Qu'est-ce que tu vas dire à la police ? continua Allie.

— Tout. Je ne sais pas s'ils me croiront, mais de toute façon il n'y a pas mille explications sensées.

— Et pour… » Du menton, elle indiqua la silhouette au bord de l'eau.

C'était une bonne question, à laquelle il n'y avait qu'une seule bonne réponse. Maggie leur avait sauvé la vie. Elle avait protégé Allie, et Frank était parfaitement conscient que, si elle ne les avait pas forcés à s'échapper par le sous-sol, il se serait opposé à son plan.

« À mon avis, elle aura disparu avant que le soleil ait fini de se lever, et on n'y pourra rien. On dira qu'on était tellement sous le choc qu'on s'est aperçus trop tard qu'elle était partie. »

Allie fronça les sourcils, le regard perdu au loin.

Frank se leva avec peine. « C'était lui ou elle. Toute la nuit, ça a été eux ou nous. » Puis il prit Allie par l'épaule et la fit pivoter vers lui. « Je ne veux pas que tu te reproches ce que tu as fait. Jamais. Si ça arrive, et si tu as besoin d'en parler à quelqu'un, c'est normal. Mais sache que tu n'as rien fait de mal. Tu as été extrêmement courageuse. Tu ne dois pas te reprocher de t'être défendue. »

Il y avait des larmes dans les yeux d'Allie. « Quand on a entendu les coups de feu, je me suis cachée sous le lit. Je suis pas allée te chercher. »

Frank la considéra un moment. « Tu veux savoir pourquoi j'ai arrêté de chasser ? »

Allie parut déconcertée.

« Parce que j'ai abattu un cerf. Il n'est pas mort tout de suite. Je l'ai trouvé. Il était hébété et blessé et il ne comprenait pas ce qui lui arrivait. Je n'avais pas besoin de le tuer pour manger ni rien du tout. Il vivait sa vie et moi je l'avais attaqué parce que c'est ça, la chasse. Je me suis rendu compte que je ne voulais plus être cette personne-là. Donc j'ai laissé le cerf. Mes copains de l'époque, les mecs avec qui j'allais chasser, ça ne leur a pas trop plu. Ils se sont retournés contre moi. Ils m'ont poursuivi dans le bush avec des fusils. Je ne pense pas qu'ils avaient réellement l'intention de me tuer, mais...

— La vache, fit Allie.

— Ouais. Enfin bref. Cette nuit-là, je me suis caché dans un creux sous un vieil eucalyptus, je tremblais et je pleurais. J'étais terrorisé. Je ne m'étais jamais demandé ce que je ferais dans ce genre de situation. Mais c'est toujours comme ça. On ne peut pas être courageux tant qu'on n'a pas eu peur, Allie. Tu n'as rien fait de mal. Du tout. Et je suis fier de toi. »

Un sourire se dessina sur les lèvres d'Allie. Petit, hésitant, mais perceptible.

Un mouvement derrière eux. Ils se retournèrent.

Dégoulinante d'eau, les cheveux plaqués sur son visage blême et épuisé, Maggie portait encore les vêtements de Kate, maculés de sang. Au-dessus d'elle, le ciel s'éclaircissait.

« La police sera bientôt là, dit Frank.

— Je ferais mieux d'y aller, dit Maggie.

— Ça va aller ? demanda Allie.

— On est vivants. C'est mieux que tout ce que je pouvais espérer depuis deux jours. »

Un cri d'oiseau, quelque part dans les branches de l'eucalyptus géant.

Ensemble, ils marchèrent jusqu'au break. Frank ouvrit la portière à Maggie. Son sac à dos était toujours par terre, devant le siège passager. Le fusil, trouvé dans l'herbe, était sur le siège, où Allie l'avait posé.

Au lieu de monter à bord, Maggie se retourna vers l'arbre et la retenue d'eau, là où gisait le corps de Trent.

Allie s'avança et la prit dans ses bras. Maggie eut l'air surprise, se tendit. Puis, lentement, elle rendit son geste à Allie.

Frank avait du mal à contenir sa curiosité. Il y avait tant de questions à poser, tant de zones d'ombre qui persistaient. Mais il savait qu'il valait mieux garder cela pour lui.

« Ça va aller ? » lui demanda Maggie.

Frank fit oui de la tête.

« C'était qui ? demanda encore Maggie. Les deux qui sont morts.

— Un jeune couple. Juste des voyageurs. » Frank soupira. « Ils ont eu du cran. »

Presque imperceptiblement, la mâchoire de Maggie se serra.

Elle entra dans la voiture. Frank et Allie s'écartèrent. Elle parut vouloir leur dire un dernier mot, puis elle démarra et Frank et Allie, côte à côte dans l'herbe, regardèrent la voiture s'éloigner et se retrouvèrent seuls.

L'aube donnait au paysage un aspect fantomatique, la lumière rampait sur l'herbe immobile et le tronc du vieil arbre faisait scintiller l'eau sous un ciel gris qui se parait de reflets jaune terne. Les couleurs étaient pâles et fuyantes et Frank n'avait jamais rien vu d'aussi beau. Il passa son bras valide autour des épaules d'Allie et l'attira contre lui en s'appuyant très légèrement sur elle. Elle était forte. Stable. Sa petite-fille. Il l'avait déjà dit, mais il se rendit compte qu'il n'avait jamais été aussi fier qu'en cet instant.

« Et donc, fit Allie alors que le bout des herbes prenait une teinte dorée. On fait quoi maintenant ?

— Maintenant, dit Frank, il faut que je réfléchisse à ce que je vais pouvoir raconter à ton père. »

Maggie gardait les yeux braqués sur la route. Elle était consciente que le ciel s'éclaircissait et que le soleil se levait sur les herbes hautes. Elle devait foutre le camp mais elle ne pouvait pas rouler trop vite, au risque d'attirer l'attention et d'éveiller les soupçons. Elle n'était qu'une conductrice lambda.

Elle jeta un coup d'œil dans le rétroviseur et aperçut quelque chose, un mouvement.

Elle envisagea de continuer à rouler mais décida finalement de se ranger sur le bas-côté. Elle attrapa le fusil, tapota le volant du bout des doigts, puis coupa le contact et descendit de voiture. Les herbes lui arrivaient au genou. Tout était calme dans le silence qui précède l'aurore. Elle s'enfonça dans les herbes. Sa jambe lui faisait mal, elle allait en avoir pour un moment. Elle avança vers la silhouette solitaire qui s'éloignait tranquillement en direction de la station.

Quand Maggie se retrouva derrière elle, la femme s'arrêta mais ne sembla pas vouloir se retourner. Maggie serra plus fort le fusil.

Enfin, la femme se retourna. Rhonda et Maggie se jaugèrent quelques secondes.

« Qu'est-ce qui s'est passé ? demanda Rhonda.

— Trent est mort. Ils sont presque tous morts. »

Rhonda acquiesça, comme si c'était l'évidence. « Ça veut dire quoi pour moi ? »

Il n'y avait aucun bruit à part celui du vent.

« J'ai pas eu la réponse que j'étais venue chercher », dit Maggie.

Rhonda détourna le regard.

« T'as parlé d'une femme de Melbourne. Sauf que j'avais jamais précisé qu'elle venait de Melbourne.

— Effectivement, dit Rhonda d'une voix dénuée d'émotion.

— Est-ce qu'ils l'ont tuée ? »

Rhonda contemplait le ciel qui s'embrasait au-dessus des herbes. « Tu me crois si je te dis que j'en sais rien ? »

Maggie ne répondit pas. Elle attendait.

Rhonda piocha un paquet de cigarettes dans sa poche. Elle en proposa une à Maggie. La jeune femme ne bougea pas. Rhonda haussa les épaules et en alluma une. « Quand les gens nous trouvent, y a deux possibilités, dit-elle. Soit ils s'enfuient et on les chasse. Soit ils restent et ils font partie de la famille. » Elle tira une longue taffe. « En général, ils s'enfuient. Les gars comme Kev et Reg, c'est là-dessus qu'ils comptent. Mais une fois de temps en temps, on tombe sur des gens qui aiment la chasse. Ou qui fuient quelque chose de pire. » Un silence. « À l'époque, c'était Kev qui se chargeait de les appâter. Ça va peut-être t'étonner, mais il était beau. Beau et charmant. C'est comme ça qu'il m'a eue. Ta mère, je sais pas.

Un jour, je l'ai vue au village. Avant elle, j'étais la dernière personne qui avait décidé de rester. Et quand je t'ai vue, j'ai eu l'impression de la retrouver. T'es son portrait craché. » Nouvelle longue taffe. Sa main tremblait. « On a été proches pendant un moment, peut-être parce qu'on était les dernières arrivées. On parlait de plein de trucs. D'où on venait. De ce qu'on avait laissé derrière nous. C'était facile pour moi, j'avais rien d'autre. Mais elle, comment dire ? Elle avait pas l'air de regretter, mais elle était triste. Elle aimait pas ce qu'on faisait, mais elle s'était sortie d'une sale situation. Et, pour ce que ça valait, elle se sentait en sécurité avec nous. Elle avait fui un mari qui la cognait, et j'imagine qu'il y avait aussi autre chose. » Elle baissa la cigarette. « Tu veux une jolie histoire ou la vérité ?

— La vérité. » Un courant électrique circulait dans le corps de Maggie, calme, régulier et prêt à se changer en éclair mortel.

« Elle t'a jamais désirée. » Nouvelle taffe. « Mais t'es arrivée, et elle était coincée. Peut-être qu'elle t'aimait quand même, ça, je sais pas. Mais elle pouvait pas t'emmener avec elle. Elle était jeune. C'était déjà assez difficile d'essayer de se barrer toute seule, alors avec une gamine. Mais ça change rien au fait qu'elle a été égoïste. Elle t'a abandonnée avec lui.

— Ouais, fit Maggie.

— C'était vraiment comme ce qu'elle m'a raconté ?

— Pire. »

Sa réponse resta suspendue dans l'air. Le vent était tombé, l'herbe ne bougeait plus et les oiseaux ne chantaient pas. Il n'y avait que la vérité. Son père, flic aimé et respecté par ses collègues, un héros jusqu'au moment où il rentrait à la maison et ouvrait une bouteille. Sa mère, contusionnée et en sang tous les soirs, qui avait fini par partir et que Maggie avait imitée. Et ensuite les foyers d'accueil et les années perdues avant de revenir habiter avec lui. L'instant où elle l'avait regardé dans les yeux, en haut de l'escalier, et où elle l'avait poussé. L'instant où sa dernière chance d'avoir une vie normale s'était envolée. Alors elle avait pris la route et cherché ce qu'elle n'espérait même pas trouver.

« Il était flic ? » demanda Rhonda.

Maggie fit oui de la tête.

« Kev a entendu parler d'un type qui fouinait dans le coin, qui montrait des photos de ta mère dans tous les bars. Ta mère, ça l'a fait marrer. Et puis le lendemain, elle a disparu.

— Est-ce que mon père… » Maggie ne savait pas comment finir sa phrase.

« Est-ce qu'il nous a trouvés ? » Rhonda écrasa sa cigarette sous sa semelle. « Tu l'as vu revenir, non ? »

Une réalité alternative apparut à Maggie, si belle qu'elle en était douloureuse.

« En tout cas, ça a été tout une histoire à l'époque, dit Rhonda. C'est pour ça que je pense qu'ils l'ont pas tuée ; tout le monde se demandait si elle allait nous ramener les flics ou quoi. C'est jamais arrivé. Elle serait pas allée chez les flics.

— Tu sais où elle est partie ?

— Elle parlait d'aller dans le Queensland. Mais c'était y a presque vingt ans. Le plus probable, c'est que Kev l'ait rattrapée et nous l'ait jamais dit. »

Maggie leva les yeux. Une étendue bleu pâle mouchetée d'orange flamboyant avait vaincu la nuit.

« Tu vas essayer de la retrouver ? » demanda Rhonda.

Maggie serra le fusil entre ses mains.

« Tu vas me tuer ? » Une voix fatiguée, résignée. « Je pourrais pas t'en vouloir. C'est dégueulasse ce qu'on t'a fait. J'en suis consciente. »

Silence.

« Allez, vas-y. »

Maggie tourna les talons et s'éloigna. Elle s'attendait presque à entendre un bruissement d'herbe et à sentir un couteau dans son dos. Mais rien n'arriva. Elle continua à marcher. Arrivée au break, elle jeta un regard en arrière.

Les rouges et les roses de l'aurore éclaboussaient les herbes. Il n'y avait plus aucune trace de Rhonda.

Épilogue

Sur la route écrasée de soleil filait une voiture solitaire.

Au volant, Maggie gardait les yeux braqués devant elle. Le ciel bleu transparent, le soleil brûlant, l'horizon au loin. L'avenir et tout ce qu'il pouvait contenir. Elle ne regardait pas en arrière.

Elle conduisait vite, frôlait la vitesse limite. Le paysage, sec, aride et immense, défilait des deux côtés. Elle le voyait du coin de l'œil mais elle n'y prêtait pas attention, pas plus qu'elle ne prêtait attention à la douleur dans sa jambe et aux battements furieux de son cœur. Elle roula sans s'arrêter, le temps que le soleil se lève puis se couche et que le bleu du ciel devienne à nouveau sanguin et que la terre alentour paraisse prendre feu.

C'est seulement alors qu'elle jeta un coup d'œil dans le rétroviseur.

Remerciements

Comme j'ai une peur terrible d'oublier un remerciement important, je vais commencer par dire que ce livre n'aurait jamais vu le jour sans le soutien et les efforts combinés d'une foule de personnes pour qui j'ai une gratitude immense.

Quelques noms se détachent toutefois du lot, à qui je vais rendre ce qui leur appartient. Merci à Catherine Milne, directrice de la fiction chez HarperCollins, pour avoir immédiatement compris ce que j'essayais de faire et pour avoir vu en Maggie ce que je peinais à formuler. Tes notes et tes encouragements ont transformé le *pulp* brut qu'était ce livre en, eh bien, en un *pulp* brut, mais doté d'une vraie substance.

À Kimberly Alsopp et Alice Wood pour m'avoir si bien accompagné tout au long du processus. Vous avez toujours répondu à mes questions concernant la publication et veillé à ce que j'aie toujours la maîtrise sur tout. Je n'aurais pas pu me retrouver dans de meilleures mains que les vôtres. À Scott Forbes et Emma Rafferty pour votre relecture fine et rigoureuse, et à Samantha Sainsbury pour votre correction méticuleuse. Ce livre doit énormément au travail formidable que vous avez accompli pour veiller à ce qu'il soit aussi fort que possible.

J'aimerais ajouter nommément toutes les personnes travaillant chez HarperCollins, mais, afin que ces remerciements demeurent relativement concis, permettez-moi de simplement vous exprimer mon infinie gratitude pour avoir cru dans ce texte et m'avoir aidé à lui donner vie.

Naturellement, ce livre ne serait jamais arrivé dans les mains de cette merveilleuse équipe sans les efforts infatigables de la meilleure agente du monde, Tara Wynne chez Curtis Brown, dont le soutien et la confiance se sont révélés inestimables. Son honnêteté et son dévouement m'ont guidé tout au long d'un processus parfois intimidant, et c'est grâce à son calme que j'ai pu croire que ce rêve fou était réalisable. Caitlan Cooper-Trent, tes premières remarques visaient juste et m'ont aidé à cerner l'histoire que je cherchais depuis le début. Merci à vous deux. J'ai encore du mal à croire qu'une agence telle que Curtis Brown ait pu m'accepter, et enclencher tout ce qui a suivi. Merci à Jerry Kalajian, qui a posé ce livre sur un des plus grands bureaux d'Hollywood et réussi à faire se dresser un nombre délirant d'oreilles. Merci pour avoir cru en moi et pour ta patience avec un jeune auteur débarquant dans un monde immense auquel il n'aurait jamais pensé pouvoir accéder.

Il n'y a rien d'original à dire que l'écriture peut être une entreprise solitaire, et qu'il est souvent difficile d'être pris au sérieux. J'ai eu la chance d'être entouré de personnes qui ont cru en moi dès le premier jour et ont tout fait pour que je n'aie pas totalement l'impression d'être l'idiot que j'ai parfois été. Merci à ma troupe de théâtre, Bitten By Productions – Justin Anderson, Alicia Beckhurst, Ashley Tardy et Kashmir Sinnamon –, vous avez toujours veillé sur moi et contribué à rendre crédible le rêve d'un aspirant écrivain. Merci à Dan Nixon pour m'avoir présenté à Tara et m'avoir toujours défendu, même quand je ne croyais pas le mériter. Merci à Kath Atkins, Bonnie McRae, Damian Robb et tout le Young Writer Studio de Melbourne, vous avez enduré des tonnes de bafouillements excités au fil de ce processus, mais vous les avez encaissés et m'avez assuré le soutien et les encouragements d'un groupe d'auteurs brillants. Merci à Greg Caine, Tim Hankin, Kate Murfett, Jesse Farrell, Karl Sarsfield, John Erasmus et toutes les personnes qui ont lu les premières versions de ce livre, vous en avez été le premier public. Merci à April Newton, qui voilà des années a planté dans ma tête l'idée de faire publier mes premiers livres pour ados. Sans la série *Boone Shepard*, il n'y aurait pas eu Maggie.

Et maintenant, plus près de moi, merci à mes parents, Kim et Christian Bergmoser, qui ont fait mille sacrifices pour m'envoyer étudier à Melbourne et offrir des chances incroyables à un gamin de la campagne. Vous ne m'avez jamais pris de haut quand je vous ai dit que je voulais devenir écrivain ; au contraire, vous avez fait tout ce qui était en votre pouvoir pour m'encourager et m'aider à changer le rêve en réalité. Vous avez ma reconnaissance éternelle, j'espère que vous le savez. Et merci à Molly McPhie. Que dire ? Tu as été présente à chaque étape du voyage de Maggie, tu as subi mes crises stupides et réussi à tolérer mes caprices puérils. Je ne saurai jamais pourquoi tu acceptes tout ça, mais je suis heureux que tu le fasses.

Cet ouvrage a été composé par
Fr&co - 61290 Longny-au-Perche

Imprimé en France par
CPI Bussière
en décembre 2023
N° d'impression : 2074734

#lisez! engagé
Pour plus d'information :
www.lisez.com
Imprimé sur du papier issu de forêts gérées durablement.

Pocket – 92 avenue de France, 75013 PARIS

S32375/04